流水迢迢

卷一

貓爪蟹鉗

簫樓——著
伊吹五月——繪

好讀出版

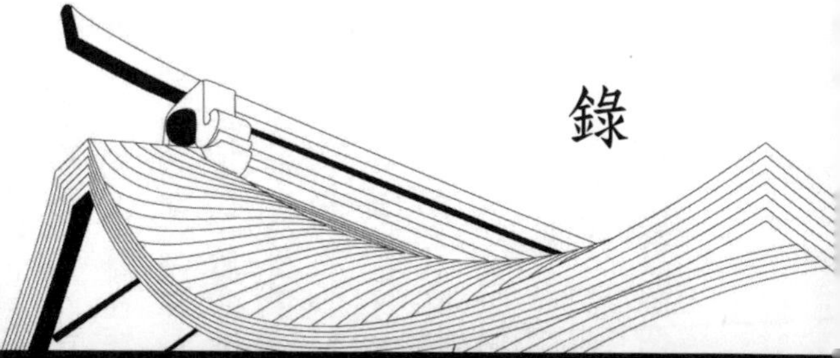

目錄

自序　花癡，而後深愛　004
第一章　樹惹禍端　007
第二章　聽聲辨人　079
第三章　焉知生離　137
第四章　功高震主　213

流水迢迢

花癡，而後深愛——自序

作者一般都不喜歡寫序，因爲不管怎麼寫都總會給人王婆賣瓜之嫌。但就如同父母大都覺得自己的兒女是天底下最好、最獨一無二的孩子一樣，作者往往也是敝帚自珍的。到目前爲止，《流水迢迢》是我自己最喜歡的作品，也是花費心血最多的一部，以致於寫完的時候，我的身體都扛不住了，大病了一場。同時，《流水迢迢》也是自我感覺寫作水平進步最大的一部，無論在作品架構的掌控、情節的把握，還是人物的塑造等方面都有了茅塞頓開的感覺。它對我的意義，遠不止一部作品那麼簡單。

寫這部小說的初衷，其實是源於當時正在花癡的兩個歷史人物，一個是大名鼎鼎的亂世奸雄曹操，另一個則是南北朝的著名帥哥——「鳳凰」慕容沖。我喜歡讀史，尤其喜歡在讀史的時候，透過史書的枯燥文字，想像文字後面隱藏的歷史眞相。某一夜，掩上書卷，忽然就動了心思，想寫兩個相較於以前的作品更複雜一點的、不能用簡單的好壞善惡來定義的人物，因此就有了裴琰和衛昭這兩個主角的誕生。

《流水迢迢》於網路連載的時候，在讀者之中似乎還挺受歡迎的，尤其是針對兩位男主角，文下留言區經常爲他們掐得腥風血雨。我私下揣度，也許因爲這兩個人物身上集中體現了很多女性對男性品格的想像吧。常有讀者問我，小裴和三郎，我更喜歡哪一個。嗯，官方一點的口吻是，做爲一個親媽，我對這兩個「兒子」的愛是不相伯仲的；再私心一點，其實我最愛的是三郎，但最滿意的是小裴。

這兩個人有很多相似的地方，可以說是硬幣的兩個面。兩人都精明強幹、心狠手辣、爲達目的不擇手段，但亦有豪氣干雲、慷慨赴義的一面。我寫他們的痛苦和抉擇，寫他們的熱血和野心，寫他們的勾心鬥角；也寫他們的惺惺相惜，寫他們和江慈之間的愛恨糾結；寫三郎爲民族獻身的悲情，寫裴琰春風得意背後的寂寞。到了後來，他們已經不是我紙上的人物，而彷彿有了自己的生命。我頭一次感覺到筆下人物自動自發呈現出來的意志，我頭一次不是根據自己的意願，而是聽任他們遵循自身的性格去思考行事，最後走向他們終極的命運。

我不敢說已經完滿寫出了心目中嚮往的這兩個角色，但至少是竭盡當時之所能了。一千個讀者有一千個哈姆雷特，作品一旦寫出來，讀者的解讀闡釋就與作者關係不大了。

於我而言，寫作不僅是自我表達的手段，同時也是脫離庸常生活的出口。畢竟國仇家恨、江湖烽煙這些東西離我們的日常生活太遙遠，而透過寫作和閱讀卻能使人超越塵世俗務，獲得頭腦和心靈的震撼和愉悅。我自認不是天賦高超才華橫溢的作者，但我希望努力成爲一個好的說書人，如果我的作品能讓讀者諸君讀後能會心一笑或者偶有所得，則於願足矣。

作品連載的時候，文下留言區也曾有臺灣的讀者，她們都很可愛，甚至在罵戰的時候也可愛得讓人禁不住會心一笑。此次《流水迢迢》有幸在臺灣出版，能讓更多的臺灣讀者看到，是我之幸，也是三郎、小裴、小慈，以及文中諸人物之幸。

簫樓

二〇一二年十一月二十日

第一章 樹惹禍端

匕首緩緩刺入肌膚之中，江慈終有些不甘心，又猛然睜開雙眼，死死地盯住那假面人。忽見他身軀急挺，手中匕首向後一擋，堪堪抵住背後數丈處飛來的蛇信般劍勢。江慈死裡逃生，心頭大喜，鎮定心神，這才見與那假面人拚力搏殺的，竟是自己在心中痛罵過無數遍、才剛從其手中逃脫的大閘蟹——左相裴琰。

一　長風山莊

已近中秋，桂花漫香，長風山莊前的一湖秋水，在夕照下波光瀲灩。每年八月十二，是武林各派掌門人齊聚長風山莊、商議盟內事務的日子。長風山莊前，沿平月湖建了數座亭臺，亭臺之間菊蒲繁華，丹桂飄香。菊桂中筵開幾十席，江湖中人多半相識，各依親疏，分席而坐。

由於正主們於莊內商議要事，尚未出現，此時席上坐的都是各門派的長老或弟子。掌門之人不在，有的又見了故交，自是推杯換盞，觥籌交錯。

西首最末席一烏衣漢子放下酒杯，環顧了一下四周，壓低聲音道：「楊兄，聽說劍鼎侯此刻尚未趕回這長風山莊，眾掌門正有些束手無策啊。」

他此話一出，席上數人皆露出驚訝之色。一中年男子道：「劍鼎侯不知被何事耽擱了，按理，他這武林盟主兼東道主早該在此等候才是。」

「是啊，若是往年，他政務繁忙，不出席這一年一度的盟會倒也罷了，可今年『秋水劍』易寒前來挑戰，他不回莊應戰，可就是天下第一不忠不孝之徒了。」

「何以他不應戰，就是天下第一不忠不孝之徒？」玉珠般圓潤的聲音響起，席上眾人一驚，齊齊轉頭。一少女從席後的菊花叢中探出頭來，滿面好奇之色。見眾人皆望著自己，一雙穠麗的大眼睛忽溜一轉，在場之人頓覺這雙眸子竟比滿園的菊桂還要絢爛，比天邊的晚霞還要嫵媚，倒皆忘了去細看這少女五官究竟生得如何。

少女見眾人都有些愣怔，索性從菊花叢鑽了出來，坐於那烏衣大漢身邊，執起酒壺替他斟滿酒杯，唇角邊一個小小的酒窩盛滿笑意：「大叔，何以劍鼎侯不應戰易寒，就是天下第一不忠不孝之徒？」

席上眾人此時才回過神，細看這少女，年約十六七歲，烏黑的髮，淺綠的衫，白玉般精緻細膩的臉龐，笑意盈盈的眸子，端麗明媚，十分可親。

烏衣大漢深知此時能在這長風山莊前出現的女子，不是峨嵋便是青山門下弟子。這兩大門派雖皆是女子，且極少行走江湖，卻技藝不凡，行事低調公道，素爲江湖同道所敬重。眼下這少女年紀雖輕，看來卻是得罪不起。他微笑道：「這位小師妹，難道，你的師父師姐沒有和你說過劍鼎侯的事蹟麼？」

少女右手撐頰，搖了搖頭：「我師父從不跟我說這些，師姐更不愛說話，更不會說了。」

席上數人均有些心驚，眾人都聽聞青山派掌門有個大弟子簡瑩，生得極美，性子卻極爲孤傲，不喜與人交談。當年行走江湖時，「川中三虎」貪其美色，對其不敬，被她連追數百里，素衣寒劍，割下三虎的雙耳，並逼三虎昭告天下，改名號爲「川中三鼠」，自此再無江湖人士敢得罪於她，背後皆稱她爲「青山寒劍」。

想起這少女是那位「青山寒劍」的小師妹，眾人皆打了個寒噤。烏衣大漢堆笑道：「小師妹，你師姐向來不愛說話，我們大家都是曉得的，也難怪你不知道了。」

少女頗覺驚訝，師姐足不出戶，連鄧家寨都未出過，怎麼這些人都知道她不愛說話呢？她隱知這些人有所誤會，正待開口，一名大漢笑道：「小師妹，說起劍鼎侯的事，這話可就長了。」

少女忙給他也斟了一杯酒，笑道：「大叔慢慢說，時辰還早著，那些老爺子老太太們一時半刻也不會出來。」聽她將各掌門人稱爲「老爺子老太太」，眾人哄然大笑，更覺這少女嬌俏可喜。

烏衣大漢笑道：「好，小師妹，反正閒來無事，我韓三余來當一回說書人吧。」他飲了一口酒，道：「小師妹應知，我朝開國皇帝聖武帝的出身來歷了。」

少女搖了搖頭。韓三余一愣，旋即壓低聲音笑道：「那可得多費唇舌了。事情是這樣的——我朝聖武帝出身武林世家，先登武林盟主之位，任內不斷將門下弟子及武林人士滲入軍伍之中，後又借此奪取兵權，最終問鼎皇座。百餘年來，謝氏皇族習武崇武之風仍有幾分盛行。歷代皇帝也極爲重視和忌憚武林勢力，便於立國之初建了長風山莊，掌管號令武林。由當年與謝氏一起號令武林的副盟主、裴氏的後裔執掌山莊事務。

「裴氏執掌長風山莊上百年，高手輩出，出將入相、封侯進爵的也不少。歷任莊主更是擔任武林盟主，號令群雄，調停各個門派的紛爭，平衡著朝野間的力量。但到了二十餘年前，裴氏漸漸沒落，在朝中漸成棄子之勢。適逢北域桓國派出高手——秋水劍易寒挑戰中原武林，上任莊主裴子敬硬著頭皮應戰，死於秋水劍下。

「裴子敬死後，僅有一遺腹子存活於世，那於朝中任職的胞弟震北侯又因觸犯龍顏而獲罪流放。裴氏沒落，長風山莊也形同虛設，無人再視其爲號令武林之尊。及至五年之前，裴子敬的遺腹子裴琰年滿十八，接任長風山莊莊主。武林各門派欺其年少，未有一人到場觀禮祝賀。未料一個月後，裴琰以不敬盟主之罪連挑十大門派，震悚朝野。

「初始，朝野皆以爲裴琰不過在武學上天縱奇才，未料其人在官場上更是如魚得水，獲得今上恩寵，平步青雲，於前年被封爲劍鼎侯，並出任朝廷左相。裴相少年得志，官運亨通，這長風山莊莊主一職卻始終未曾卸下。故每年八月十二的武林大會，其必定要從京城趕回長風山莊。

「今年七月，咱們中原武林各門派，都收到了桓國秋水劍易寒的傳書，要於八月十二之夜，在這長風山莊，會一會我們華朝的左相兼劍鼎侯，武林盟主裴琰。」

少女拍掌笑道：「韓大叔的口才，可以去南華樓說書了，包管比那三辯先生還要說得好。」

韓三余哭笑不得，他好歹也是名震一方的豪客，此次隨師門前來參加武林大會，卻被一少女誇成說書先生，未免有些尷尬。可面對這明媚嬌俏的小姑娘，無論如何也動不了氣。

少女笑罷，微一蹙眉：「如此說來，劍鼎侯若是不回來應戰，一來有損我朝威名，二來不能替父報仇，有違孝道，確是天下第一不忠不孝之人。可他若是武功不及那易寒，強行應戰，豈不自尋死路？」

韓三余笑道：「小師妹過慮了。劍鼎侯一身藝業勝過其父，十八歲便接任盟主；二十歲那年率『長風騎』以少勝多，擊潰月戎國上萬騎兵，被聖上封爲『長風將軍』；前年更於千軍萬馬中取敵將人頭，率邊境駐軍大敗桓國精騎於成郡，一掃我朝多年來被桓國壓著打的頹勢，立下赫赫軍功，這才官拜左相，得封侯爵。他與易寒這一戰，我看，勝負難說。而此刻他何以尚未趕回長風山莊，著實令人費解。」

少女笑道：「說不定人家劍鼎侯早就回來了，正於莊內某處養精蓄銳，準備這最關鍵的一戰呢。」

韓三余笑道：「小師妹有所不知，我師兄剛從莊內出來，說眾掌門正在緊急商議，這劍鼎侯至今未歸，若是他一直不出現，又該派何人應戰易寒。劍鼎侯若是回莊了，爲何連眾掌門都不知曉呢？」

少女見要打探的消息已經聽得差不多，遂笑道：「韓大叔，多謝你的說書，我走了。」說著，身形向後一翻一晃，隱於菊花叢中，倏忽不見。

韓三余和眾武林同道皆面面相覷，想道：「這少女說來就來，說走就走，且輕功上佳，看來青山門下弟子都不容小覷。」

綠衫少女江慈於山莊旁的菊園玩了一會兒，又爬到園中桂花樹上躺了一陣，見正主們仍未出場，更覺無聊。夕陽西沉，暮靄湧上，莊內莊外也點起了燭火。江慈覺得有些肚餓，坐於枝椏間，向燈火通明的莊內望去，遙見莊園西北角煙霧盤升，知那處是廚房所在，笑了笑，溜下樹來。

她輕功上佳，莊內管家僕從們正忙著招待客人，誰也不曾注意於她，居然輕易得從莊園西面翻牆而入。不多時，順利溜進了廚房。香氣撲鼻，江慈嚥了嚥口水，見廚房人來人往，僕從們不斷將酒水飯菜端出，想了想，索性大搖大擺走了進去。

一廚子見她進去，愣了一下，道：「這位……」

江慈笑道：「有沒有什麼好吃的點心？我肚子餓了，師父叫我自己到這莊裡的廚房找東西吃，她正忙著商議正事。」

廚子們曾聽人言道，峨嵋派掌門極爲護犢，有幾位俗家小弟子更是時刻帶在身邊，忙堆笑道：「小師妹自己看有什麼合意的，儘管端去，只怕做得不好，不合小師妹的口味。」

江慈笑了笑，走到點心籠前，揭開籠蓋，取了兩籠點心。順手又從櫃中取出一小壺酒，施施然走了出去。她在山莊裡東轉西轉，見一路上山石樹木無不應勢而布，疏密有致，隱含陣形。記起先前曾在桂花樹上遙見莊內布局，終在夜色黑沉之時溜轉至莊園南面的竹園，盤腿於竹林中坐了下來。

她喝了一小口酒，又吃了幾塊點心，嘟囔道：「這武林大會也沒什麼好玩的，哪有什麼仗劍風流、持簫高歌的俠客，多的是粗俗之人，只知道吃吃喝喝，我看，得改成吃喝大會才是。」正嘟囔間，她面色一變，將點心和酒壺迅速捲入懷中，身形拔地而起，如一片秋葉在風中輕捲，又悄無聲息地掛於竹梢。

兩個人影一前一後走入了竹林，其中一身形稍高之人四周望了望，猛地將矮小之人壓在竹上，劇烈的喘息聲和吮啜聲響起，江慈本能地閉上了眼睛。

女子嬌喘連連，嗔道：「這麼猴急！昨夜怎麼不來，讓我乾等了半夜。今夜夫人那裡我當值，馬上又得回去。」男子喘著粗氣道：「眼下就是天王老子來了，我也不理。」說著，雙手伸入了女子衣間。

女子咭聲一笑，腰肢扭著躲閃。男子將她抱住：「好蓮兒，心肝蓮兒，想死五爺了，你就從了五爺吧。」便欲去解那女子的裙帶。

江慈隱在竹梢，緊閉雙眼，心中暗暗叫苦，怎麼喝個酒都不安寧，還撞上一對偷情的鴛鴦。

卻聽得那蓮兒「啪」地將五爺的手打落，一把將他推開，冷哼一聲：「五爺先別急，我有句話問五爺。五爺若是答得不順我意，以後蓮兒也不會再來見五爺。」那五爺一愣，見蓮兒說得鄭重其事，忙道：「蓮兒有話儘管問，我岑五對蓮兒一片眞心，必知無不言，言無不盡。」

蓮兒整了整衣裙，遲疑片刻，似是有些傷心，低低道：「五爺，你是眞心想和蓮兒相守一生，還是只圖蓮兒這身子和暫時的歡愉？」岑五忙上前摟住蓮兒，指天發誓：「我岑五自是要與蓮兒姑娘廝守一生，永不相負，若有違誓言，必遭……」蓮兒伸手掩住他的嘴唇，柔聲道：「五爺不必發誓，蓮兒信你便是。只是，眼下有件事，須得五爺依蓮兒所言才是。」

「蓮兒請說，岑五一定辦到。」

蓮兒遂從懷中取出一個小符包，放入岑五手中，嬌聲道：「這是蓮兒昨日陪夫人去敬慈庵進香時，向主持師太求來的。師太說這個叫『一心符』，能讓女子的意中人對她一心一意，永不變心。五爺若是心中有蓮兒，就請時刻帶在身邊，如此便會對蓮兒一心一意，蓮兒也自會對五爺百依百順……」說著，慢慢嬌羞地偎入了岑五懷中。

岑五嬌人在抱，芳香撲鼻，將符包揣入懷中，喃喃道：「岑五必不負蓮兒一片心意，這符，自是要時時帶在身邊的。」說著，雙手漸有些不安分。

蓮兒卻突然掙開他的懷抱，喘道：「不行，夫人那裡，我得趕緊回去。莊主若是回來了，不見我在夫人身邊伺候，必有嚴懲。」

岑五聽到「莊主」二字，打了個寒噤，蓮兒紅唇在他右頰上輕觸一下，身形妖嬈，出林而去。他原地怔了半天，歎了口氣，步出竹林。

待他身影消失，江慈跳下竹梢，側頭自言自語道：「一心符？世上眞有這種東西麼？明天我也去敬慈庵求上一個。」

一輪潔白的月溫柔地照在長風山莊的竹林內。江慈坐於草地上，喝下一口花雕，仰頭望著明月，湧上一陣淡淡的憂傷……師父，您在那裡，還好麼？

絲竹之音穿透夜空送入耳中，她拋開這淡淡的憂傷，身形一晃，從竹林中躍出，穿林過院，自菊園旁的圍牆躍出。

山莊前那平月湖高臺之上，月琴婉轉，二胡低訴，一小生，一花旦，竟唱上了一齣《別三郎》。那花旦有一把極好的嗓子和曼妙的身段，一抬眼，一甩袖，都是無盡的風情。回眸轉身間，長長的鳳眼盡顯妖嬈穠豔，櫻唇吞吐，字字句句如玉珠落盤，聽得臺下數百江湖豪客如癡如醉，彩聲連連。

江慈素喜戲曲，看得眉開眼笑，將酒壺往懷中一揣，端著兩籠點心，邊看著戲臺，邊找了個空位坐下。才剛坐定，旁邊一女子冷冷道：「這位小師妹，這是我們峨嵋的座位，你們青山的，在那邊。」江慈這才發現，自己坐的這一桌有幾位道姑，桌上也淨是些素菜冷食。其中一位道姑冷哼一聲：「這武林，眞是越來越不像話了。」另一道姑點頭道：「師姐說得是，不知是盟主太年輕了，還是我們這些人老了，簡直是世風日下！這些年輕人都不知道尊敬長輩，是個位子就搶著坐。」

江慈知她們誤會自己是青山派弟子，笑了笑，端著點心走開。可在人群中穿來穿去，也未找到一處既能安心用食又能看戲的地方。索性退出人群，四處望了幾眼，發現菊園西側有棵參天古樹，正對著戲臺，不由喜上眉梢。

她越過菊園，在那棵大樹下停住。將兩籠點心併爲一籠，咬住竹籠，雙手急攀，借力上飄，不多時，便攀到了枝椏處。

江慈坐於枝椏間，取下口中竹籠，放於膝上，望著一覽無遺的戲臺，得意地笑了笑。她從懷中掏出酒壺，一邊喝酒，一邊吃著點心，不時隨臺上的花旦輕唱上兩句，倒也悠然自得。正看到得意之時，秋風吹過，將她右邊一叢樹葉吹得在眼前搖晃。她皺了皺眉，四顧一番，見上方還有一處枝椏，似是視野更爲開闊，又將竹籠咬於嘴中，攀住樹枝，身子向上一翻。

堪堪在那處落定，一個黑影突現於眼前，江慈猛然一驚。口中咬著的竹籠眼見就要掉落，忙伸手接住，身形未免有些不穩，便朝坐於枝椏間的那人倒去。那人見她倒過來，左袖一拂，江慈身子又朝另一邊倒去，腦袋正好撞在樹幹上。「啊」聲尚未出口，一股勁風讓她呼吸一窒，暈頭轉向，半晌後才發覺自己竟被那人點了穴道，放於枝椏間。

江慈氣極，無奈啞穴被點，罵不出聲，不由狠狠地瞪向那人。月色下，她穠麗的雙眸泛著點水光，襯著白玉般的臉龐，如一朵滾動著晶瑩露珠的芍藥，那人目光爲之一凝。

江慈再狠狠地瞪向他，他見她瞪得有趣，又覺此刻若殺她滅口有些不妥，便湊近她耳邊，以極輕的聲音冷道：「我先來的，這處便是我的地盤，少不得委屈你一下了。」

江慈氣得一噎，怒極後忽然平靜下來，衝那人盈盈一笑，不再理他，轉頭專心看戲。她啞穴和四肢穴道皆被點，只頭頸能自由轉動。看著臺上花旦正如泣如訴，哀婉萬狀，想起師姐，剎那間忘卻了穴道被點，隨著月琴和管弦之聲搖頭晃腦，頗具韻律。

背後那人看得片刻，正待湊到她耳邊說話，她早有準備，用力將頭向後一撞。那人怕躲閃間弄出聲響，猶豫了一下，便被她撞到鼻子，不由伸手將她往樹下一推。

江慈一時氣惱，拿腦袋撞他，未料他竟將自己往樹下推去。這樹極高，自己穴道被點，跌落下去，不死也得殘廢，眼見已落下樹杈，不由閉上眼睛，哀歎小命不保。正哀歎間，忽然腰間一緊，竟又被那人拎住裙帶，提上樹梢，重又坐回枝椏間。

江慈離家出走，一人在江湖上遊蕩，仗著輕功不錯，人又機靈，未曾遇到過真正的驚險。不料，今日為看戲曲，爬到高樹上，竟遭人暗算，還被他這般戲弄，實是生平奇恥大辱，不由將頭湊到這人面前，死死地看了他幾眼。

月光似水，透過樹梢灑於那人面上。江慈朦朧間只見他神情僵硬，五官模糊，顯是戴了人皮面具。整張面容，只見那雙眼眸如黑寶石般熠熠生輝。

她再上下掃了幾眼，覺他即使坐於樹杈間，仍顯身形修長挺秀、柔韌有力，又籠著一股迷濛清冷。那些碎落的月光灑在他的肩頭，令其如清俊出塵的璧月，又似寒冷孤寂的流霜。

那人從未讓年輕女子這般肆無忌憚地打量過，雙眸微瞇，冷笑一聲，笑聲充滿殘酷意味，彷如修羅神煞般凜冽。江慈一驚，先前喝的花雕酒發作，竟打了個酒嗝。酒氣衝得那人向後一仰，偏江慈的裙帶還握於他手中，這一後仰，帶得江慈直撲入他胸前。

此時，兩人姿勢可謂曖昧至極，江慈自是氣惱，那人也有些愣怔，眼中閃過憎惡之色。猛然一推江慈，正待下狠手，思忖一瞬，終覺不妥：「萬一這少女的師長找來，只會後患無窮。」他將江慈放正，在她耳邊輕道：「你乖乖看戲，我就饒你小命，你若是不老實，驚動了別人，這藥，世上可只我一人才有解藥。」說著，迅速塞了一粒藥丸入江慈口中。

那藥丸入口即化，江慈不及吐出，已然順喉而下。一怔間，他已伸手解開她的穴道。江慈瞪著他，愣了片刻，便不再理他，轉過頭看向戲臺。

「也曾想，你似青泥蓮花，我如寒潭碧月，月照清蓮，芳華永伴。卻不料，韶華盛極，百花開殘，年少還須老，人事更無常……」臺上花旦此時竟是清唱，蘭花指掠過鬢邊，眼波往臺下一掃，數百江湖豪客鴉雀無聲，就連那些坐得較遠、收眉斂目的和尚道姑們亦齊齊聳容。

江慈撇了撇嘴，掏出懷中酒壺，飲了一口，輕聲道：「她唱得沒我師姐好。」

那人一愣，本以爲餵她服下毒藥，她會驚恐萬分。不料，她竟似未發生任何事，還這般輕鬆看戲，坦然與自己交談，實是有些不同尋常。他冷笑一聲，聲音卻極輕：「她是京城有名的素煙姑娘，等閒的官宦人家想請她唱上一齣，還得看她心情。你說她唱得不如你師姐，可有些不知天高地厚了。」

江慈側頭看了他一眼：「你又沒聽我師姐唱過，怎知她不勝過這素煙，你才是不知天高地厚。不過，我師姐也絕不會唱給你這種鬼鬼祟祟的小人聽。」他冷笑道：「我哪裡鬼鬼祟祟了？」

江慈見他如寶石般的眼眸煞氣濃烈，也不驚慌，淡淡道：「你躲在這樹上，戴著人皮面具，又怕我洩露你的行跡，不是鬼鬼祟祟是什麼？只怕，是有什麼陰謀詭計要對付劍鼎侯吧。」她想了想，又道：「可我才不管你是誰，他劍鼎侯是生是死也與我無關。我看我的戲，你辦你的事，咱們誰也不犯誰，你那假毒藥，也嚇不到我。」

他愣住，不知這少女怎看出自己讓她服下的並非毒藥。她輕功不錯，現下穴道得解，只怕自己再想施辣手，難以一擊成功，反倒驚動他人。縱是能殺死她，但她師長若尋了過來，可就有些不妙。這長風山莊前又無其他更好的隱身所在，正後悔猶豫間，忽聽得臺下人聲鼎沸。

「易寒到了！」

「易寒到了！」

「是秋水劍，他來了！」

喧譁聲中，數百江湖人士齊齊轉頭望向莊前黃土大道，樹上的江慈不由也坐直了身軀。

戲臺上的素煙卻仍淺搖碎步，伴著幽幽月琴，柔媚宛轉地吟唱著：「青衫寒，鬢微霜，流水年華春去渺，朱閣悲聲餘寂寥。詞墨盡，弦曲終，簪花畫眉鮫淚拋。問一聲，負心郎，今日天涯當日橋，你拾我絲帕爲哪遭！」

夜風忽勁，莊前莊內的燈籠，次第搖晃。

一人一襲淺灰長袍，踏著琴聲，踏破月色，從幽暗中緩緩走來。只見那人衣衫半舊，於夜風中飄飄拂拂。他眉間鬢角滿是風塵落拓之色，清瘦的身影似從千山萬水間蕭索行來。他似緩緩而行，卻眨眼間便到了莊前。

這名動天下的秋水劍易寒，負手立於桂花樹下，對投在他身上的數百道目光恍如未見，深邃的目光直望著戲臺之上那名哀婉女子。

又一陣風吹來，琴聲忽烈，簫音高拔。素煙一揮袖，抬頭揚眉間，眼神凌厲投向臺前的易寒，月華與燈光映照下，笑容充滿淒涼嘲諷之意，吟唱著：「人世傷，姻緣錯，你執著英雄夢，我望斷故園路，今日持杯贈君飲，他朝再見如陌路。長恨這功名利祿，白無數紅顏鬢髮，添多少寂寞香塚，今生誤！」

易寒身定如松，臉上神情卻似喜似悲，管弦交錯間，他低低歎道：「長恨這功名利祿，白無數紅顏鬢髮，添多少寂寞香塚。唉，今生誤，誤今生！」

臺上，弦急管破，水袖旋舞，哀恨女子的眼神卻始終膠著在易寒身上。

啊，她的眉眼與那人何其相似，一甩袖，一揚腕，皆是無盡的婉轉癡纏。二十多年來，那身影令他夢中百轉千迴，醒後，卻只有一柄寒劍，一盞孤燈。若一切可以重來，是不是自己就會兌現那雙月橋頭的誓言，帶她遠走天涯，不要這煊赫的聲勢，不要這名利場中的傳奇呢？易寒灑然一笑，忽拍上腰間劍鞘，寒光乍現，弦音暴斷，臺上琴師踉蹌後退數步，手中月琴落地。

易寒手中長劍如一波秋水，映著月色，炫麗奪目。他望向長風山莊的黑金大匾，冷聲道：「易寒已到，請裴盟主現身賜教！」

古樹之上，那人搖搖頭，歎道：「易寒十招之內必敗。」江慈側頭望向他：「不可能。易寒心神雖亂，畢竟也是名震天下的秋水劍，怎可能十招就落敗！」
他冷笑道：「裴琰其人，從不應沒有把握之戰，最擅攻心，又極好步步爲營。他費盡心思找到易寒的弱點，將素煙請來此處，擾其心神，只怕還有後著。易寒性命能保，但十招內必敗。」江慈正想問他，何以說「易寒性命能保」，卻見山莊中門大開，十餘人魚貫而出。
皓月朗朗，秋風幽遠。
易寒望著魚貫而出的十餘人，淡淡道：「柳掌門，各位掌門，久違了。」
蒼山派掌門柳風盯著易寒看了片刻，暗歎一聲，拱手上前道：「易堂主，多年不見，堂主風采如昔，柳某有禮了。」
易寒唇邊掠過一抹苦澀的笑容，心中暗歎：「師弟，你這又是何必！你我當年同門時情義雖深，可現如今，你爲蒼山掌門，我乃桓國一品堂堂主，各爲其主。你若是能夠避開，就避開吧。」
柳風似讀懂了易寒苦笑之意，沉默一瞬，掙扎片刻，終從懷中掏出一封信箋，遞至易寒眼前。易寒並不說話，只用眼神詢問。
「這是我從師父的遺物無意中發現，師父顯是對當年將師兄逐出師門一事深感後悔。依此信之意，師父曾想讓師兄重歸師門，還請師兄三思。」柳風垂下眼，四周響起群雄驚訝之聲。
樹上的江慈卻是不懂，側頭望向身邊那人。他欲待不說，又怕這少女突然弄出聲響，只得冷聲道：「易寒本是我華朝蒼山門下弟子，武學稟賦極高，十八歲時便被譽爲蒼山第一高手，本是接掌門戶的不二人選。卻不知爲了何事，在他二十歲那年，上一任掌門、他的師父傳書武林同道，將他逐出了師門，並言道『人人得而誅之』。易寒遂遠走桓國，在那裡出人頭地，執掌桓國最大的武士堂——一品堂，成爲一眾桓國將士頂禮膜拜的劍神。」

江慈聽他講得清楚，側頭朝他一笑，又轉過頭去。

莊前，易寒長久地凝望著手中那封信箋，卻始終沒有展開細看。

秋風蕩蕩吹過，莊前，數百人鴉雀無聲，均默默望著這桓國無數將士心中的劍神，昔日華朝蒼山派的叛逆弟子。看他要做出何種選擇，走向哪條道路。

戲臺上的素煙不知何時抱了琵琶在手，秋風中，低眉凝眸，右手五指若有意似無意地輕撥著琴弦，曲不成調，卻自有一股蒼涼激憤之意。

易寒面色不改，秋水劍忽然一動，光華凜冽，托住那信箋平遞至柳風面前。柳風長歎一聲，伸手取回信箋，不再說話，後退兩步。群雄或惋惜，或鄙夷，或興奮，嗡聲四起。

易寒衣袂飄飛，面沉似水，朗聲道：「裴盟主，請出府賜教！」他的聲音並不大，卻壓過了在場所有人的聲音，朗朗澈澈，於長風山莊上空迴盪。

易寒聲音剛剛散去，一把更爲清朗俊雅的聲音響起：「裴某不才，讓易堂主久候了！」

二　盟主裴琰

群雄一陣歡呼，齊齊轉頭望向莊前黃土大道。幽沉的夜色中，十餘人穩步走來。

江慈翹首望去，只見當先一人藍衫飄拂，腰間絲條綴著碧玉琅環，身形挺拔修長，容顏清俊，目若朗星，舉止間從容優雅，顧盼間神清氣爽。

他漸行漸近，微笑著望向眾人，目光並不特別停駐於何人，眾人卻均覺他在向自己致禮，「盟主」、「侯爺」、「相爺」之聲四起。此人行至莊前，長袖輕拂，向易寒施禮道：「易堂主，裴某因有要事耽擱，遲來一步，還望易堂主見諒。」

易寒本是面向莊門，裴琰出現時，隨即稍稍側身。此時，裴琰上前行禮，易寒欲再側身，只覺裴琰一踏足一揖手，無不令自己這側身之姿頗顯拘束，難以從容舒展。遂心頭暗警，知眼前這人雖然年少，武學修爲卻是勝過其父。

易寒微微一笑，右足稍踏後一小步，借勢拱手：「裴盟主客氣了。」

「易堂主客氣。」裴琰笑道：「裴某俗務纏身，這幾日正忙於和貴國使節商談盟約事宜。貴國使節金右郎亦想前來一觀堂主與裴某一戰，故路上稍有耽擱，還望易堂主見諒。」

易寒瞳孔猛一收縮。此時，裴琰背後數人走至光亮下，其中一人輕袍緩帶，面容清矍，與易寒目光相觸，微微頷首，卻不搭話。早有僕人搬過大椅，這幾名桓國使節大剌剌坐下。

樹上，江慈微微坐開，側頭望向身旁那人。那人無奈，只得又道：「易寒名爲一品堂堂主，實是支持桓國二皇子的重要人物，而這金右郎乃桓國太子的親信，他桓國內政複雜多變，與我朝不相上下。」又輕哼一聲，「這裴琰果然心機深沉，步步爲營。舊情、恩義、政敵，能擾亂易寒心神的，他全都用上了，佩服，佩服！」

江慈的眼神，凝在此刻正親切有禮向眾掌門寒暄致意的裴琰身上，嘖嘖出聲：「好一個劍鼎侯，倒是不枉他的名聲！」

那人靠上樹幹，放鬆身軀，冷哼一聲：「裴琰是出了名的冷酷無情，不擇手段，你可不要被他那副好皮相給迷惑了。」江慈搖頭，諷道：「你也是一副好皮囊，一顆無情心，怎好意思說別人。」

二人正鬥嘴間，莊前紛擾已定，眾人落坐，場中僅餘裴琰與易寒負手而立。

裴琰仍是嘴角含笑，接過隨從遞上的長劍，悠然道：「易堂主，請賜教！」易寒也不答話，微一低頭，恰逢一陣夜風捲起，長衫隨風而鼓，獵獵作響。莊前數百人心窩劇跳，人人目不轉睛，等著看這場關係著兩國局勢的高手對決。

「且慢！」如冰雪般冷冽的聲音響起，易寒緩緩抬頭，卻見那素煙懷抱著琵琶站於自己身前。素煙秋波沉沉，似悲似怒，看定易寒，淒然一笑：「別來多年，易爺無恙否？」

易寒微一瞇眼，輕歎一聲，卻不答話。素煙冷笑一聲：「易爺當年何等風采，巧舌如簧，今日怎麼成了鋸嘴葫蘆了？只是，素煙現有一事非在易爺決戰之前相告不可，素煙可不想易爺下到黃泉，仍不明眞相。」她輕移碎步，走至易寒身側，貼到他耳邊輕聲說了幾句話。

易寒猛然抬頭，她卻轉身，戲服未除，花簪已拋，琵琶擲地，大笑道：「易寒，你負我親姐，令她含恨而逝。今夜，她當在九泉之下相候，與你一清前帳！」厲笑聲中，飄然遠去。

易寒木立良久，壓下心頭滔天駭浪，抬頭，正見裴琰含笑望著自己。那笑容觀之可親，眼神卻寒如冰霜，冷如利刃。

他終是一代高手，極力忘卻方才素煙相告之事。也不多話，氣貫九天，秋水劍微微一橫，爆起一團劍芒，身形倏忽一閃，攻向裴琰。裴琰身軀輕如鴻毛，倏然後飄，手中長劍挽起瀲灩光芒，架住易寒如電閃雷擊的一劍。鏗然一聲，光華暴起，裴琰借力疾退，如大鳥翩然飛起。

易寒跟上，手中秋水如波，由下撩上，再度直攻裴琰胸前。劍尖未至，劍風勁嘯，裴琰知不能強搠，於空中仰身閃避。又以退爲進，足下連環踢出數腳於易寒劍芒之下，直踢向他胸前膻中、紫宮二穴。

易寒坐馬沉腰，手腕下沉，劍刃劃向裴琰右足。裴琰右足忽然一旋，踏上秋水劍身，借力一飄，身子在空中數個盤旋，已如鶴沖九天，避開易寒挽起的森森劍氣。

月色下，一灰一藍兩道身影交錯飛旋，灰影如鶴唳晴空，藍影如光渡星野。易寒劍勢卓然凌厲，威勢十足，裴琰則清颯自如間帶著一股沉穩氣質，隱隱讓人覺其有一種指揮千軍萬馬、從容自若的氣度。

數招過去，易寒忽然一聲清嘯，劍芒突盛，人劍合一，有如破浪，撲向躍於空中、尚未落地的裴琰。裴琰呼吸一窒，如在驚濤駭浪中沉浮。覺易寒劍勢凌厲至極，卻又不乏靈動飄忽，實是攻守俱備。但他並不驚慌，長劍忽轉刺為掃，橫擊向易寒身側。

易寒聽得裴琰手中劍鋒嗡嗡而響，知自己縱能劈入他胸前，卻也不免被他劍氣攔腰而過。心中暗讚裴琰此招看似求兩敗俱傷，實是攻敵之必救，履險地如平川。他腰一擰，沖天而起，長劍忽然脫手，在空中一道迴旋，竟射向裴琰腦後。

裴琰聽得清楚，知無法回劍後擋，只得借先前一掃之勢右撲。卻見易寒如花蛇撲鼠，迅捷躍向空中接住長劍，直刺而下。電光火石間，易寒劍氣已劃破自己橫在腰前的右臂衣袖，眼見就要刺入右肋。

他自幼習武，知終有一日要與易寒決戰，十年前便派出細作潛入一品堂，對易寒的一言一行、一舉一動瞭如指掌，更早將易寒過往詳盡調查。他擅打攻心之戰，這才請來素煙，說動柳風偽造書信，又激來桓國金右郎觀戰，力求多占先機。

當此生死時刻，裴琰深知已是利用先前所做一切努力的時候。身形移動間，右足在地上帶過，正碰上先前素煙擲在地上的琵琶，弦音零亂而起。易寒心神一顫，腦中閃過素煙相告之事，一個恍惚，劍尖微顫，擦過裴琰右肋，直插入黃土之中。

裴琰疾速轉身，修長手指握著的長劍劇烈顫動，如有漫天光華於身前凝聚。劍氣破空而起，映亮易寒雙眼。易寒眼神一閃，剛拔出秋水劍，裴琰手中長劍已如龍騰，如鳳翔，轟然擊向他身側空地。

場邊眼尖之人看得清楚，正在心中暗訝，為何裴琰不趁秋水劍未拔出之時直擊易寒，而是擊向他身側空地。卻見易寒竟似站立不穩，身形搖晃間疾速回劍於身側，轟聲暴起，他冷哼一聲，往左側輕躍一步。

裴琰從容收劍，負手而立，雙目神采飛揚，含笑望著易寒，並不言語。易寒劍橫身側，默立良久，一道殷紅血跡沿劍刃蜿蜒而下，滴入黃土之中。

他搖了搖頭：「裴盟主竟已練成『聲東擊西』，易某佩服！」忽然仰頭大笑，秋水劍挾著龍吟之聲，如流星般直射平月湖邊一棵巨柳之上，深及沒柄，樹身劇晃。灰影閃動，易寒身形消失在大道盡頭，空中傳來蒼涼之聲：「秋水劍已逝，易寒再非江湖中人，多謝裴盟主成全！」

群雄呆了一瞬，爆出如雷歡聲，桓國使臣又暗喜又尷尬，於僕從引導下拂袖入莊。

歡呼聲中，江慈轉頭望向身邊之人：「裴琰的父親死於易寒手中，他爲何不取易寒性命呢？」那人冷笑一聲：「易寒以一品堂堂主身分前來挑戰中原武林，實爲代表桓國軍。他既已棄劍認輸，裴琰便不能再殺他，否則便是擅斬來使，蓄意挑起戰事。更何況，裴琰還想留著易寒性命以助引起桓國內訌，又怎會爲了區區殺父之仇，亂了大謀。在他心中，父仇，遠不及權勢來得重要！」

江慈笑道：「你倒是挺瞭解裴琰的。」那人卻不再說話，視線投向莊前那從容持定、微笑拱手的身影，目光漸轉凌厲。

喧鬧一陣，裴琰踏上莊前臺階，右手微壓示意，場中一片肅靜。

他面上笑容十分優雅，聲音不大，卻讓每個人聽得清清楚楚：「裴某不才，忝任盟主數年，卻是力不勝任。近年來更因忙於政務，疏怠了盟內事務，實是對不住各位同道，裴某無顏再任盟主一職。」

眾人皆未料到他擊敗名動天下的易寒，正意氣風發、聲望達到頂點之時，忽然說出這樣一番話，一時之間面面相覷。

樹上，那人緩緩坐直，江慈不由瞟了他一眼。此時，他僵硬的面容隱入樹葉的黑影之中，只餘那雙如星河般璀璨的眼眸盯著莊前之人。他整個人散發著一種嗜血的殘酷與冷戾，還隱隱透著一絲厭倦萬事萬物、欲毀之一快的暴虐。

卻聽得裴琰續道：「現我朝與桓國休戰，各門各派在軍中任職的弟子均可暫獲休整，正是我武林人士選賢立能的大好時機。裴某斗膽辭去武林盟主之位，由諸位同道自行另選賢能。」不待眾人反應過來，他又道：「我也已上書求得聖上恩准，從即日起，朝廷不再委任盟主，亦不再干涉武林事務。裴某才疏德薄，多年來全仰仗諸位賞臉支持，方能支撐至今。今後不能再行擔任盟主之職，故特來向各位告罪。」說完，向莊前眾人拱手一圈，又走到眾掌門身前，長揖施禮。

裴琰此話一出，莊前一片哄然。誰也未料到他竟會辭去盟主一職，更未料及朝廷竟就此放棄百餘年來對武林的控制權，但言猶在耳，不由眾人不信。有那等心機敏銳之人更想到從此自家門派也可角逐盟主一位，從而號令武林，心中暗喜。

江慈看場中熱鬧喧譁，頗覺有趣，卻見莊前一人分眾而出，步至裴琰面前行禮道：「盟主，于某有一言，不知當講不當講？」裴琰微笑還禮：「于大俠德高望重，裴某素來敬重，于大俠請直說。」

那于大俠四十上下，身形修長，面容清瘦，頷下三綹長鬚，頗顯儒雅飄逸。在場大部分人都認得，此人是玉間府的于文易，為人持重，善調糾紛，頗受人敬重，號為「玉間清風」。

于文易又向各掌門人行了一禮，沉聲道：「裴相是一片好意，朝廷也是誠心放手武林。但不知裴相可曾想到，您這一辭，朝廷這一放手，武林多年紛爭誰來排解？來日盟主之位又如何選出？若是稍有不當，自相殘殺，只怕這武林從此便會多事，干戈之音恐會不絕於耳。」他話音剛落，已有許多持重之人紛紛點頭，想及裴琰抽身而去，武林從此多事，莫不有些心憂。

裴琰微微一笑：「這一節，裴某早已慮及，並已修書會告各位掌門。各位掌門先前於莊內密商，議的正是此事。相信以各掌門的大智大慧定已商榷出可行之法，並就諸事做成協議。」
各掌門或頷首，或躬身。少林掌門慧律大師踏前一步，雙手合十：「裴相早有傳書，各位掌門也就此事達成一致，文易多慮了。」于文易是少林俗家弟子出身，忙合十還禮：「文易魯莽，掌門莫怪，也請裴相見諒。」說完，退於人群之中。
又有一人越出人群，大聲道：「既是如此，就請大師告訴我們，這新任盟主又該如何選出？」他此言一出，群雄紛紛附和。
「對，快說吧。」
「就是，新盟主如何選出？」
裴琰微笑著退開兩步，慧律大師走到莊前，先頌一聲佛謁，沉聲道：「經各掌門共同議定，將於十一月初十，在這長風山莊前舉行武林大會。由各門各派推舉一位候選者，通過德行、智慧、武藝三輪角逐，最後勝出者，即為下任武林盟主。至於具體如何比試，諸位掌門自當共議詳細規則，屆時將昭告天下。」
莊前頓時人聲鼎沸，議論紛紛，又有人嚷道：「那這三個月，還是裴相兼任盟主麼？」裴琰神色悠閒，上前拱手：「裴某政務繁忙，不再適宜處理盟內事務。這三個月，暫由慧律大師攝盟主一職，期間，事務由各掌門共同決定。」
他唇角略為上翹，右手輕抬，隨從們遞上玉盤，遂取起盤中酒杯。也早有隨從端過酒壺酒盞，一一斟酒給各掌門，如為出家人或是女子，奉上的自是清水。
裴琰舉起酒杯，朗聲道：「自此刻起，裴某不再是武林盟主，但仍願與各位一起為武林同道盡心盡力，以求武林的公正寧和。現以水酒一杯，以示我之誠心！」說著，他仰頭一飲而盡，從容轉身，含笑望向各掌門人。各掌門人忙舉起酒杯，場中眾人亦紛紛持杯哄應，齊齊欲飲。

「慢著，飲不得！」巨喝聲破空而來，眾人手中酒杯便都停在了空中。

數百人齊齊扭頭，莊前有著一瞬的沉默。三道人影急射而來，其中一人疾奔至慧律大師身前，見他手上杯盞清水尚存，長吁一口氣：「天幸，天幸，宋某來得不遲。」

樹上，江慈見又有變故，大感興奮，身軀稍稍前傾。身旁那人眉頭一皺，忽伸出左手將她往後拉，江慈身形急移閃避。眼見樹枝輕微晃動，那人心中惱怒，又瞥見莊前的裴琰有意無意朝這邊掃了一眼，更恨自己先前為何不乾脆將這少女殺了滅口。

面具人冷著臉，喉間忽然發出「吱吱」聲，江慈仔細聽來，像極了鄧家寨古松枝上小松鼠的聲音，忍不住掩嘴偷笑。

裴琰目光掠過菊園，後停在那三人身上，步下臺階，行至其中一人面前施禮道：「神農子前輩光臨敝莊，裴某不勝榮幸。」

江慈正在竊笑身旁之人學松鼠吱鳴，聽得來者竟是天下聞名的神醫「神農子」，忙轉頭望去。只見趕來的三人之中，二人均是四十上下，其中一人身形魁梧，濃眉大眼，極為豪邁，負手望著裴琰冷笑。另一人則身形單瘦，較為矮小，面白無鬚，下頷處有著一塊圓形胎記，正是傳聞中的神醫神農子樣貌特徵。二人背後，是一黑衣蒙面人，披了件斗篷，將全身上下遮蓋得嚴嚴實實。夜風吹過，那斗篷颯颯作響，襯著其人高䠷的身形，有股說不出的詭異與迷離。

裴琰滿面春風，向神農子和他身邊那人笑道：「程前輩，宋大俠，二位前來喝裴某這一杯謝盟酒，裴某深感榮幸。」那身形魁梧的中年人冷笑道：「裴相，只怕此刻，你最不想見到的便是我們吧。」

裴琰微一蹙眉，隨即舒展開來，從容笑道：「不知宋大俠此話何意，還望明示。」蒼山派掌門柳風與這「龍城劍客」宋濤素來交好，見他對裴琰冷言相向，忙上前道：「宋兄，裴相雖已不再擔任盟主，但……」

宋濤不待柳風說完，忽奪過他手中酒杯，轉身遞給神農子，道：「程兄，有勞您了。」眾人心中皆是一動，有那等已將酒杯湊到唇邊之人，不禁悄悄望向自己杯中酒水。

神農子程不見隨即將宋濤遞來的酒杯，湊至鼻前細聞，又自袖中取出一瓷瓶，倒了點白色粉末入酒杯，片刻後，點頭歎道：「正是『化功散』。」嘩聲四起，眾人紛紛將手中酒杯擲地，有那等性急之人更是大聲怒罵。

凡是習武中人，莫不知化功散的厲害，此藥曾毒害武林十餘載，令無數人逐步失去功力。幸得百餘年前，武林盟主謝曉天聯同副盟主裴俊，合力將煉製化功散的主藥——「天香花」悉數毀去，方保了武林這麼多年的平安。此時聽到神農子確認，長風山莊的酒水中竟下了化功散，實是令人震驚之餘疑念叢生。

宋濤怒容望向裴琰：「裴相，您爲朝廷賣命，剷除武林勢力，也不用下這般毒手吧。」各掌門互望一眼，紛紛上前踏出幾步，恰好將裴琰圍在其中。見掌門人如此，各門派弟子亦紛紛執起兵刃，分成數團，將長風山莊之人團團圍住。

眼見莊前局勢突變，劍拔弩張，裴琰卻不驚慌。他優雅一笑，長袖舒展，也不見如何移步，便取過數步之外、管家手中先前爲各掌門人斟酒的酒壺。

他從容地將壺中之酒一飲而盡。只見修長手指倒握青瓷酒壺，於空中緩緩劃過，溫然道：「各位稍安勿躁，爲表裴某並非下毒之人，我便飲盡此酒，以示清白，大家有話慢慢說。」見他飲下壺中之酒，眾掌門面面相覷，緊張局勢稍解。

裴琰甩袖轉身，微笑道：「宋大俠之爲人，我素來信得過。還請宋大俠將來龍去脈敘述清楚，相信諸位武林同道自有判斷，也好還裴某一個公道。」宋濤愣了一瞬，大聲道：「好，既是如此，宋某就將諸事細敘，請各位聽清楚，辨明事情的眞相。」

八月的夜晚，月華清澈。長風山莊前數百人寂然無聲，且聽那宋濤細細道來。

「約莫一個月前，我收到易寒的傳書，知曉他將於今夜挑戰裴琰。我自是要前來一觀決戰，便於八月初一上午啓程，由龍城一路北上。八月初五那夜，行至文州郊外，經過一處密林之時，聽到打鬥之聲。入林詳看，見有七名黑衣人正圍攻一蒙面人。那七名黑衣人招招狠辣，非要將那蒙面人置於死地。

「我本不欲多管閒事，卻又認出那七名黑衣人是武林中臭名昭著的『七煞殺手』，而那被圍攻的蒙面人又在打鬥過程中說出一句令我震驚的話。於是，我便出手斃了七煞殺手，救下此人。也幸得救下他，才得知了一個可能令我武林同道永陷沉淪的大陰謀。」

裴琰此時已步至桓國使臣先前所坐大椅前，遂撣撣衣襟坐下，微笑著靠上椅背，道：「想來，這個大陰謀必是指裴某將在今夜的酒水下化功散，毒害武林同道了？」

宋濤板著臉道：「正是。幸好宋某來得及時，才能阻止各位飲下這毒酒。」裴琰悠悠道：「不知宋大俠當時救下的，究竟是什麼人？爲何能知道裴某今夜要在酒中下毒？」

宋濤轉身，指向與自己同來的那名黑衣蒙面人：「宋某救下的正是此人。」蒼山派掌門柳風忍不住拉了拉宋濤的衣袖：「宋兄，此人於這關鍵時刻仍蒙首蒙面，不願以眞面目示人，他的話如何信得？」

宋濤望向那人，黑衣蒙面人遲疑片刻，終將身上斗篷除去，又輕輕將面上黑巾緩緩拉下。隨著那黑巾除下，人群中嗡聲四起，人人眼中露出驚豔之色。

這人背對菊園，江慈看不清他的面容，卻聽得宋濤指著那人道：「這位，乃月落山脈『星月教』教主，蕭無瑕。」那蕭無瑕向四周群雄欠身致意，身形一轉，江慈遂將他面容看得清楚，忍不住低低讚歎了一聲。

只見那蕭無瑕生得極秀美俊逸，唇紅齒白，修眉鳳目，眸中更似泛著波光，奪人心魂。他緩緩環視眾人，眾人皆覺其哀怨深情地凝望著自己，齊齊生出愛憐之心，又在心底冒出同一字詞：「妖孽。」同時想及，「一個男子，生得如此之美，不知是福是禍？」

裴琰右手手指輕敲椅手，道：「裴某也曾聽聞蕭教主大名，但蕭教主一直以來只在月落山脈出沒，不知爲何會出現在文州郊外，又爲何知道裴某要下毒害人？」

宋濤冷笑一聲：「蕭教主不善言辭，就由宋某來代答。是這樣的，當年，聖武帝聯同裴相的先祖將那天香花悉數毀去，殊不知這世上尚有天香花留存。而這僅存的天香花，便一直生長在星月教的聖地，也就是那月落山脈最深處。

「歷代星月教主都知這天香花爲害世人，但又憐這花生得極美，不忍下手毀去，便任其在深山之中自生自滅。直到半年前，蕭教主無意間發現谷中的天香花少了十餘株。他自是大驚，在教中一番詳查，發現有一弟子出谷辦事後，不知去向。

「他知此事非同小可，便出谷尋找該弟子下落。一路尋到文州，將那名弟子擒獲。方得知，那名弟子早已被裴相收買，正是在裴相的指使下，將谷中的天香花盜出。而據其所述，裴相已知曉化功散的煉製方法，要用這天香花製出化功散，在八月十二的武林大會上，下毒於酒水之中。

「蕭教主得知這等大陰謀，自是有些驚慌，正欲啓程前來長風山莊，卻在文州郊外被七煞殺手追上。那七煞殺手收了裴相的銀子前往殺那弟子滅口，蕭教主來不及保下弟子的活口，又被七人追殺，若非我正巧經過，這個大陰謀只怕再無人知曉。

「諸位同道皆知，這化功散無色無味，很難察覺，又不會當場發作，只會令各位在接下來的幾個月裡功力逐步衰退。而幾個月後，正是角逐新任武林盟主的日子，屆時，在場的諸位功力漸退，能參加角逐的又會是何人呢？」

他話音一落，柳風驚道：「難道，是從軍中回來休整的各派弟子？」

宋濤冷笑道：「正是如此。這些人，雖名義是我武林各門下弟子，實際上，他們多年從軍，早已被朝廷和裴相所控制。裴相一面辭去盟主之職，以示自己的清白，一面又讓這些親信接過武林大權，同時又將有力與他抗衡的各位功力化去，永絕後患，自此武林再無力與朝廷抗衡。」

他這番話說得清楚明瞭，加上先前神農子驗出酒中有毒，復又有星月教主蕭無瑕爲人證，群雄便信了八九分。眾人激憤不已，紛紛大聲呵斥怒罵，更有甚者，將刀劍架在長風山莊諸人的脖頸之上。

裴琰眼底盈滿笑意，盯著那蕭無瑕看了幾眼，閒閒道：「宋大俠所言皆是人證，那物證呢？」宋濤大聲道：「我得知這個陰謀後，知僅憑人證必定不夠，這才星夜兼程，從滄州請來神農子。他現已驗出酒中有毒，這還不夠麼？」

裴琰悠然道：「裴某方才已喝盡壺中之酒，那酒壺正是先前替各掌門斟酒的酒壺，若是裴某下毒，難道那剩下的酒就沒有化功散麼？」宋濤冷笑道：「你既知化功散的配製方法，定已知解藥配方，便早服下解藥，也未可知啊。」二人唇槍舌劍，群雄越聽越迷糊，不知該信何人所言。

正在此時，那蕭無瑕忽然出聲，他的聲音極輕極柔，還有一股說不出的柔媚：「我那弟子，臨終前還說出了一件事情。」裴琰嘴角含笑：「蕭教主請說。」

蕭無瑕似是有些遲疑，望向各位掌門。少林掌門慧律合十道：「蕭教主有話儘管說，各位同道自會護得教主周全。」

蕭無瑕咬了咬下唇，輕聲道：「我那弟子臨死前向我懺悔，說他所做一切是受裴相收買，而裴相派出收買他、與他聯繫之人，是這長風山莊中的某人。由於我那弟子生得柔美，此人又素好男色，便與我那弟子有了斷袖之愛。」

樹上，江慈不免有些迷糊，不大明白蕭無瑕所言之意。又聽得眾人一片鄙夷之聲，正待向身旁之人相詢，卻見月光下那人眼中波光閃閃，似怒似怨，詭異駭人。

她有些詫異，又聽得那蕭無瑕道：「床笫歡愛之間，那人對我弟子和盤說出了裴相的圖謀，也說出今夜將由他負責在酒中下毒。故此人身上必定藏有那未用完的化功散，只要將他全身搜上一搜，便知我有沒有誣陷裴相。」

蕭無瑕話音剛落，數十人同時問道：「那人是誰？把他揪出來！」

蕭無瑕緩步走向裴琰，猛然抬手指向他背後一人，大聲道：「就是此人！」隨著他這一指，裴琰背後一人高高跳起，向旁衝去。

宋濤大叫：「別讓他逃了！」數人拔出兵刃衝上，將其圍在中間，那人極力左突右圍，同時口中「啊啊」地大叫出聲。

蕭無瑕清喝一聲，身形拔起，朝其攻去。那人雙手亂揮，抵得幾招，被蕭無瑕一招擊得直向後方的裴琰衝去。裴琰袍袖一拂，那人被拂得掩面倒地，於黃土中翻滾數下，慘叫聲逐漸低了下去，又再抽搐幾下，便不再動彈。

宋濤與蕭無瑕同時喝道：「裴琰，休得殺人滅口！」柳風等人搶上前去，將地上之人扶起，卻見其面色慘白，氣息微弱。而這人，眾人都認得，正是長風山莊的二管家——岑五。

宋濤喝道：「快搜他身，看看有沒有化功散！」同時抽出腰間長劍，攔在柳風身前，怒目望向裴琰，顯是防他暴起傷人，奪人滅跡。

柳風將手伸入岑五懷中，不多時，掏出數個瓷瓶和紙包、紙符等物，遞給神農子。神農子一一察看，待拆開一個紙符時，猛然大叫：「是化功散！」

三　平州崔亮

群雄哄然，眾掌門齊齊轉身，望向仍安然若素坐於椅中的裴琰。

慧律冷聲道：「裴相，您作何解釋！」

裴琰似笑似諷，環視眾人：「各位稍安勿躁，我自有合理的解釋給各位。」

各掌門緩緩向他逼近，宋濤冷聲道：「裴相，這化功散是從你的管家身上搜出，你又當著大夥的面殺人滅口，我看，你是解釋不清了！」

裴琰呵呵一笑，拂袖起身，風姿閒雅，淡定地望著眾人。眾掌門心中暗警，知他武學修爲深不可測，均將眞氣提到極致，隨時準備發起雷霆一擊。

裴琰卻負手而立，笑道：「先前一直是宋大俠在細敘諸事，裴某未得辯解，不知諸位可願給裴某一個機會，以證自身清白？」

各掌門互望一眼，皆想到眼前之人畢竟是當朝左相，執掌部分兵權。此時雖證據確鑿是他下毒害人，但說不定他背後還有更大的人物在支持，若是貿然動手，只怕後患無窮。

想及此節，慧律高頌一聲「阿彌陀佛」，聲如磐鐘，壓下場中數百人雜亂之聲。待眾人平靜，他合十道：「裴相，請您拿出證據，也好安武林同道之心，更免眼前之禍。」

明月漸漸升至中天，清輝如水，灑於裴琰身上，其人全身如籠著淡淡光華，更顯清俊出塵。

樹上，江慈看得清楚，不由低低道：「肯定不是他下的毒。」身旁那人微哼一聲，江慈轉頭望去，只見他目光冷銳，緊盯著立於莊前的裴琰，身子稍稍前傾。儼如一頭伺機撲向獵物的獵豹，又似潛伏暗處、準備暴起攻擊的毒蛇。

江慈心中湧起一股莫名不安，耳中聽得那裴琰朗聲道：「各位，裴某想請出一人問幾個問題，問過之後，大家自會明白。」他側頭向大管家裴陽道：「去，請桓國使節金右郎大人出來。」裴陽轉身入莊。

眾人不由有些訝異，不明白他下毒一事，為何要由敵國使臣證其清白。

不多時，那桓國使臣金右郎自門後邁出，向裴琰拱手道：「不知裴相請本官出來，有何賜教？」裴琰欠身還禮道：「賜教不敢當。裴某素聞右郎大人主管貴國禮史事宜，於貴國及我朝史實極為熟稔，有幾個問題想向右郎大人請教。」

「裴相客氣，金某定知無不言，言無不盡。」

裴琰淡淡道：「二十三年前，貴國與我朝曾有過一次激烈交鋒。貴國傷亡慘重，我朝也有上萬將士血灑邊關。不知右郎大人可曾記得，當年緣何令兩國兵戎相見？」

金右郎面上隱有不悅，冷冷道：「當年慘烈一戰，為的是爭奪月落山脈。」

「具體是何起因？」

金右郎略有遲疑，終道：「月落山脈，居住的是月落一族。月落族人，男生女相，女子則更是個個貌美如花。上百年來，月落族為保平安，不斷向我國與貴國進獻美貌的少男少女。這些進獻而來的月落族人，男的為孌童，女的則為歌伎或姬妾。

「二十三年前，月落族向我國進獻的一名孌童，忽於某夜刺殺了我威平王。經嚴審，此孌童招供是受其族長指使。我國聖上大怒，兵發月落山下，要月落族交出元兇。然貴國卻於此時出兵支持月落一族，說是我國誣陷月落族族長命人行兇，才令兩國經歷那慘烈一役。」

金右郎侃侃說來，群雄聽得目瞪口呆。有那等年長之人記起當年那一戰，心中都若有所悟，不由望向那面色漸冷的蕭無瑕。

裴琰悠悠道：「不知後來，貴國得否查清凶案真相？」金右郎輕哼一聲：「自是查得水落石出。原來那變童是月落山脈星月教之人，他是受星月教主指使行刺於威平王。另有星月教眾潛伏於貴國宮中，說動貴國皇帝發兵馳援月落族，蓄意挑起兩國之間這場戰事。」

群雄一陣議論之聲，這星月教之名不盛，僅活動在月落山脈一帶，少與中原武林人士來往，不曾想該教人士竟是挑起當年大戰之人。

裴琰問道：「那爲何這段史實，貴我兩國不曾公諸於眾？」

金右郎極爲不悅，但礙於面前之人是華朝左相，自己此次奉命前來和談，實是得罪不起，遂冷冷道：「此事牽涉兩國宮闈，不宜公諸於眾，只是現如今裴相相詢，金某不得不坦言矣。」

蕭無瑕面無表情，只眸中漸湧恨意，那種刻骨入髓的恨意襯著他陰柔的面容，讓人不寒而慄。

樹上，江慈隱覺樹枝輕顫，聽得身旁那人正壓低聲音冷冷而笑，笑聲中似有說不盡的深痛邈遠。她莫名湧起一股憐惜之情，悄悄伸出手去，輕拍了拍他左臂。那人緩緩轉過頭來，江慈卻又不知該說什麼。忽想起以往每次師姐鬱鬱寡歡時，自己總是扮個鬼臉便能逗她一笑。遂雙手揪住自己面頰，衝他伸出舌頭，扮起鬼臉，又衝他笑了笑，那人看得清楚，一時愣住。

待眾人議論之聲漸淡，裴琰向那金右郎欠身道：「裴某還想請問大人，不知那星月教爲何要蓄意挑起兩國戰爭？」金右郎板著臉道：「星月教眾素來對其族長將族中少男少女進獻兩國之事不滿，多年積怨，自是要令我國與貴國戰事不斷，他們好趁機復仇。」

裴琰微微一笑：「多謝右郎大人解惑，裴某不勝感激。」又轉過身來，與那蕭無瑕對望片刻，呵呵一笑，側頭向大管家道：「去，請母親出來。」

聽聞從未在人前露面、上任盟主裴子敬的遺孀，這名震天下劍鼎侯裴琰的母親，竟要公開露面，群雄無不大感好奇。加上經金右郎這樣一說，有那等心機深沉之人便隱隱覺得蕭無瑕的話並不可信，場中緊張氣氛故而稍有緩解。

月華流瀉，秋風輕揚，環珮叮噹，數名華服侍女扶著一女子步出出莊門。

此名女子素衣簡飾，低頭而行，眾人看不到她面貌，卻均覺其身形有股說不出的清冷與縹緲。正邁出莊門，裴琰迎了上去，扶住其左臂，面上滿是敬慕之色，恭聲道：「母親，要勞動您，實是孩兒不孝。」

裴夫人在其攙扶下步下臺階，緩緩抬起頭來。眾人眼前一眩，不由齊齊倒吸一口涼氣。這裴夫人看上去十分年輕，不過三十來歲年紀，膚白勝雪，一雙星眸轉盼生姿，清麗不可方物。她望著兒子，唇角含笑，神情又顯得柔和端凝，嫻婉清雅。

群雄均未料到這深居簡出的裴夫人看上去這般年輕，又生得如此美貌，竟比公認的武林第一美人「青山寒劍」簡瑩還要美上幾分，又看向裴琰清俊面容，皆在心中暗生「有其母必有其子」的感歎。

宋濤急不可待，大聲道：「裴琰，你說要拿出證據證明你的清白，難道證據就是裴夫人麼？」

裴琰雙手自裴夫人臂上一鬆，笑道：「證據嘛，並不是我母親，而是……此──人！」他猛然轉身，疾撲向裴夫人背後一名侍女，那侍女驚呼一聲，青影一閃，向後飄去。裴琰冷哼一聲，身形如電，附影隨形，「砰砰」數聲過後，女子慘呼一聲，倒於地上。

裴琰重落於地，輕拍了拍身上藍衫，轉向金右郎拱手道：「右郎大人，您素知月落族人習性，不知月落族人身上可有何特徵？」

金右郎不明先前莊外發生的一切，眉頭微蹙，可當此之際也只能照實答道：「月落族人，七歲以後，不論男女，均在大腿內側紋上一小小月亮圖案。」

裴琰走至青山派掌門程碧蘭身前，欠身道：「煩請程掌門將她帶入莊內，詳細察看。」程碧蘭素手一揮，便有幾名青山女弟子將那名侍女架起，步入莊內。

眾掌門互望一眼，柳風和崆峒派掌門穩步過去，將蕭無瑕挾在中間。不多時，青山掌門程碧蘭邁出大門，走至慧律大師身邊，輕聲道：「驗得清楚，這侍女正是月落族人。」

一陣笑聲響起，眾人望去，只見那蕭無瑕大笑道：「素聞裴相深受今上恩寵，只怕，賜您一名月落族女子，也是可能的吧？單憑一個侍女是月落族人，就能證明裴相的清白麼？」

裴琰並不答話，而是扶過裴夫人右臂，將其送上臺階穩立，方轉身朗聲道：「岑五，你起來吧。」

蕭無瑕面色大變，只見先前倒於地上正垂垂待死的岑五忽然躍起。眾人一驚，岑五已然步至臺階下，向裴琰行禮道：「莊主。」

眾人驚訝不已，慧律上前合十道：「裴盟主，還請您詳細解釋。」他這一聲「裴盟主」喚出，自是已相信了裴琰的清白。

樹上，江慈聽得身邊之人發出一聲冷哼，充滿憤怒與不甘。

裴琰卻不急著回答，右手輕抬，僕從遂上前將桓國使臣金右郎引入莊內。待金右郎遠去，裴琰方轉過身來，微笑著拍了拍岑五的肩膀：「岑五，詳細的經過，你來說吧。」

岑五躬了躬腰，恭聲道：「是。是這樣的，小人半年前，便屢次受到玉蓮那丫頭的挑逗與勾引，小人雖也迷戀其美色，但心中仍保有一份清明。更何況，長風山莊莊規嚴厲，莊內不得有任何私通姦情，小的不敢有違莊規，便將此事上稟莊主。莊主得稟後，便命人詳查這玉蓮底細，覺其有些可疑。夫人曾在京城居住數年，見過王公貴族宅邸的月落族女子，隱覺此女似有月落之風。夫人便於某一夜將此女迷暈，命人褪其衣衫詳看，確認了其月落族人身分。

「莊主得知後，便知星月教可能有陰謀要展開。莊主一面命我假裝上當，穩住玉蓮這丫頭，一面派人潛入星月教。遂得知蕭教主欲借宋大俠之口，誣我長風山莊下毒謀害武林同道，從而攪亂我朝內政，挑起武林朝廷之間矛盾、動搖我朝軍心的大陰謀。莊主得此陰謀後，因尚不知究竟莊內還有誰是細作，誰負責下毒，便定下計策以引出蕭教主，讓各位同道看清星月教蓄意挑起矛盾的眞實意圖。這才將計就計，引得星月教施行陰謀，又請來桓國金右郎大人於關鍵時候作證。

「玉蓮於今日入夜時分將那紙符交給我，故意說些花言巧語讓我帶在身上，然後又悄悄地在我身上種下了迷香。方才蕭教主用手指向我時，發出了引香，我便神經錯亂，四處逃竄，與莊主合演了這一齣戲，也讓各位虛驚一場。

「蕭教主苦心謀畫，想置莊主於死地，卻不知他派出的下毒之人先前在酒水中下毒時，便讓我們盯上，將其拿下，從其身上搜出了化功散。由此，酒水之中只有眾掌門手中的才放了化功散，爲的是引出蕭教主，拆穿其眞面目。至於我家莊主喝下的那壺酒，壺中自有夾層。如若蕭教主等人不出現，莊主自會想辦法不令眾掌門喝下有毒之酒水。

「至於玉蓮在我身上種下的迷香，由於我家莊主的叔父子放侯爺曾帶兵參與當年激戰，自是知曉解藥配方，小人由此才得與莊主合演這一齣戲。」

他話音剛落，莊中數人押著一僕從裝扮之人走出，那人面目清秀，形狀卻極爲狼狽。岑五執劍走上前去，劍光一閃，割破那人褲頭，眾僕將那人右腿抬起，群雄看得清楚，其大腿內側正有月落族人印記。

岑五口齒清楚，將諸事敘述得有條有理，現又有兩名月落族人被拿下，群雄已然深信無疑，紛紛向那蕭無瑕圍攏。宋濤更是滿面憤慨與激怒，喝道：「蕭無瑕，原來你是這等卑鄙小人，枉我還當你是朋友，納命來吧！」說著，「鏘」一聲抽出腰間長劍。

蕭無瑕面色蒼白，鳳目流轉中透出絕望之意，步步後退，卻被眾人圍住。眼見已無退路，愣了片刻，忽仰頭大笑：「哈哈哈哈，恨不能殺盡欺辱我月落族人的奸賊，你們終有一天會遭報應！」

夜風中，他的面上帶著濃烈的恨意，秀美的五官扭曲成一團，笑聲卻逐漸低落下去，終身軀一軟，倒於地上。宋濤等人搶上前去，只見蕭無瑕嘴角鮮血沁出，竟已氣絕身亡。

群雄面面相覷，未料這堂堂星月教主蕭無瑕一招未出便自盡身亡，一齣驚天陰謀竟是這般收場，實讓人有些恍然如夢。

裴琰穩步走至蕭無瑕身前，俯身察看片刻，又走至裴夫人身前，躬腰道：「母親，讓您受驚了。」

裴夫人柔聲道：「少君，剩下的事情你好好處理，可別怠慢了諸位武林同道。」隨即轉身走向莊內，走得數步，又停下來，向裴琰道：「少君，菊園中的墨菊開了，你去摘上幾朵，我想插在瓶中。」

「是，母親。」

她母子二人這番對話，眾人聽得雲山霧罩，不明所以。但見裴琰微微笑著，步履悠閒，往菊園行去。他步至菊園之中，彎下腰，採了數朵墨菊，直起身來，忽面色一冷，身形暴起，朝江慈藏身的大樹飛來。

此前風雲變幻，江慈正看得興高采烈，心中直呼不虛此行。待那裴琰步入菊園，將其俊雅面容看得更為清楚，又直讚這劍鼎侯不負盛名，豈料他竟突然發難朝自己藏身之處攻來。

她愣了一瞬，忽覺身旁那人猛然將自己用力一推，令她防備不及，「啊」的一聲朝迎面飛來的裴琰倒去。不及運轉真氣，慌亂中，見那裴琰雙掌夾著一股大力，排山倒海洶洶而來，她胸前劇痛，眼前一黑，噴出一口鮮血，暈了過去。

江慈覺得自己日夜在一個大鍋中被烈火煎熬，全身上下無處不疼，無時不在燃燒。眼前永遠是一片模糊，又似看到無數幻象。師父、師叔和師姐不斷在迷霧中閃現，一時清晰，一時朦朧。

她不知自己在這迷霧與烈火之中翻滾了多久，終有一天，胸前不再那般疼痛，迷霧漸漸散去。她睜開眼，見到了一個朦朦朧朧的人影。

「醒了，醒了！」耳邊似有一個清脆的聲音。方才見到的人影緊隨著那聲音遠去：「快去稟報大管家，她醒了！」

江慈張了張嘴，卻只能發出「咕嚕」吐氣之聲，她漸感迷濛，眼皮似又要重新闔上，忽感覺有人抓住了自己的手。胸前又是一陣疼痛，痛得她意識漸漸模糊，雙眼闔上，再度陷入了迷霧之中。

裴琰鬆開按住江慈脈搏的手，看了看她那慘白僵冷的面容，眉頭輕蹙，站起身來：「按神農子吩咐的，繼續用藥。」

裴琰接過侍女遞上的絲巾，擦了擦手，往屋外走去。管家裴陽跟隨其後，恭聲道：「相爺，剛剛安澄回報，當夜所有在山莊的人都摸查了一遍，無一人認識這名少女。暗查的結果，她也不是任何一派的人。」

裴琰輕「嗯」了一聲：「那宋濤可盯緊了？」

「是，安澄已安排了長風衛盯著，若宋濤眞有嫌疑，總會露出馬腳的。」

「他若是假大俠，這麼多年來裝得也挺像的，萬不可大意鬆懈。」

「是。」

裴琰跨過月洞門，一陣秋風吹過，秋陽生暖，頗覺心曠神怡。負手立於園中桂花樹下，望著園西一帶開得正豔的海棠，笑道：「那人逃得倒快，可惜沒見著他眞面目。我倒眞想看看，那正牌的星月教主生得是如何顛倒眾生！」

裴陽也是一笑：「若不是這少女阻了相爺一下，那廝是絕對逃不脫的。」

裴琰只淡淡道：「他總有一天要露面的，難得有這麼一個高手可以陪我玩玩，太快揭了他的底，豈不無趣！」

「是。」

裴琰默想了一陣，和聲道：「陽叔，這幾年你一直替我打理山莊事務，眞是辛苦了。」

「相爺此言，小的眞是萬萬當不起。」裴陽忙俯下身去。

裴琰一笑，將其扶起：「如今既然都來了京城，這相府中的一切還是交由陽叔你打理。至於安澄，就讓他專心於長風衛上。」

裴琰頓了頓，又道：「我好不容易才說動母親前來京城，她素喜清靜，雖說不願勞師動眾，但身爲人子自當服侍周到。你再選幾個靈秀乖巧些的侍女過去，蝶園那邊的一應事務亦由你親自打理。」

「是。」

裴琰拂了拂青紗衣襟，往前走出數步，又回過身來：「這少女既不是月落族人，來路十分可疑，她若是醒了，你盯緊點。她可能看過星月教主的眞容，你多派些人嚴加守衛，別叫人滅了口。讓安澄把安華調進來，當這少女的丫鬟。」

「是。」裴陽看著裴琰的身影往蝶園而去，長吁了一口氣，這才發現，自己竟出了一身冷汗。

裴陽揩揩額頭，胡亂思索：「這孩子明明是自己看著長大的，何以會如此懼怕他呢？這回隨夫人上京城，接管相府事務，也不知能不能稱這笑面閻王的心意？看來，得打起十二分的精神才是。」

裴琰步入蝶園，早有侍女打起軟簾。踏入正閣，見母親斜靠在軟榻上，身前几案擺著棋盤，正獨自弈棋。

他上前行了一禮，笑道：「母親總算嘗到寂寞高手無敵於天下的滋味了。」

裴夫人並不抬頭，落下一子，輕聲道：「哪學的油嘴滑舌，要是早幾年，我非剪了你的舌頭不可。」

裴琰輕撩衣襟，坐於她對面，看了看盤中棋勢，搖頭道：「母親棋藝越發高深，令孩兒深感佩服。看來這世上真無人可與您一較高低了。」

裴夫人將手中棋子一丟，臉上瞧不出喜怒，怔了一刻，低歎一聲：「世上倒還有一人能勝過我，可惜……」她神情有一瞬的茫然，仰面望著屋頂，忽自嘲似地笑了笑。

裴琰忙站起身，不敢多話。

裴夫人笑道：「你在我面前不用這麼拘謹，現如今，你也大了，是堂堂相國，朝廷封爵的侯爺。你這幾年辦的事，我都看在眼裡，不錯，沒讓我失望。」她悠然歎了口氣：「從今往後，該怎麼做，都自己拿主意吧。我雖答應你來了這京城，但只想過點安閒日子，你事忙，不用天天過來請安了。」

裴琰帶著恭謹的微笑，應了聲「是」，道：「孩兒正想稟報母親，這段日子，孩兒皆忙於和那桓國使臣議定盟約。而除開長風騎，各地駐軍中的武林弟子都要休整參加盟主備選，兵部那裡也會忙不過來。這半個月，孩兒不能晨昏定省，請母親見諒。」

裴夫人並不看他，端起茶盞，輕「嗯」了一聲。

裴琰束手躬腰，退出正閣。步出蝶園，忽停住腳步，回頭望向黑匾上蹁躚起舞的「蝶園」二字，面上笑容漸漸淡去。再過片刻，他忽又笑了起來，甩甩衣袖，悠然步向愼園。

江慈仍在茫茫大霧之中和烈火炙烤下翻滾掙扎，卻總提不動腳步，衝不出這片大霧，也跳不出這個烹鍋。不過，耳邊倒可隱隱約約聽見迷霧後有人在說話。

「看樣子，怕是救不活了。」

「大管家，您看該怎麼辦？要不要去稟報相爺？」

「相爺忙得腳不沾地，怎能讓他為這等小事操心。若不是著落在要從她身上找到那星月教主的線索，相爺才不會留她小命！」

「大管家說得是，但眼下……，要不，再請神農子程前輩過來看看吧。她真要是死了，相爺那邊……只怕不好交代。」

「此間，玉間府瘟疫流行，神農子趕去行醫救人，遠水解不了近渴。」

「要不，去太醫院或是回春堂請個……」

「不行，這少女來歷不明，且關係重大，不能讓外人知道她的事。這可真有些棘手。」

「對了，大管家，西園子裡住著的那個崔公子，不是精通醫術麼？相爺曾誇過他，說他的醫術比得上太醫院的醫正了。」

「對啊，我倒把他給忘了。快，去西園請崔公子過來瞧瞧，相爺一向看重他，早就想招攬他，讓他來瞧瞧，無妨的。」

「是！」

江慈很討厭這種睜不開眼睛、卻聽得到身邊人說話的狀態，她伸出手去，極力想撥開眼前那層迷霧，雙手亂舞之際，好似被一人用力地捉住。

那人扣住她的脈搏，聲音聽著很舒服：「之前用的藥方確是妙極，不過，用了這麼久還是如此藥量，可就大錯特錯了。」

「崔公子，依您的意思……」

「我看，也不用另開藥方，按先前的藥方減半吧。我再每日替她針灸兩次。」

「是，崔公子，這女子是相爺吩咐要救活的，還得勞煩您每日過來瞧瞧。」

「知道了，相爺於我有恩，我會盡力的。」

天氣轉涼，動風了，下雨了，總算不再熱得那般難受。江慈滿足地笑了笑，緩緩睜開了眼睛。啊，迷霧也散去了，眞好。她用力地眨了眨眼睛，一雙烏亮的眼眸突然出現在她面前。

「眞的醒了！太好了，崔公子，快來瞧瞧！」

江慈疑惑地轉了轉眼珠，右腕已被人扣住。片刻後，前兩日聽過的那個舒服聲音響起：「嗯，有好轉。從今天起，藥量再減半，估計再幾天她就可以下床了。」

原來自己是生病了，不對，不是生病，是受傷了。江慈慢慢憶起長風山莊前的那一夜……月光下，裴琰帶著俊雅笑容步入菊園，卻忽然飛向大樹，樹上那人將自己推下樹，裴琰雙掌擊上了自己的胸口。然後，然後是那些人在她耳邊說的話一句句全湧上腦海，她「啊」的一聲叫了出來，把屋內人皆嚇了一跳。

江慈閉上眼睛，再將諸事想了一遍。睜開眼，望著正替她把脈的那名年輕男子，眉頭輕蹙，茫然道：「你是誰？這是哪裡？」

一個小丫頭湊了過來，笑靨如花：「姑娘，你總算醒了，這裡是左相府，我叫安華，這位是崔公子，他是來幫你看病療傷的。」

江慈痛苦地呻吟一聲：「原來我還沒死，我還以爲到了陰曹地府呢。」那崔公子微微一笑：「你是看著我像閻王爺，還是像牛頭馬面？」

江慈閉上眼，嘟囔道：「我看，你像那個判官。」崔公子一愣，旋即大笑，將手中針包一扔：「我看，也不用再替你針灸了，都看得出我像判官，你這條小命是保住了。」

夜涼如水，江慈趴在窗邊，望著院中落滿一地黃葉。

腳步聲輕輕響起，小丫鬟安華端著碗粥進來，說話聲音清脆如鈴鐺：「江姑娘，你傷剛好，這樣吹風可不行。」她將粥放下，走過去把窗戶關上。

江慈呻吟一聲，躺回床上，被褥蒙面，悶悶道：「不好玩，一點都不好玩，這也不行，那也不行，悶死了。」安華笑了笑，道：「你先別急，等你傷大好了，我再陪你出去玩。你想玩什麼？」

江慈把被掀開，笑道：「這京城有啥好玩的？」安華想了想，道：「多著呢，改天我帶你出去走走。對了，以前你最愛玩什麼？」

江慈坐起，從她手中接過雞粥，大口喝著，含混道：「也沒啥好玩的，就是上山打打野雞，到河裡摸摸魚，逢年過節看看大戲。」「哦，都看些什麼戲？」安華替她將散落下來的鬢髮挽上，輕聲問道。

「都是些鄉下地方唱的土戲，說出來你也不知道。對了，我聽人說，京城有個攬月樓，每日一齣戲，眞是令人叫絕，那素煙就是出自攬月樓。安華，改天你帶我去見識見識。那天在長風山莊聽素煙唱戲，我可沒聽夠癮。」安華抿嘴笑道：「素煙不輕易上臺，那天去長風山莊，是看在咱們相爺的面子上。我說江姑娘，你好好的，爬到樹上去做甚，平白無故遭這麼一劫，害得我們相爺心裡也過意不去。」

江慈將碗一擱，躺回床上，哼哼幾聲，道：「我不就想爬高看得清楚些嘛。我怎麼知道還有個賊躲在我頭頂？怎麼知道你家相爺以爲我就是那賊？那眞正的賊呢，又拿我當墊背的，害我躺了這一個月，也不見你家相爺來道個歉。罷罷罷，他位高權重，我一介平民女子，還眞不想見他。」

「江姑娘這話可是錯怪我家相爺了，相爺這段時間忙得很，連相府都沒回。他吩咐過，不管用什麼藥，花多大代價，都要把你給救活。」安華年紀不大，不過十四五歲，手腳卻極利索，說話間的工夫便將屋內什物收拾得妥妥當當。

江慈心中狠狠腹誹了幾句，懶得再說，再次將自己蒙進被子裡面。

自昏迷醒轉後，江慈好得極快，那崔亮崔公子天天過來替她針炙，將藥量逐步減少，安華又好吃好喝地伺候著。眼見江慈面容一日比一日紅潤，精神也逐日見好。

她不能出去遊玩，每日悶在這小院內，見到的不是安華便是崔亮，頗覺無聊。她不願與安華過分親近，倒與那崔亮日漸熟絡。

江慈從安華口中得知，崔亮是平州人，自幼好學，於詩書醫史、天文地理皆有攻研，十八歲那年便中了解元。之後他卻不願再考狀元，反而到全國各地遊歷，遊至京城時沒了盤纏，只得到大街上賣字。左相裴琰某日閒來無事，上街體察民情，看到崔亮的字，大爲讚歎。一番交談，與他結爲布衣之交。裴相愛其才華，欲招攬其入相府，崔亮卻直言不願踏入官場。裴相也不勉強，反而費盡口舌，極盡禮數，請他住在相府的西園子裡，任其自由進出，還幫他謀了一份禮部抄錄的差事。

崔亮有著明朗的眉眼，說話的聲音溫和悅耳，面上總是帶著淡淡的笑容，望之可親。江慈本就性子粗疏隨和，不過十餘日，二人便像結交多年的好友，談得十分投機。

這日戌時，天色已黑，江慈悶了一天，極其無聊，見安華辮子有些鬆散，便拖住她，要給她梳妝。安華想閃躲，卻被江慈逮住，無奈之下只得苦笑著讓江慈將她長髮梳成了狀似牛角的童丫頭。眼見江慈還要替自己描眉，她忙跳到門口，說什麼也不肯讓江慈落筆。

江慈愣了一瞬，長歎一聲，攬鏡自照，片刻後歎道：「唉，我竟瘦了這麼多！」安華倚在門口，笑道：「江姑娘天生麗質，等身體大好了，自會像以前一般美的。」

江慈見桌上胭脂水粉齊全，忽然來了興趣，憶起師姐上妝的情景，遂輕敷脂粉，淡點胭脂，畫黛眉、塗唇脂。安華本斜靠在門邊，漸漸站直，再後來忍不住走近，細看江慈妝容，嘖嘖搖頭：「江姑娘這一上妝，眞是令人驚豔。」

江慈待她走近，一躍而起，欲將手中唇脂抹向她面頰，安華驚呼一聲，大笑著跑了出去。

江慈追上，剛躍出門檻，迎面撞上一人。她只顧著追趕安華，可病後體虛，腳步虛浮，直撞入了那人懷中。額頭叩在那人下頷，「啊」的一聲，手掌下意識朝前一撐，胭紅唇脂遂盡數抹在來人的胸口。未及站直身軀，江慈便聞到此人衣服上有著淡淡的酒香，還和著淡淡的菊香，用力抽了抽鼻子，叫道：「平陽湖的大閘蟹！」正叫嚷間，聽得安華隱帶畏懼的聲音：「相爺！」

江慈抬起頭，正對上一雙略帶笑意、黑亮深邃的眼眸。在長風山莊見過的左相裴琰，此時著皓白雲紋錦緞長衫，一身的恬淡舒適，伸出右手輕輕推開自己，微笑道：「正是平陽湖的大閘蟹。」

江慈站直身軀，視線恰好投向裴琰胸口……只見她先前五指大張，那抹於他白衫上的唇脂紅印亦有如一隻揮舞著大鉗的螃蟹，正應上了他這句話。她一愣，轉而哈哈大笑，忍不住伸出手來嬉指向裴琰胸前。

裴琰低頭一望，明白過來，也是忍俊不禁，搖頭道：「先前和朋友喝菊酒，吃平陽湖的大閘蟹，沒有給江姑娘帶上幾隻，實是抱歉。」

江慈停住笑，但眼睛仍彎謎謎地望向裴琰，也不說話。裴琰從她眉間眼底看到的淨是「大閘蟹」三字，也不氣惱，笑得更是溫和優雅：「江姑娘不請我進去坐坐麼？可是惱了我沒帶大閘蟹向你賠禮道歉？」

江慈仰起頭，輕哼一聲，邁入房去，身形交錯間，裴琰正望上她烏黑的瞳仁，那瞳仁中有著俏皮和嬌矜的光芒，在他面前一閃而過。

「江姑娘在這裡，可還住得習慣？」裴琰悠然步入房中。

江慈往桌前一坐，也不看他，將胭脂水粉等收入梨木紋盒，心裡反覆念叨著：「大閘蟹，死大閘蟹，打傷我，派人監視我，讓那丫頭套我的話，查我的底，卻還在這充好人。我讓你天天當大閘蟹，讓人和酒吃下去。」她心中腹誹不斷，面上卻只淡淡道：「勞相爺掛念，我一介平民女子，真是不敢當。」

裴琰負手在房中轉了一圈。轉過身，見江慈正趴在桌上，雙腮如雨後桃花，右手如剝透春蔥，在桌上有一下沒一下地敲著。

他疑慮更甚，索性走到桌前，輕撩衣襟，在江慈對面坐下，微笑道：「江姑娘，那夜是我魯莽，未看清楚便下了重手，累得姑娘重傷，深覺過意不去。」

江慈擺手道：「也是我不好，為了看戲，爬到那樹上去。我又武功低微，不知有人躲在我的上方，讓相爺將我當成了賊子，又被那賊子當成逃跑的墊腳石。是我自己倒楣，相爺不用放在心上。」

裴琰正容道：「總是我下手太重，才讓江姑娘受了這一個多月的罪，這個禮，是一定得向姑娘賠的。」

江慈撇撇嘴：「算了算了，你是堂堂相國，這樣沒聲氣地給我賠罪，我可擔當不起。再說我住久了，吃你的，用你的，我這人面子薄，也過意不去。最好呢，你明天讓人送幾隻平陽湖的大閘蟹和幾壺菊酒過來，我嘗嘗鮮就拍手走人，你我互不相欠。」

「江姑娘要吃大閘蟹，我自會令人送上。但姑娘傷勢尚未痊癒，總得耐心在我這相府多待上一段時日，等身子大好了，我再派人送姑娘回家。」

江慈嘟嘴道：「這倒不用，反正我也無家可歸，你走你的陽關道，我過我的江湖遊俠生活。從此你我，宦海江湖，天涯海角，上天入地，黃泉碧落，青山隱隱，流水迢迢，生生世世，兩兩相忘……」

四　攬月樓頭

裴琰盯著江慈，見她微微嘟起的紅唇如海棠花般嬌豔，一串串詞語從那裡迸出，越說越離譜，嘴角玩味笑意更濃。

他索性靠上椅背，待江慈換氣的時候猛然俯身向前，雙手撐到她面前，緊盯著她。江慈正是換氣之時，不由嚇得噎了一下，氣息不順，劇烈咳嗽起來。

裴琰揶揄道：「看來江姑娘的傷勢還眞是沒好，你還是安心在我這相府住下，反正我家大業大，也不缺姑娘這一份用度。」

江慈咳得滿面通紅，狠狠地瞪向他。他呵呵笑著站起來，行到門口，微微轉身：「大閘蟹和菊酒均爲傷身之物，爲姑娘傷勢著想，我還是過幾天再讓人送過來。」說著，從容轉身，負手而去。

江慈瞪著他遠去的挺拔身影，咳嗽漸止，忍不住扮了個鬼臉，轉瞬又笑了起來。

裴琰步出院門，安華悄無聲息地走近，默然行了一禮。

裴琰停住腳步，道：「輕身功夫，也瞧不出是何門派麼？」

「是。」安華低頭道：「奴婢故意引她追趕，但瞧她身法，不像奴婢所知的任何門派身法。」

「日常說話，就沒有一絲破綻，找不到一點線索？」

「是，相爺。她只說是住在荒山野嶺，師父去世後便下山遊歷，師父的姓名她也不知，只知叫師父。再問她住在哪裡，她也說不知，下山後走了數百里才到的南安府。她句句話似語出天眞，毫不作假，但偏讓人找不到一點入手的地方。」

裴琰冷笑道：「她小小年紀，心機如此之深，倒眞是不簡單。」

安華頭垂得更低，不敢出聲。

裴琰再想了想，道：「她既有如此心機，你也不用再套她底細，讓院子外的人變明爲暗吧。」

「是。」

涼風徐來，裴琰覺先前在靜王府喝的菊酒酒勁上湧，面上有些發熱，思忖片刻，往西園子方向行去。此時一彎殘月如鉤，斜掛在如墨天空。裴琰略略拉鬆衣襟，任冰涼夜風拂去些許酒意，邁入了西園。

見崔亮側倚於竹椅之中，意態悠閒地翹著二郎腿，一盤水煮花生擺於椅前，正左手握著酒壺，右手將花生剝開，輕彈入口中。

裴琰笑道：「子明好興致！」

崔亮也不起身，只右手將身側竹椅朝前一推。裴琰足尖輕點地面，身形盤旋，似斂翅飛鷹輕巧落於椅中，右手一伸，正好接住崔亮拋來的酒壺。裴琰望著手中酒壺，苦笑一聲：「我可是剛飲了數壺菊酒回來的，子明這花雕酒，只怕我承受不起了。」

崔亮遂將身前碟子一撥，裴琰右手擲回酒壺，再一抄，那碟子已然穩當抄於掌心。拈了幾粒花生，邊剝花生，邊道：「聽裴陽說，這段時間，爲救那丫頭，辛苦子明了。」

崔亮揚了揚下巴，張口欲接住自右手拋出的花生，邊嚼邊含混道：「相爺說這話，可是嫌我在這西園住久了？」

裴琰微微一笑，放鬆身軀，靠上椅背，望上天際疏朗星月：「不瞞子明，我還只有到你這西園子來，才感覺自己不是什麼左相侯爺。若是連你也走了，我這相爺，可就做得越發無趣了。子明還是來幫我吧，也讓我能喘口氣。」

崔亮笑了一笑，面容平靜，心中卻湧上些許嘲諷之意。

相處兩年，崔亮對眼前這位左相知之甚深。此人絕頂聰明，剔透玲瓏，他能少年得志，平步青雲，固與其行事狠辣、爲人堅韌、有魄力夠手腕有關，但最重要的，還是他對權勢極強的渴望和對名利天生的執著。

此人是天生的獵人，對狩獵權勢有著無比的狂熱。在這波譎雲詭、步步驚心的權力場，他不僅不會感到厭倦，反而如魚得水，樂此不疲，於傾軋搏殺的過程之中獲取無窮樂趣。他若眞是感到這左相做得無趣，只怕也無力再撐起這深不見底的相府，更無法再站在這世人矚目的高處。

崔亮斜靠著椅背，懶洋洋道：「看來還是我一介布衣過得自在，相爺若是哪天致休了，不如我們結伴雲遊天下，也未嘗不是一件樂事！」

裴琰見他又避過話頭，心中微惱，面上卻仍和煦微笑：「好啊，能與子明結伴遊天下，想來必是另一番美妙境界。」又歎了口氣，「唉，眼下我就是想甩手走人，只怕也不成。朝中局勢錯綜複雜，武林風起雲湧，影響所及關係到軍中形勢，我實是有些力不從心，偏偏手下人沒幾個讓我省心的。」

崔亮並不接他的話頭，忽然俯過身來，細看他胸前那道嫣紅的「爪印」，半晌後蹙眉道：「相爺，我還奇怪你爲何一直不娶妻納妾，原來是在外頭有了貼心人了。」

裴琰低頭一看，哭笑不得，索性將外袍脫下，望著袍子上那抹張牙舞爪的紅印，想起此刻自己說不定正被某人罵成大閘蟹，唇角忍不住微微上翹。

崔亮看著他略帶冷酷與玩味的冷笑，還有那俊眉星目流洩出的天生傲氣，忍不住暗歎一口氣，又高高地舉起酒壺，酒箭在空中劃過，直灌入喉中。

院中高大的銀杏樹讓夕陽罩上一層淡淡金色，江慈在院中踱來踱去，不時望向那棵銀杏樹。

安華坐於房門口的小凳上，笑道：「江姑娘，你這般走來走去都大半個時辰了，不嫌累麼？」江慈望著銀杏樹上那個鳥窩，眉間隱有擔憂：「都一天一夜了，大鳥還沒飛回來，小鳥會不會餓死？」安華一笑：「江姑娘倒是心善。我還從來沒有注意過，這鳥是什麼時候在這樹上搭巢的。」

崔亮進了院門，見江慈正仰頭望天，湊過來笑道：「在看什麼？」

江慈嚇了一跳，直起身，正對上他明亮的眼睛，笑了笑，又指向大樹：「那樹上的大鳥一天一夜沒有飛回來，只怕是出了變故，我怕那些小鳥會餓死。」

坐於廊下的安華笑道：「崔公子，江姑娘都看了一整天了，那大鳥再不飛回來，得請崔公子給她看看脖子才行。」

崔亮瞇著眼望向樹梢，隱見枝椏間有個鳥窩。也不說話，將長衫下襬掖在腰間，便往樹上攀去。他雖習過武藝，卻與武林正宗門派出身的人無法相比，輕功更是不佳。偏那銀杏樹幹較顯直滑，無著腳之處，他攀得一段，便滑落下來。

江慈笑彎了腰：「崔公子，好像你是屬猴的吧，怎麼連看家本領都忘得一乾二淨了？」安華「噗哧」一聲笑了出來。崔亮也不氣惱，聳聳肩，攤手道：「我這猴子誤入紅塵二十一年，未曾建功立業，倒還忘了看家本領，著實汗顏啊！」

江慈笑罷，也來了興趣，提氣縱身，雙臂急攀，借力上飄，向銀杏樹頂攀去。她將體內眞氣運到極致，雖是重傷初癒，輕功只恢復了三四成，竟也讓她一氣攀到了最低的枝椏處。她坐於枝椏間，得意地向樹下崔亮揮了揮手。

時值深秋，銀杏美麗的扇形葉片在夕陽映照下，一片金黃。崔亮仰頭望去，只見江慈明媚的笑臉於一片金黃之中燦如明霞，亮如皎月，他忽覺脖子仰得太過，向後微微退了一小步。

江慈坐於枝椏間，極目四望，見相府之內屋舍比肩，院落幽深，層層綿延，竟看不到邊，不由心中有些失望。她傷重時，曾隱約聽見相府諸人的對話，知那裴琰救己之命是不懷好意，且對自己起了疑心，還想借她來查探那假面人的下落。

她雖天真灑脫，卻也非不通世情之人。雖不知裴琰與那假面人究竟有何恩怨，但實不願踏入這汪渾水之中，更不願讓裴琰得知自己來自何處，若他找到師叔與師姐，那可大不妙。自己好不容易才溜出鄧家寨，正玩在興頭之上，萬一讓師叔或師姐逮回去，豈不無趣？

師姐性子雖柔弱，可一旦眞的發火，眞比死去的師父還要可怕。再說，那裴琰心機甚深，又權勢顯赫，萬一因自己之故給師叔師姐帶來無妄之災，這禍可就闖大了。由此自甦醒後，江慈便裝起了糊塗，對安華試探自己的話，總不著痕跡地推了回去。至於曾和假面人說過話一節，她更是瞞了下來。

這幾日身子漸漸好轉，她便動了溜走的心思。她也猜到院外定有人在監視，這才藉爬樹之機，想一探相府地形。誰知這相府竟如此之大，想偷溜出去，難如登天，看來，還得另想辦法才是。

崔亮良久不見江慈動靜，喚道：「江姑娘！」

江慈回過神，向崔亮笑著揮了揮手，又再往上方翻去。偏那鳥窩築在極細的枝椏間，不能落足。她只得站於稍粗的樹枝上，提氣穩住身形，慢慢朝那鳥窩靠近。眼見手指就要觸到鳥窩，卻聽得輕微的「喀」聲，腳下樹枝斷裂，令她直往樹下墜落。

江慈心呼不妙，雙足急蹬，盼能落在下方樹枝上，不料這些樹枝都極爲脆嫩，雙足甫一踏上便紛紛斷裂，風聲響起，身子疾速落向地面。

她心中哀歎，這一瞬間，腦中居然還想著得請師叔爲自己卜上一卦，爲何今年總與樹結仇，屢次因樹而遭不幸。下墜間，她本能地閉上眼睛，卻覺風聲過後，身子一沉，已被一雙有力的手臂接住，抱入懷中。

江慈吁出一口長氣，拍著胸口道：「崔公子，多謝你了。」崔亮笑聲響起，可似並不在自己身邊發出，江慈猛然睜開雙眼，「啊」的一聲大叫，將正含笑抱著她的裴琰，和站於數步之外的崔亮，均嚇了一跳。

江慈從裴琰懷中掙出，笑道：「太好了，眞是太好了！」裴琰理了理被弄皺的冰藍絲綢外衣，與崔亮對望一眼，笑道：「我倒是頭一次見有人從樹上掉下來，還這麼興高采烈的。江姑娘不知爲何如此高興？」

「你不是一直因爲誤傷了我而過意不去麼？如今你救我一命，正好扯平。」又湊到裴琰面前低低道：「相爺，和你商量個事，行麼？」

裴琰望上她笑得賊兮兮的面容，以及在自己胸前那不停游離、略帶嘲笑的目光，搖了搖頭，苦笑道：「江姑娘可是想吃平陽湖的大閘蟹？」

江慈雙手一拍，笑道：「相爺就是相爺，我說頭，你就知尾，眞是聰明人！難怪年紀輕輕就能官拜左相，爵封侯爺，讓人不服都不行！」

崔亮嘴角微微抽搐了一下，江慈又猛然想起樹上的鳥窩，瞬間將大閘蟹拋在腦後，轉過身便欲再往樹上攀去。崔亮忙上前道：「江姑娘，算了，那處樹枝太細，你輕功雖不錯，可……」

江慈眼睛一瞪，正待說話，藍影一晃，裴琰已閃身飛上了銀杏樹。他內力綿長，於樹幹借力一蹬一飄，便落在了最上方的枝椏間。眼見那鳥窩築在樹尖最細的枝葉間，確實無法落足，他伸手折下一根樹枝，右腕用力，樹枝直向鳥窩射去。

江慈在樹下看得清楚，「啊」地大叫，叫聲中，幾隻小鳥悲鳴著落下。江慈忍不住閉上了雙眼，心中怒罵，心中正狂罵大閘蟹時，卻聽得裴琰悅耳的聲音：「江姑娘。」

小鳥微弱的吱鳴聲傳入耳中，江慈大喜，睜開雙眼，只見裴琰外衣衣襟內正兜著幾隻小鳥，顯是他在鳥窩落下的同時躍落樹梢，將這些小鳥悉數接住。江慈眉開眼笑地接住那幾隻小鳥，安華早捧過一只竹箕，江慈將鳥兒放入，笑著奔入房去。

裴琰與崔亮對望一笑，裴琰道：「子明，我正想請江姑娘去攬月樓聽上一齣，葉樓主那處的平陽湖大閘蟹可比我這相府中的還要新鮮，子明不如和我們同去。素大姐還惦記著子明上次應承她的曲詞，子明不能一躲了之。」江慈在房內聽得清楚，一溜煙鑽了出來：「相爺果然說話算話，你眞是好人。」

裴琰微微一笑，當先往院門走去。江慈隨裴琰和崔亮走出幾步，忽然「啊」的一聲蹲下身，崔亮回頭道：「江姑娘，怎麼了？」江慈抬頭笑道：「沒事，你們先出去，我理一下鞋子。」

崔亮微微搖頭，與裴琰步出院子。

江慈裝作提了提鬆了的繡花鞋，微微側頭，望向散落一地、先前被自己踏斷的樹枝，視線落在那些樹枝的斷口上，忍不住輕聲罵道：「死大閘蟹！」

京城，繁華之地，富貴之都。

華朝山河萬里，京城南面的落霞山脈逶迤連綿，北面則有層巒疊嶂的祈山山系與之遙相對峙，成爲京城南北兩道天然屏障。

落霞山脈與祈山山系之間有著大片沃野平原，瀟水河蜿蜒千里，淌過這片平原。京城便位於這沃野平原之上、瀟水河畔，握水陸交通要樞，爲古今兵家征戰必取之地。華朝聖武帝立國後，定都於此，不斷修建擴充，使之更加宏偉壯麗。

京城由皇城、內城、郭城三部分組成。內城和皇城位於京城北部，北倚天險驪山，郭城則從東、西、南三面拱衛內城和皇城。京城皇城自是皇宮及諸王居住之地，內城則爲官宦貴族聚居之城，郭城是百姓聚居生活的地方，布局不一。城內屋舍連綿，亭臺樓閣，名勝古刹，說不盡的千古風流。

華朝立國百餘年來，歷代皇帝持政頗爲清明，與民生息，京城更是治轄嚴謹，秩序井然。大街上酒鋪食店，林立兩旁，車水馬龍，行人如鯽，一派興旺盛世之象。

江慈坐於精美華麗的馬車內，馬車搖曳間，掀開錦簾，出神地打量這嚮往已久的聞名古都。她早有心願要來京城一遊，回去也好向師姐誇口，故自溜出鄧家寨後，便一路北上。遊到南安府時正逢武林大會，這才臨時上了南安府郊的長風山莊一睹盛況，本想看過熱鬧後便往京城遊玩，未料竟在重傷昏迷之中被當朝左相帶回了京城。

她在相府中憋了一個多月，此時終於得出相府，一遊京城，實是有些興奮，半個身子趴於車窗之上，專注地望向窗外。只見這京城街道寬廣，宅合連綿，朱樓夾道，琉璃作瓦，紫脂塗壁。道路旁還遍栽花樹，雖是深秋，仍頗顯秀雅風流。

她看得興高采烈，有時看到新鮮事物便拍打著身邊的崔亮，崔亮也極耐心，一一為她講解介紹。

裴琰側臥於二人面前一張雕工精細的臥椅上，兩名侍女跪於椅旁，一人端著一盤這深秋季節難得一見的水晶葡萄，一人則替裴琰輕捶雙腿。江慈回頭間，望見裴琰正張嘴接住侍女剝好的葡萄，說不盡的慵懶風流，不由撇了撇嘴。

她先前在江湖上遊蕩，也曾聽人說京城貴族子弟大多富貴奢靡。前些時日悶於那小院內尚不覺得，這一出遊才知不虛。先不說這華麗馬車內珍珠玉簾、金絲錦墊、清麗侍女，光看車外前呼後擁的數十名侍從，個個高挺慓悍、怒馬鮮衣，還有拉著這馬車的四匹名駒，路旁爭相避讓的百姓，便知是當朝左相縱情聲樂、夜遊繁花之地的派頭。

江慈見裴琰正瞇眼望著自己微笑，在心中翻了個白眼，轉頭繼續望向窗外，心底不由有些疑惑：「當今聖上何以對此人如此寵眷？任他這般張揚浪蕩呢？」又想起，先前他用暗器打斷樹枝，害得自己跌下，只為查探她輕功來歷，後又佯作好人承接住自己，便在心中狠狠罵了數聲「大閘蟹」。

不過，事情想過便罷。猛然一看，路旁有個賣糖人，江慈十分興奮，恨不得即刻下車買上幾個糖人。崔亮忙勸道，待從攬月樓歸返再陪她細逛夜市，這才作罷。

正看得興高采烈時，馬車忽然一頓，江慈未及提防，向前一衝，幸崔亮眼明手快，將她拉住。裴琰見馬車停下，隱露不悅之色。一名侍從出現在車窗外，肅容稟道：「相爺，是光明司的人，說是奉衛大人之命，有緊急公務出城。」

裴琰眉頭一皺，半晌後道：「讓他們先過吧。」

「是。」

江慈大感好奇，這光明司之名她也隱隱聽過，好似是直屬當今聖上的護衛機構。可司衛們的官階並不高，這些人竟能令堂堂相國讓路避行，著實令人驚訝，那，爲首的衛大人豈不權勢通天？

她探頭向車窗外望去，只見相府的隨從將馬車拉於路旁，長街前方數十名騎士均策高頭大馬，人人錦衣勁裝，腳蹬黑緞靴，懸刀佩劍。爲首一人朝相府隨從拱了拱手，也不多言，帶著背後諸人策騎而過。馬蹄聲急驟如雨，瞬間消失在長街盡頭。

馬車重新回到長街中央，向前行去。江慈回過頭，見裴琰正右手支額，修長白皙的手指輕揉著太陽穴，脣邊一抹苦笑，自言自語道：「三郎啊三郎，你，唉……」

馬車停住，江慈迫不及待地跳下車，望著華燈下一池碧湖，忍不住「嘩」了一聲。崔亮立於她身旁，笑道：「沒想到吧，京城還有這麼一處妙景。」

四周華燈眩目，映得處處明如白晝。燈光灑在那一池碧湖上，隨波晃動，璀璨如天上繁星。湖邊花樹羅列，一道九曲橋，通向湖心一小島。島上燈火通明，一座高聳閣樓建於島的最高處，湖風吹來，隱聞絲弦之聲，閣內人影幢幢，宛如人間仙境，又似攬月勝地。

三人在侍從的護衛下，踏上了曲橋。行到橋中，數名華服麗女迎上前來，嬌聲曼語：「相爺來了！樓主正念著相爺呢！」

江慈見這些女子個個嬌豔明媚，服飾華麗，再看她們迅速黏在裴琰與崔亮身邊，才知這攬月樓竟不是一般戲堂之所，而是風流公子尋歡作樂所在。不過，她生性灑脫，又一心想開開眼界，心底更有著另外的盤算，也未想自己是未嫁少女應避風月之嫌，仍坦然隨裴琰過曲橋，拾級而上，大搖大擺邁入這京城、乃至整個華朝赫赫有名的攬月樓。

三人在幾名女子引領下，上了攬月樓三樓，一名著天青色便服的男子迎上前來，笑道：「相爺，膏蟹和菊酒都備好了，素煙剛還念叨著相爺，她換好衫就過來。」

江慈看了這男子幾眼，見他年約三十，身形高眺，容顏清俊，笑容可掬，肌膚竟比一般女子還要白皙，想來這位就是攬月樓的葉樓主了。

裴琰往矮榻上一躺，笑道：「只怕素大姐不是想見我，而是想著子明欠她的曲詞。」崔亮微笑著盤腿於几前坐下。

江慈四顧打量這閣內的擺設，只見處處玲瓏剔透，古色古香，牆上掛著數幅字畫，以青紗籠之，看來定是歷代名家眞繪。正品賞之際，屏風後傳出一陣笑聲：「相爺說笑了，素煙不但惦記著小崔的曲詞，也惦記著相爺的人呢！」

輕盈足音由遠而近，一麗人自屏風後方轉出，身著絳紅羅地金繡，天青百褶長裙；烏髮高挽，一雙眸秋水低橫，兩道眉青山長畫；身姿秀雅，風韻成熟中隱含滄桑。

江慈暗讚一聲，覺今日所見之素煙，與那夜在長風山莊前花旦妝扮的素煙，大為不同。卸去戲妝的她更顯風華絕世，雖看上去爲三十如許的成熟女子，卻別有一種風韻，不遜於二八佳人。
她因師姐的緣故，對戲園中人一直有種莫名好感，便走過去握住素煙的手，道：「素煙姐姐，你好美！」
素煙一愣，含笑道：「這位妹子是……」
裴琰微笑道：「這位是江姑娘，她要吃平陽湖的大閘蟹，我又不想被她吃窮了相府，便帶她到這來打秋風，順便將子明兄押來交給素大姐。」
素煙「噗哧」一笑，牽起江慈的手，坐於裴琰和崔亮之間。又執起酒壺，替崔亮斟滿酒盞，道：「相爺這張嘴，眞正是越來越讓人愛不得也恨不得了。還是崔公子好，是個老實人。」
崔亮含笑接過酒杯，身子稍稍往旁挪開一些，望了江慈一眼，卻見她正饒有興趣地把玩著素煙腰間一塊環形玉龍珮，滿面好奇之色。素煙索性將那環形玉龍珮摘下，塞到江慈手中：「妹子若是喜歡，姐姐就將這玉珮送給你了。」
江慈將那玉龍珮看了一遭，仍繫還於素煙腰間。轉瞬又去細觀她耳垂上的玉瑱，素煙再取下，她把玩一會兒，又幫素煙戴上。視線接著凝在素煙的翡翠華雲步搖簪上。
素煙久居風塵，識人極準，見江慈天眞明媚，又灑脫率性，霎時對她生出好感，趁斟酒時湊到裴琰耳邊輕道：「相爺，哪來的這麼可愛的姑娘？」
裴琰張嘴接住侍女們挾上的涼菜，邊嚼邊含混道：「樹上掉下來的。」
一旁江慈聽到「樹上」二字，不由瞪了裴琰一眼。裴琰哈哈大笑，江慈懶得理他，捋起衣袖，拖住崔亮，要與他猜拳。
閣內燭光如夢，崔亮似有些心不在焉。輸了數回，被江慈逮住狠灌了幾杯，他只是一味微笑，杯到酒乾，並不多言。那邊裴琰也與素煙划拳行令，言笑不禁，閣內一時熱鬧非常。

此時，侍女們輪流將小方桌、腰圓錘、圓頭剪等吃蟹所用什物擺上，又端來用蒲包蒸熟的大閘蟹。這攬月樓的廚子極風雅，竟於蒲包邊上擺了數朵綠菊，蟹黃菊綠，酒青盞碧，月明波瑩。

江慈心中歡喜，眉開眼笑。望著盤中的大閘蟹，她在心中「嘿嘿」笑了數聲，正待將手伸向盤中，腳步聲響，那葉樓主又引了一人上閣樓。江慈一心在那大閘蟹上，並不抬頭，卻聽得裴琰大笑道：「王爺可來遲了，得自罰三杯！」

江慈就是再惦記著盤中大閘蟹，聽到「王爺」二字，也忍不住抬頭看了一眼。只見一青年公子，弱冠年華，衣履翩翩，面目清秀，步入閣樓，邊行邊笑道：「少君有約，我本是即刻要到，無奈二哥召我去賞菊，在他那裡多待了一陣，來遲了，當罰當罰。」

素煙抿嘴一笑，執起酒壺，一躍而起，撫住這青年公子的右臂，往他嘴裡灌酒，笑道：「難得王爺肯自罰，素煙也好報上次一醉之仇。」

江慈曾聽人說當今聖上共有三子，太子為長，次子莊王，靜王行三，看來，這位定是以風流賢雅之名著稱於世的靜王了。然她見過就罷，對這王爺並不感興趣，低下頭，雙手輕搓，直伸向盤中之蟹。

靜王笑著接過素煙手中的酒壺，仰頭張嘴，酒水如一道銀箭落入口中。

裴琰拊掌大笑：「王爺怎麼見了素大姐，喝酒就這般痛快，上次和承輝他們一塊兒鬥酒，輸了酒令都不見這麼爽快！」

靜王喝完壺中之酒，攬上素煙右肩，在裴琰身邊坐下，笑道：「那幫兔崽子，和三郎打賭輸了，想著灌醉我，偷我玉珮去還三郎的賭債，還當我不知道，我豈能讓他們如願！」

「三郎要王爺玉珮做甚？他府中稀罕的物事還少了麼？只怕，華朝再找不出能讓他看上眼的寶貝了。」

靜王鬆開攬住素煙的手，道：「誰知道呢！估計聽說這玉珮是父皇賜我的，他心裡不服氣吧。」

裴琰聽他這般說，不敢再往下接，遂執起酒盞，望向崔亮道：「子明，你上次答應了素大姐，要給她填曲詞的，正好王爺也在，他是箇中高手，你不能再偷懶了。」

靜王側頭望向崔亮，笑道：「子明也來了。」他視線再一偏，愣了一瞬，道：「這位是……」

裴琰剛飲下一杯酒，未及嚥下，順著靜王視線望去，一愣一噎，嗆得咳嗽數聲，口中之酒悉數噴在了衣襟之上。

只見那邊的江慈，正雙手並用，大快朵頤。面前盤中數隻大閘蟹，旁人不過幾句話工夫已被她極為熟練地大卸八塊，蟹肉蟹黃悉數不見，自是落入了她肚中。此時，她正極其專注地用著小銀剔，將蟹肉從最後一條蟹腿中剔出，偏她嘴角還留著兩抹蟹黃，想是吃得太過痛快，沾在唇角，不及抹去。崔亮側頭看見，也是忍俊不禁，忙取過桌上絲巾遞給江慈。

江慈抬起頭，見眾人皆眼神灼灼或笑或諷地望著自己，茫然道：「怎麼了？」崔亮將絲巾塞到她手裡，再用手指了指自己的臉，但笑不語。江慈將頭湊近，盯著崔亮的臉看了片刻，疑道：「崔公子，你的臉怎麼了？」

靜王和裴琰哈哈大笑，素煙也笑得花枝亂顫。崔亮搖了搖頭，忍住笑，抽出江慈手中絲巾，替她將腮邊蟹黃輕輕拭去。江慈也不在意，將最後一點蟹肉剔出吃下，仰頭喝了一杯菊酒，抹了抹嘴唇，意猶未盡，左右看了幾眼，視線停在崔亮面前的大閘蟹上。

崔亮將自己的盤子往她面前一推，柔聲道：「你吃吧。」江慈有些不好意思：「不用了，你都沒吃呢，我吃飽了。」

崔亮微笑道：「我吃多了蟹黃，會生疹子，向來是不敢多吃的。」江慈大喜：「那我就不客氣了。」衝崔亮甜甜一笑，雙手攬過銀盤。

眾人看得有趣，一時忘了飲酒說笑，無不看著她鉗鑷齊舞，刀叉並用。江慈覺閣內氣氛有些異樣，抬起頭，見眾人都望著自己，那可惡的大閘蟹更是笑得賊兮兮的，眼中淨是嘲諷之意。

她心中暗恨，握著銀鉗的右手用勁，「磕擦」一聲，將一條蟹腿夾得粉碎，眼睛直瞪著裴琰。裴琰的右手莫名一抖，面上笑容便有些僵硬。

崔亮忙轉向素煙笑道：「素大姐，上次答應你的曲詞，我已經填好了。」

素煙一喜，忙替崔亮斟了杯酒，又喚侍女們取來筆墨宣紙和琵琶笙瑟等物。

靜王也不再看向江慈，轉頭與裴琰湊在一起，輕聲交談。講得數句，靜王壓低聲音道：「我剛在二哥府中聽說易寒失蹤了，少君可知詳情？」裴琰搖了搖頭：「我也不知。派出去盯著他的人一時大意，在鶴州附近失了他的蹤跡，只怕桓國軍不肯善罷，盟約尚未最後簽訂，我正為此事有些——」

「磕擦」聲再度傳來，裴琰右腳一抖，口中「擔憂」二字便停在了喉間。他瞥向那邊的江慈，只見她正悠然地將一塊蟹肉送入嘴中，眼神略帶挑釁地盯著自己，右手還輕舞著手中的銀鉗。

靜王背對江慈，未看見她這番動作，見裴琰猛然停住，喚道：「少君！」裴琰回過神，忙續道：「再過數日便是盟約簽訂的日子，若一直沒有易寒的消息，這盟約即使訂下，桓國軍鬧將起來，只怕也……」

「磕擦」聲又響，裴琰左腳又是一抖，再度停住話語，凌厲的眼神望向正晃動著銀鉗的江慈。

靜王大奇，喚道：「少君怎麼了？」裴琰微笑道：「王爺，今天我們只談風月，不談其他，還是把酒攬月，欣賞子明的妙詞佳曲吧。」

此時，侍女們已擺好一應物品，崔亮步到案前，輕捲衣袖，落筆如風，靜王和裴琰、素煙等人立於案邊細觀，只餘江慈一人仍在盡情享受大閘蟹的美味。

崔亮神態悠閒，濃墨飽沾，腕底龍蛇遊走，不多時落下最後一筆，將筆一擲，笑道：「這首雙調〈歎韶光〉是興起之作，素大姐可別見笑才是！」

素煙行至案前，輕聲吟道：「踏青遊，踏青遊，芙蓉畫槳過沙洲；驚雲影，驚雲影，絲鷺翩躚聲啾啾。昔日曾爲君相候，曲罷人散濕紅袖。簪花畫眉頻回首，遠閣寒窗下朱樓。紫陌紅塵春逝早，無怪當年折盡長橋離亭三春柳。對清秋，對清秋，菊黃蟹肥新醅酒；醉明月，醉明月，高歌一曲以散愁。今日痛飲霜丘臥，坐向三更愁更愁。斜風掃盡人間色，草木萋萋水東流。不堪寒露中庭冷，且將青絲委地長恨此生歡難留。」

她一吟罷，靜王拍手道：「子明塡的好詞，實在是妙極！」

素煙秋波橫了崔亮一眼，嗔道：「子明也不常上我這兒來，不然你的詞，配上我的曲，這攬月樓將天下聞名了。」崔亮微笑道：「素大姐若有好酒好菜供著，子明定會不時前來叨擾。」

裴琰拍掌笑道：「好你個子明，我邀你相助，你比泥鰍還滑，素大姐一邀，你倒這般爽快。」

崔亮正待再說，忽聽得江慈圓潤的聲音道：「『對清秋』不好，改爲『看清秋』方妙。」

靜王斜睨著江慈道：「我看這『對清秋』倒好過『看清秋』，你個小丫頭片子，居然來改人家崔解元的詞，眞是！」

江慈取過絲巾擦了擦手，道：「我不是說崔公子『對』字用得不好，而是做爲唱曲來說，用『看』字，容易運氣發聲。素煙姐姐是箇中翹楚，自是知道的。」

崔亮雙唇微動，面上漸露笑容。素煙不禁也試唱了兩遍，笑道：「江姑娘說得倒是有些道理，從字面上來說，『對』和『看』不相上下，但從運氣發聲來看，倒是『看清秋』要妥當些。」

江慈忽然來了興趣，過來握住素煙的手，軟語道：「素煙姐姐，這〈歎韶光〉曲子我也學過，不如我與你合唱這一曲，不知姐姐可會嫌棄於我？」素煙笑道：「當然好了，江姑娘肯與我合唱，求之不得。」江慈笑得眼睛彎彎：「素煙姐姐，你就別江姑娘、江姑娘地叫了，我師父從來都是叫我小慈的，你也叫我小慈好了。」

早有侍女抱過琵琶，素煙向靜王等人盈盈一笑，纖指輕撥，江慈吹笙，崔亮輕敲檀板。一輪前音過後，素煙便頓開了珠喉宛轉吟唱，一時間，珠璣錯落，宮商迭奏。

此時皓月當空，秋風送爽，閣外清幽明媚，閣內宮商悅耳，靜王與裴琰聽得如癡如醉，待素煙半闋詞罷，均擊案叫絕。

素煙唱罷上闋，朝江慈一笑。江慈放下竹笙，待過曲奏罷，嗓音滑潤如玉，宛轉若風。崔亮板音一滯後才跟上琴音，長久地凝望著將這傷秋之詞唱得興高采烈、眉波飛揚的江慈。

靜王側頭向裴琰笑道：「少君從哪弄來的小丫頭，倒是個可人的玩意。」

裴琰放鬆身軀，斜躺於矮榻上，凝望著江慈，面上和如春風，心中卻冷笑數聲。

五　貓爪蟹鉗

一曲唱罷，江慈笑著回到几前，端起酒盞，便欲飲下。崔亮走過來，遞過茶杯，輕聲道：「剛用了嗓子，千萬別飲酒。」江慈忙放下酒盞，接過茶杯，「咕咚」飲下，笑道：「謝了。」

她在几前坐下，見盤中還有一隻大閘蟹，不由一愣，先前自己已將盤中螃蟹悉數落肚，如何又多出一隻來呢？美食當前，她也懶得細想，再次將手伸出，卻不見了先前的銀鉗。忙俯下身到案底細找，卻見一隻修長的手將銀鉗遞到自己眼前。

江慈直起身，道：「崔公子，多謝你了。」崔亮微笑道：「你我之間不用這麼客氣。以後，我叫你小慈，你若是不嫌棄，就叫我一聲大哥好了。」

江慈笑道：「好，崔大哥。」重新坐於几前，剝開蟹殼，鉗開蟹腿。吃得正高興時，忽聽得身旁崔亮喚道：「小慈。」江慈「嗯」了一聲，嘴裡咬著塊蟹肉，轉過頭來：「什麼事？崔大哥。」崔亮哭笑不得：「大閘蟹雖好，你也得少吃些，小心等會兒鬧肚子或是生疹子。」

江慈趕緊喝了杯菊酒，道：「不怕，我以前吃過大閘蟹，沒鬧過毛病。」便又欲將酒杯斟滿。崔亮伸手奪過她手中酒壺：「不可，你重傷初癒，不能再喝了。」

江慈轉頭望向他，此時，她已飲下不只十杯菊酒，雙頰酡紅，明眸中也帶上了酒意水氣，唇角卻滿是嬌癡的笑意。

她拉住崔亮的衣襟搖了數下，哀聲道：「崔大哥，就讓我再喝一杯麼。」崔亮卻忙將酒壺藏於背後，只是含笑不語。

那邊，素煙不知說了句什麼話，靜王與裴琰哄然大笑，這邊二人卻似渾然不覺，只爲了那壺酒拉來扯去。裴琰笑笑地掃了二人一眼，眸底光芒一閃，略有得色。

笑鬧一陣，江慈雙頰更見紅透，眼神也有些餳澀，口齒越加纏綿，拉住崔亮衣襟的手漸漸垂落。崔亮看著有些不對，剛要伸手去扶她，她已一頭栽倒在案几上。

崔亮忙將她扶正，喚道：「小慈！」那邊素煙瞥見，忙走過來，低頭道：「怎麼喝醉了？這孩子，當這酒是水啊，崔公子也不勸著點。」崔亮苦笑一聲，也不說話。

素煙伸手去扶江慈，江慈卻猛然抬起頭，嚷道：「師父別打我，我下次不敢喝酒了！」素煙笑道：「這還沒徹底醉，還知道怕師父！」

崔亮扶住江慈喚道：「小慈！」江慈茫然睜開雙眼，盯著崔亮看了一陣，忽然側身嘔吐，穢物不多，卻也弄髒了藕荷色的裙裾。

素煙搖了搖頭：「看看，喝成這樣了，倒可惜了這一身上好的晶州冰絲綢。」回頭招了招手，兩名侍女步了過來。又想了想，吩咐道：「帶小慈姑娘去我房中，給她換上我昨日新置的那套緋色衣衫，另外讓人熬些醒酒湯。」

兩名侍女上前扶起江慈，往屏風後行去。江慈軟弱無力地倚在侍女身上，一步一拖，經過裴琰身邊時，右腳一軟，侍女們未扶穩，她身子便往裴琰倒去。

裴琰聞得一股濃烈的酒味和酸味，眉頭微皺，袍袖一拂。江慈跌落一旁，頭正好磕在案几上，痛醒過來，四顧看了一眼，見那大閘蟹正略帶厭憎和蔑視的神情望著自己，心頭火起，狠狠地瞪向裴琰。

素煙看著情形有些不對，忙趕過來扶起江慈，交給兩名侍女扶了進去。

靜王在旁看得有趣，笑道：「少君，你也是，和一個小丫頭片子致什麼氣。」

裴琰笑了笑，岔開話題，靜王也不在意，素煙又在旁插科打諢，閣內復又是一片歡聲笑語。

江慈被兩名侍女扶著，沿迴廊而行，轉入攬月樓最北邊一間房。房內陳設精美，軒窗木雕，象床軟枕，薰香細細。

侍女們將她扶至椅中坐下，一名侍女替她解下為穢物所髒的外衫長裙，另一人自大紅衣櫃取出一套緋色綃衣絲裙，笑道：「素大姐昨兒還在說，這緋色她穿著不合適，今兒倒找到合適的主了。」

「我早說過，素大姐穿緋色不合適，她不信我，做回來上了身，才知後悔。」

拿著衣裙的侍女抿嘴一笑，替江慈換上衣裙，道：「你是不知，別說是我告訴你的，素大姐不知從哪裡打聽到，衛三郎喜歡這種顏色。」

「是麼？三郎不是一向只穿白色衣衫的麼？怎麼倒喜歡起緋色來了？素大姐對三郎，倒真是上心……」話未說完，仰面往後一倒。

另一人驚道：「畫兒，你怎麼了！」便欲去扶那畫兒，卻覺腰間一麻，直直倒落在地。

江慈哈哈一笑，從椅中坐起，又覺自己笑聲有些大，忙掩唇竊笑。

她鑽到門前，自門縫往外張望了幾眼，見這間臥室位在迴廊盡頭，要想偷溜出去必得經過先前飲酒吃蟹的花廳。可那大閘蟹武功高強，有他在廳內，是萬萬溜不出去的，便恨恨道：「死大閘蟹，明天就讓你吃水嗆著，吃飯噎著，吃菜撐著，喝酒醉死！」

她環顧室內，目光停在輕掩的軒窗上，眼睛一亮，步到窗邊，探頭向窗外望去。只見這處臥室竟是臨湖，樓下湖水波光閃耀，秋風拂來，嫋嫋生涼。

江慈想了一陣，心中竊笑，自言自語道：「沒辦法，看來只有走水路逃生了。」轉過身將兩位侍女扶起，讓她們面朝牆角，歎道：「兩位姐姐，我也是逼不得已，小命要緊，再不逃就活不了了。我只點住兩位姐姐的穴道，過得片刻，穴道便會自解，姐姐們只需出去照實說便是，實在是對不住了，莫怪莫怪。」

兩名侍女啞穴被點，面向牆角，心中叫苦連天。聽得背後這少女似正將衣裙著好，不一會兒，腳步聲響，又似步到了窗邊，頃刻後，便聽到「噗通」落水聲，顯是已躍入湖中，借水遠遁。

廳中，靜王喝得興起，拉著裴琰三人行起酒令。裴琰面上帶笑，杯到酒乾，意態悠閒。崔亮似有些心不在焉，酒令行得大失水準，被素煙狠灌了幾杯，目光卻不時望向屏後。

酒到酣處，裴琰皺眉道：「素大姐，你手下的丫頭也該調教調教了，這麼久都沒出來。」素煙一愣：「可不是，換個衫怎麼去了這麼久。」

裴琰面色一變，擲下酒杯，猛地站起身，往屏風後躍去。崔亮與素煙急急跟上，只餘靜王一人留在廳內，有些摸不著頭腦。

裴琰奔至素煙房前，一腳踹開房門，掃了一眼，冷笑道：「這丫頭，逃得倒快！」他身形微晃，袍袖一拂，解開牆角兩侍女的穴道，喝道：「她往哪裡逃了？」侍女畫兒忙答道：「奴婢們聽得清清楚楚，那位姑娘是跳湖逃走的。」

崔亮步到窗前，低頭望去，只見一湖秋水，淒冷迷離，幽深清寒。

裴琰冷哼一聲，步出房，轉至大廳，向靜王拱拱手道：「王爺，今晚我得去逮一個人，先失陪，改日再向王爺賠罪。」不待靜王作答，他已步下閣樓，下到二樓梯口，守衛的安澄等人迎了上來。

裴琰面色恢復平靜，道：「那丫頭跳湖逃了，傳令下去，全城搜索，同時派人迅速封鎖城門，禁衛軍若是問起，就說是緝拿要犯。」安澄應聲「是」，帶了數人匆匆離開攬月樓。

裴琰步下攬月樓，也不理會躬腰送別的葉樓主，匆匆行出數十步，又在曲橋中央停下。他負手望向空中冷月，側頭間見崔亮立於一側，冷笑道：「子明，你說說，這丫頭，她是眞天眞呢？還是假天眞？」

崔亮望著滿湖月色，低下頭去，默然不語。

夜漸深，攬月樓歡客散盡，笙歌消去。

素煙步入臥室，覺一身痠痛，侍女寶兒上來替她捏著肩膀，道：「大姐，若是覺得累，就休息幾天吧，這夜夜陪酒唱戲，小心累壞了身子。」

素煙幽幽歎了口氣，凝望著桌上輕輕跳躍的燭火，低聲道：「寶兒，你不知，我就是想歇，也歇不下來的。這人活一世啊，總有一隻看不見的手在推著你往前走，走的呢，偏又是一條不是自己眞心歡喜和選擇的道路。走啊，走啊，也不知走到哪日是盡頭，也看不清這條路通向何方。可等有一日，你看清楚這路通往何處，你這日子也算是過到頭了。」

寶兒手中動作停住，愣了片刻，也歎了口氣：「大姐說得有道理，寶兒也覺這日子過得無趣，不過好歹還有大姐在前面撐著，我們便當是躲在大姐的庇護下，過一天算一天了。」

素煙低聲道：「大姐也不知還能庇護你們多久，不知以後會發生什麼事情。」

寶兒再替素煙捏了一陣，又幫她取下頭上釵環等飾物，輕聲道：「大姐，你早些歇著吧。」

素煙輕「嗯」一聲，寶兒輕步退出，掩上房門。

素煙呆坐於燭火下，燭光映得她臉龐明明暗暗。她默然良久，終吹滅燭火，上床安寢。

夜深人靜，萬籟俱寂。

隨著素煙輕微的鼻息聲響起，一個黑影悄悄從床下爬出，全身伏於地上，慢慢挪移。移到門邊，緩慢站起，輕輕拉開房門，躡手躡腳地邁出門檻，又輕輕帶上了房門。

黑影輕靈如燕，於黑暗中掃過迴廊，自階梯一掠而下。她慢慢地拉開樓底的雕花大門，自門縫中一閃而出。四顧望了數眼，見整個湖岸悄無一人，飛快奔過曲橋，再沿湖邊向南奔得數百步，終忍不住得意大笑。笑罷，她又回頭望了望攬月閣和更北邊的相府方向，得意地揚了揚右手，笑道：「大閘蟹，這可對不住你了，不是我江慈不厚道，實是你不仁在先，本姑娘要做的事還多得很，就不陪你玩了！」

江慈先前發現無法自花廳溜出，又見素煙臥室憑臨湖畔，便計上心頭。她將侍女面向牆角而立，又自言自語，似是要跳湖逃生，回頭卻抱起素煙屋內一角用來擺設裝飾的壽山石雕，擲入湖中，侍女們聽到的「噗通」聲響，自是石雕落入湖中之聲。

待石沉湖底，她掩住腳步聲，竄入素煙床底一角，屏住氣息，聽得裴琰等人闖入房中，聽得裴琰惱怒離去，聽得人聲消散，知大閘蟹中計，心中竊喜不已。

她知裴琰不肯善罷甘休，定會派人沿湖四處搜索自己，如果馬上出去，無異自投羅網，索性躺於素煙床底小憩了個多時辰。待聽得素煙熟睡，這才運起輕功，溜出攬月樓，終完成這驚險的逃亡大計。

她心中得意，只是想起自己裝作喝醉，害得崔大哥和素煙姐姐擔心，未免有些對不住他二人，卻也是無可奈何之事。

天懸冷月，地舖寒霜。湖邊花草樹木，於夜風中高高低低地吟嘯起伏著，月光照在樹葉上，閃爍著若明若暗的寒光。

江慈舞動手中枝條，在湖邊小路上悠然前行，想到終於擺脫這一個多月來的拘束與危機，心中歡暢不已。可先前飲酒太多，雖是爲求裝醉，但畢竟也是她平生以來飲酒飲得最多的一次。此時讓湖風一吹，腦中漸漸有些迷糊。

她漸覺腳步有些沉重，腹中也似有些不舒服，索性坐於湖邊柳樹下，靠上樹幹，嘟囔道：「死大閘蟹，這筆帳，本姑娘以後再找你算。」又漸感發愁，這大閘蟹權大勢大，肯定會滿京城搜尋自己，該如何才能不露蹤跡地潛出城去，繼續自己的遊俠生活呢？

驚擾大半夜，困倦和著酒意湧上，江慈打了個呵欠，又覺脖子有點發癢，她撓了撓，正待放鬆身軀，倚著樹幹睡上一覺，忽然心中一激靈，猛然站起。只見月色下，一個黑影挾著凜冽的寒冷氣息，悄無聲息地立於自己身前。

那黑影身形挺拔，負手立於江慈身前，冷冽的目光靜靜注視於她。江慈一哆嗦，彷彿從那目光中看到，自己就像隻被貓肆意玩弄的老鼠，在貓爪下哀哀吱嗚，卻怎麼也逃不出鋒利的貓爪。

她心中打鼓，慢慢向後退了幾步，那黑影卻踩著她的步伐，逐步逼近。江慈感覺到一股濃烈的殺氣籠罩著自己，壓得心裡極不舒服，直欲嘔吐。

此時明月移出雲層，月華灑落在那人身上。江慈看得清楚，那人面容僵硬，雙眸卻如黑曜石般閃亮，腦中一道閃電劃過，猛然伸手指向那人，叫道：「是你！」

但話一出口，她便知大事不妙——此人便是那夜藏身在長風山莊樹上的假面人，可認出了他這等事放在心裡便罷，自己何以這般蠢笨地叫嚷出來，豈不更引得對方殺人滅口？

江慈心中叫苦不迭，面上卻仍堆笑，嘻笑兩聲，抱拳道：「抱歉，我認錯人了。這位大俠，我們素昧平生，以前從未見過面，以後也不會再見。深更半夜的，我就不打攪您臨湖賞月了，告辭！」說完，她往後一躍，轉身就跑。江慈運起全部真氣，發足狂奔，奔出數十步，迎面撞上一物。

她正一力狂奔，哪能顧及撞上何物，便身形微閃，又往前奔去。忽然一股大力扯住自己髮辮，她「啊」的大叫一聲，頭皮生疼，痛得流出淚來。輕笑聲傳入耳中，江慈心呼我命休矣，面上卻仍呵呵笑著，望向那假面人。只見假面人右手負在背後，左手扯住江慈髮辮，眼中滿是玩弄和嘲諷之意，同時還帶著幾分殺氣，凌厲而妖異。

江慈忍住頭皮疼痛，強笑道：「這位大俠，小女子有眼不識泰山，多有得罪，改日再備酒賠罪。只是今日，小女子有約在身，不能久陪，還望大俠高抬貴手，放小女子一馬。」

假面人笑聲極輕，卻十分得意。他揪住江慈的髮辮不放，貼近她耳邊悠悠道：「和誰有約？是不是小情郎啊？」江慈雙手一拍：「大俠就是大俠，真是料事如神。說得沒錯，小女子正要赴情郎之約。俗話說得好，寧拆十座廟，不壞一門親……」

她正胡說八道以求分散假面人心神之時，忽覺喉間一緊，假面人的右手已扼上了自己咽喉，並將她直推幾步，壓在一棵柳樹之上。

江慈急運內力，想擺脫他的箝制，可假面人左手如風，點住她數處穴道，令她再也無法動彈，只能睜大眼睛無助地望向頭頂黑濛濛的蒼穹。

假面人不再說話，眸中寒意凜人，五指卻逐漸用力收緊。江慈漸漸全身無力，小臉漲得通紅，這生死關頭居然還感到此人指間肌膚冰涼，有如從冰河中撈出來一般……正胡思亂想間，眼前一切慢慢變得迷濛縹緲。

氣竭之時，江慈忽覺喉頭一鬆。殺機散去，她劇烈地喘息著，張大嘴拚命呼吸，雙足無力，靠住樹幹緩緩坐落於地。正驚訝於假面人何以放過自己，卻見那人嘿嘿一笑，蹲於她身側，右手寒光一閃，一把冷森森的匕首貼在她面龐。

假面人將匕首於江慈面上輕輕摩擦，也不說話。江慈漸感神智就要崩潰，哀求的話卻是說不出口，反倒激起心頭怒火，狠狠地瞪向假面人，怒道：「要殺便殺，你好好的人不做，做甚貓，還是一隻野貓，你個賊貓，沒臉貓！」

假面人一愣，片刻後才將她這話聽懂，眼中寒意更濃，僵硬的面容向江慈貼攏。江慈心中害怕，忍不住閉上雙眼，鼻中卻飄入一縷極好聞的龍涎香氣，耳中聽到那人輕聲道：「我是貓，那你就是老鼠，我這貓天生就要來吃你這隻老鼠的。這是命中注定，你可不要怪我！怪只怪，你自己好好的平地不走，偏要去爬樹！」

江慈只覺那寒如冰霜的匕首自面部而下，在自己脖頸處稍停片刻，針刺似的疼痛讓她渾身一悸，鮮血由刃口緩緩淌下，她在心中絕望地呼道：「師姐，小慈回不來了，你要記得年年給小慈燒香啊！」

匕首緩緩刺入肌膚之中，江慈終有些不甘心，又猛然睜開雙眼，死死地盯住那假面人。忽見他身軀急挺，手中匕首向後一擋，堪堪抵住背後數丈處飛來的蛇信般劍勢。寒光再閃，叮聲四起，假面人如貍貓竄樹自江慈身側斜飛，一劍一刃，瞬息之間過了數招。

江慈死裡逃生，心頭大喜，鎮定心神，這才見與那假面人拚力搏殺的，竟是自己在心中痛罵過無數遍、才剛從其手中逃脫的大閘蟹——左相裴琰。

黑暗中又有數十人湧出，點燃火把，圍在四周。其中一人步過來，解開江慈穴道，將她拉起，正是裴琰的得力手下安澄。

江慈恍然省悟，看來這大閘蟹又是不懷好意，料定自己要藉前往攬月樓之機逃匿，索性以她爲餌，釣出這名假面人。自己先前洋洋得意以爲逃出他的控制，卻不知每一步均在他的算計之中。

她意興索然，脖間傷口疼痛，腹中絞痛一陣勝過一陣，只得又靠住柳樹坐下，面無表情地觀看裴琰與那假面人的生死大戰。

「蕭教主，素聞你生得容顏俊美，裴某能否得幸一睹尊容！」裴琰一聲長笑，寒光忽盛，連人帶劍向假面人衝去。

假面人悶不作聲，手中匕首如銀蛇亂舞，「叮」聲四起，擋住裴琰一波又一波的襲擊。裴琰手中招式如水銀瀉地，織成一張無邊無際的劍網，將假面人罩於其中，假面人步步後退，卻始終默然不語。

「蕭教主，既然到京城來了，裴某想請你痛飲一番，不知教主可願賞裴某這個面子？」裴琰邊說邊鬥，劍招如流雲飛捲，寒光耀目，壓得那假面人只有招架之功，無還手之力。

安澄等人立於一旁，見裴琰勝算極大，便不上前，只是四散圍著，防那假面人逃匿。

激烈搏鬥間，假面人腳下一個踉蹌，似是有些不支，裴琰劍勢收住，笑道：「蕭教主，裴某勸你還是束手就擒吧！」

假面人左手撫胸，垂下頭去。裴琰緩步上前，手中長劍卻始終保持攻擊態勢，防他做臨死前的掙扎。

眼見假面人左手猛然揮出，裴琰心呼不妙，身形平平後飛。但聽「轟」的一聲，紅光乍閃，煙霧四溢，一股難聞的氣味令眾人劇烈咳嗽，瞬息間，那假面人已然遁去。裴琰怒哼一聲，如大鳥般掠上鄰近一棵柳樹，極目四望，已不見了假面人身影。

黃昏時，他見江慈在樹上東張西望，便猜到她有心逃跑，是以精心布局，設下這圈套，以求引出星月教主殺人滅口。不料功虧一簣，被這假面人借煙霧彈遁去，實是有些惱怒。躍下樹梢，見安澄正欲帶人向南追趕，冷聲道：「不必了！你們追不上的。」

回過頭，裴琰正望上滿面嗤笑之色的江慈，冷聲道：「笑什麼笑，你這條小命還留著，該燒香拜佛了！」

江慈嘻嘻一笑，站了起來，拍手道：「相爺好身手，不當武林盟主，實在是可惜了。」

裴琰冷哼一聲，凌厲的目光盯著江慈：「你確實沒見過他的真面目？」江慈撕下衣襟，爲自己包紮起頸間傷口，搖頭道：「對天發誓，確實沒見過。」

「那就是聽過他的聲音了？」

江慈深知無從否認，點了點頭：「我是聽過他的聲音，可我與他素不相識，井水不犯河水……」

裴琰不再理她，轉身就走，安澄等人急忙跟上。江慈猶豫了一下，終怕那假面人再來殺人滅口，便緊跟裴琰背後。

裴琰神情嚴肅，轉過身來：「江姑娘，眼下我救你一命，你我互不相欠，還是我走我的陽關道，你過你的江湖遊俠生活。從此你我，宦海江湖，天涯海角，上天入地，黃泉碧落，青山隱隱，流水迢迢，生生世世，兩兩相忘。」

江慈未料裴琰將自己那日隨口所謅之話記得一字不差，又原樣還給自己，心中氣得直翻白眼。可而今眼下，相府才是唯一安全、能保小命不被追殺的地方，此時就是借她天大的膽，她也不敢獨自一人遊蕩。

江慈心中不停咒罵著大閘蟹，面上卻裝出一副極爲可憐的模樣，伸手拉住裴琰的衣袖，哀聲道：「相爺，那個，那個……」支吾一陣，也想不出賴在相府的理由，情急下脫口而出：「那個……救命之恩當以身相報，相爺救我一命，我怎能一走了之，我就留在相府給相爺當牛當馬，爲奴爲婢，以身相報好了！」

安澄等人在後面聽得清楚，哄然大笑，有那等頑皮之人起鬨道：「相爺，你就收了她吧，人家小姑娘可是要以身相報的。」裴琰眼神凌厲一掃，眾人懾於他的積威，紛紛止住笑聲，低下頭去。

的雙手。

裴琰冷冷道：「方才誰說的話，自己去領二十棍。」

江慈見裴琰馭下如此之嚴，與他素日笑如春風的模樣大不相同，心中有些害怕，慢慢鬆開了揪住裴琰衣袖

裴琰轉頭見江慈垂頭喪氣，脖間鮮血滲紅了布條，髮辮散亂，一副可憐兮兮的模樣，笑道：「這可是你自己要留在我相府的，不要過兩天又爬樹或跳湖什麼的。」江慈大喜，抬起頭來：「不會了不會了，絕對不會再跳湖的，再說，我今天也沒跳湖。」

裴琰微微一笑，負手向前行去。江慈忽想起一事，追上去問道：「相爺，你怎麼知道我還在這湖邊，沒有逃到別的地方去？先前你不是以爲我跳湖逃走了麼？」

裴琰笑得十分得意，卻不回答，過得一陣，忍不住伸出右手，在江慈的面前晃了晃。江慈見他右手五指在空中做爬行狀，恍然大悟，指著裴琰叫道：「大閘蟹！是大閘蟹！」

她叫聲十分之大，步於其後的相府諸人，還是頭一次見到有人公然指著自家相爺戲稱其爲大閘蟹，皆憋住笑，低下頭去。

江慈見裴琰笑得陰森無比，忙搖手道：「那個……相爺，我不是叫您大閘蟹，我是說，我明白了，您在最後那隻大閘蟹上下了香藥，如此便能追蹤到我在何處。」裴琰淡淡道：「你倒不笨，還知道躲在素大姐床底下。」江慈腹誹不已，卻仍只得老老實實隨著裴琰往前走。

此時已是子夜時分，一丸冷月，照著寒湖霜路。江慈跟在裴琰背後快步走著，肚中絞痛漸甚，慢慢地，渾身似有螞蟻咬噬，疼癢難熬。她腳步逐漸拖滯，終一手捂著腹部，另一手不停抓撓前胸後背，蹲於地上，痛哼連聲。

安澄忙過來問道：「江姑娘，怎麼了？」

江慈肚中絞痛，無法利索說話，斷斷續續哼道：「我……肚子……疼，癢……癢……」身上奇癢無比，撓得前面又去抓撓背部，一時間，痛苦到了極點。

安澄不知她為何如此，又有些疑心她是假裝，正猶豫間，裴琰大步走了過來。他盯著江慈看了幾眼，猛然抓起她的右手，將她衣袖向上一捋，看了一眼，笑出聲來。

江慈正是最難過之時，不由怒道：「笑什麼笑！」「啊」一聲大叫，又反手去抓後背，不料腿上也漸漸癢了起來，她禁受不住，彎腰去撓，腳一軟，坐於地上。

裴琰蹲於江慈身旁，看著她痛楚難當的樣子，笑道：「看你以後還敢不敢吃大閘蟹，又起疹子又鬧肚痛，眞是報應不爽！」

江慈性情再灑脫，此時見身旁圍著一大群男人，為首的偏偏還是她最痛恨的大閘蟹，他們又個個盯著自己的窘樣，不由漸漸有些羞惱。

她心中直恨自己先前為啥貪圖口腹之慾，吃了那麼多大閘蟹，肚痛身癢不要緊，居然還讓這麼多人見到自己醜態，實是生平第一糗事。迷糊痛楚中，見裴琰的笑臉如大閘蟹般在眼前晃動，一時恨極，右手捏拳，猛然擊向那張可惡的笑臉。

裴琰呵呵一笑，側身避開。江慈正待再擊，後背又是一陣奇癢，只得收回拳頭，反手去撓背部，偏那處搆不著手，又換左手，忙得不可開交。相府諸人看著她的窘樣，礙著裴琰，不敢放聲大笑，只見個個面上神情扭曲，五官走樣。

裴琰站起身來，道：「走吧，回去讓子明幫你看一看，服點藥，這樣抓下去，不是辦法。」江慈怒道：「不走了，我不回去了！」

裴琰悠悠道：「那你就留在這裡好了，蕭教主會好好照顧你的。」江慈倔性發作，坐於地上，冷冷道：

「我就是不走，看他能把我怎麼樣！」

裴琰眉頭一皺，見隨從牽了馬匹過來，輕笑一聲，俯身伸手。江慈腰間一麻，已被他點住數處穴道，攔腰放在馬背之上。裴琰縱身上馬，輕喝一聲，馬兒疾奔，朝相府馳去。

江慈痛癢難當，顛簸難忍，一路上還得聽那大閘蟹不時發出輕笑，不由在心中咬牙道：「死大閘蟹，暫且先讓你得意一下，可別以爲我不知道你的鬼心思！」

回到相府，江慈被安華扶到床上躺下，她已然渾身發軟，連撓癢都沒了力氣，只是無力地朝裡躺著，蜷縮起身軀。

裴琰負手看著她狼狽不堪的模樣，笑道：「你再忍忍，我已經差人去叫子明過來了。」

江慈冷哼一聲，心中恨極，默然不語。

迷濛中，聽得腳步聲響，聽得崔亮行至床前，和聲問道：「怎麼了？哪裡不舒服？」

江慈死命憋住淚水，無聲地抽噎。崔亮早聽相府侍從說，江姑娘是吃蟹腹痛膚癢，見她身軀輕顫，卻不轉過身來，忍住笑，向安華使了個眼色。

安華探頭向床內一望，見江慈眼角隱有淚水，抿嘴一笑，取過絲巾，輕輕替她拭去淚水，輕聲道：「江姑娘，還是先讓崔公子幫你看看，喝點藥，總這麼硬撐，也不是辦法。」

江慈低低地「嗯」了一聲，平定心神，慢慢轉過身來，正望上崔亮略帶笑意的眼神，她臉上飛起紅暈，低聲喚道：「崔大哥。」忽有陣輕笑聲傳來，江慈視線一偏，只見那可惡的大閘蟹正站在門口，臉上還是那令人恨得牙癢癢的笑容。她心頭火起，猛然坐直，抓起床上的瓷枕，用力朝裴琰擲去。

裴琰右足輕挑，瓷枕在他足尖滴溜一轉，又於空中劃出一道優美弧線，隨即輕輕落於床頭。他輕輕一笑，悠然步出房去。

第二章 聽聲辨人

江慈想起體內有一貓一蟹餵下的兩種毒藥，恨不得將這二人清蒸紅燒油炸火烤、吃落肚中才好。這大閘蟹想出大擺壽宴、聽聲辨人的妙計；沒臉貓則估到他這一著，乾脆不殺自己滅口，反設計餵她服下毒藥，然後大搖大擺現身。只是這二人鬥得你死我活，卻連累了她身中雙毒，眼下只能活一天算一天。

六　鶴夢難尋

驚擾大半夜，已是河斜月落，斗轉參橫。

裴琰步出院門，見安澄在院外束手而立。寒風拂面，他腦中漸漸恢復空明清醒，思考片刻，道：「安澄。」

「是，相爺。」

「對星月教主的排查，轉集中於我熟悉的、日常來往的人身上。」

安澄一愣，低頭道：「相爺，恕屬下愚鈍。」

裴琰輕哼一聲：「小丫頭沒有見過他的眞容，只聽過他的聲音，他卻還要來殺她滅口，可想不怕這丫頭畫出他的容貌，令我們按圖索驥。」

安澄想了一下，恍然大悟：「原來他怕的是，江姑娘在某個場合認出他的聲音。江姑娘如今在相府中住著，而此人定是經常與相爺打交道、爲相爺所熟識之人。故擔怕有朝一日，相爺帶著江姑娘遇到他，拆穿他的眞實身分。」

裴琰點了點頭：「今日激戰，他招式生疏，顯是在掩飾眞實武功。且他的身形故意東搖西晃，亦是怕我透過身形認出他是誰。只可恨，先前他與小丫頭說話之時，我們隔得太遠，沒能聽到他的聲音。」頓了頓，又道：「把今日府中知道我帶小丫頭去攬月樓的人，還有今夜在攬月樓的人統統查一遍。此人消息如此靈通，不早日將他找出，總是心腹大患。」

他負手望向灰濛濛的天際，淡淡道：「我對此人眞是越來越感興趣了，他究竟是何人？」

安澄再等片刻，不見裴琰說話，輕聲問道：「相爺，那查江姑娘的事情……」

「不用再查她了，她既費盡心思逃跑，想必不是暗探，就一野丫頭而已。只是我還要用一用她，暫時放這裡吧。」

崔亮開了藥方，命安華前去配藥煎熬，又取過銀針，在江慈面上及手臂上扎上數針。江慈渾身疼痛瘙癢漸止，只是全身疲乏，像被寒霜打蔫了的花朵，耷拉著頭坐於床邊。

崔亮見她頸中纏著布條，布上血跡成團，解開看了一下，皺眉道：「怎麼受傷了？」江慈有氣無力答道：「被貓抓傷的。」崔亮湊近細看了一下，疑道：「不像是貓抓傷的，倒像被兵刃所刺。」

江慈側身往床上一倒，頭剛好磕在瓷枕上，又坐直身子，想起今夜被一蟹一貓玩弄於股掌之間，還無端吃了這些苦頭，心中氣極，「啊」的大叫一聲，往後便倒。

崔亮正轉身將銀針收入針囊，聽到江慈大叫，叫聲中充滿羞惱，知她還有幾分孩子心性，笑道：「別氣了，下次注意別再吃這麼多便是。」他將銀針收好，又步到銅盆前將手洗淨，安華已端著藥碗進屋裡來。

安華步到床前，見江慈倒於床上，嘻嘻一笑：「江姑娘，還是起來喝藥吧。」江慈一動不動。

安華笑道：「再不喝藥，等下可又會癢了。」江慈還是一動不動。

崔亮覺有些不對勁，快步行至床邊。安華忙放下藥碗，俯身將江慈扶起，只見她雙目緊閉，面色烏青，氣息微弱，竟已暈死過去。

月落星隱，晨霧四起。裴琰只睡了個多時辰，便醒過來。他想起一事，心中一動，正待前往蝶園請示母親，見窗外仍是灰濛濛一片，知時辰尚早，但再也睡不著，索性起來到院中練劍。

崔亮步入慎園，正見院心裡白影舞動，劍氣縱橫，冷風颼颼，寒光點點，宛如白龍在空中盤旋，又似冰雪在草地上狂捲。

裴琰縱躍間見崔亮立於廊下，輕喝一聲，一招雪落長野，滿院的晨霧似都在他劍尖凝聚，又直向院中桂樹迸散，「喀」聲連響，桂枝紛紛斷裂，散落一地。

裴琰收劍而立，轉身向崔亮一笑：「子明今日怎麼這個時辰到我這處來了？」崔亮微笑道：「相爺好劍法，崔亮有幸一觀，實是大開眼界。」

侍女小廝上來爲裴琰接過佩劍，奉上香巾。裴琰擦了擦臉，又擲回盤中，轉身便向房內走去：「子明，請進來說話。」

二人在西花廳坐定，侍女們奉上清茶和潔鹽，裴琰輕嗽數口，吐於漱盆之中。侍女們又接過他脫下的武士勁衣，替他換上淡青色繡邊織錦衣袍。

裴琰揮揮手，眾人退了出去。他端起參茶，飲了一口，抬眼間見崔亮面上略帶遲疑之色，笑道：「子明有話直說，你我之間不必客套。」崔亮飲了口茶，問道：「崔亮冒昧，不知相爺可曾聽過宮中有一味奇藥，名『仙鶴草』？」

裴琰點了點頭：「不錯，宮中醫閣內是有這一味藥，但數量珍稀，是專爲聖上煉製丹藥而用。子明問這個做甚？」崔亮微微低頭，聲音隱帶憂慮：「江姑娘中毒了，性命堪憂。」

裴琰端著茶盅的手在空中一滯，望向崔亮：「怎麼會中毒的？」崔亮答道：「是她脖子上的刃傷所致，那兵刃上餵了毒藥。」

裴琰眉頭輕蹙：「聽子明的意思，她所中之毒，要用仙鶴草來解？」崔亮抬起頭：「正是。不知相爺可願救小慈一命？」

「小慈？」裴琰輕聲道，又看了崔亮一眼。

他想了片刻，慢條斯理地飲了幾口茶，終開口道：「這事只怕很難辦。仙鶴草，宮中僅餘三株。聖上好丹藥，這仙鶴草又是煉丹的良藥，要想從聖上手中求來一株，我看十分困難。再說，我和江姑娘無親無故的，聖上若是問起，我也不好開口。」

崔亮默然不語，良久方低聲道：「我也知道極困難，但小慈她……」

「沒有別的方法救她了麼？」

崔亮搖了搖頭：「就是神農子前輩來此，也只有此藥方可救她。」裴琰放下茶盅，皺眉想了片刻，只聽崔亮又道：「相爺，小慈她只有十七歲，您若是能救，崔亮求……」

裴琰抬了抬右手，止住崔亮的話語，又站起來，負手在室內來回走了數圈，抬頭望向崔亮：「子明這般相求，我便盡力一試，至於能不能求得聖上開恩，就看她有沒有這個造化了。」

崔亮眼神一亮，站起來長揖道：「崔亮謝過相爺！」裴琰忙過來扶住他右臂，笑道：「子明可不要和我來這些虛禮。再說了，要謝，也應該是那小丫頭來謝我，豈有讓子明代謝的道理！」

崔亮微微一笑，正待說話，裴琰已把著他的右臂往東偏廳走去，邊走邊道：「子明定是還餓著肚子。來，我們一起用早膳，我正有些事，要子明幫我參詳參詳。」

崔亮一愣，輕輕掙脫右臂，於正廳門口呆立一瞬，卻終隨裴琰往東偏廳走去。

江慈悠悠醒轉，覺眼前昏黑一片，不由嘟囔道：「師姐，你又不點燈了，老這麼黑燈瞎火地坐著，有什麼意思麼。」

崔亮正坐於床頭，倚著床柱小寐，迷糊中聽得江慈的聲音，一驚而醒，這才發覺桌上的燈火已近熄滅。他忙走過去剔明燈火，一轉頭，見江慈正睜大眼睛望著自己，笑道：「你醒了！」

江慈半晌才恢復清醒，想起自己這是在相府之內，又努力回想之前諸事，茫然道：「崔大哥，我怎麼了？

好像睡了很久似的。」

「你脖子上的傷口有毒，昏睡兩天了。幸好相爺替你找來奇藥，眼下你既然醒了，就證明毒已解，沒事了。」崔亮坐於床邊，和聲道。

江慈望了望：「安華呢？」崔亮答道：「她守了你兩天兩夜，我見她太疲倦，讓她去外間歇著。」

江慈看了崔亮數眼，見他似有些消瘦，原本明亮的雙眸也似有些黯然，不由垂下頭，低聲道：「崔大哥，都是我不好。」崔亮笑了笑：「說什麼呢！你又沒做錯什麼。」

江慈想了想，抬起頭來：「也是，我又沒做錯什麼。我只不過是爬了一回樹，又沒做傷天害理的事情，他們要鬥，自己去鬥個你死我活好了，爲什麼要把我扯進來，一個兩個，都不是什麼好人！」

崔亮已得裴琰告知諸事，和聲道：「你才剛醒，別想這麼多。相爺正在想法子，讓你不再被那人追殺，他又費盡心機爲你求來了仙鶴草，救了你一命，你可別再怨他了。」

江慈心中仍對那大閘蟹恨恨不已，更不相信他安了好心，只是不好反駁崔亮這話，但面上仍是忿然。

崔亮見她滿臉忿忿之色，笑著搖了搖頭，又看了看窗外天色，道：「小慈，你先歇著，差不多日且時分了，我得去應卯。」

江慈一愣，望了望房中沙漏，道：「禮部撰錄處怎麼這麼早就點卯？你以往好像是辰時才去的。」

崔亮微微一笑，並不作答，走到門口又轉過身來，道：「記得，辰時初服一次藥。若是感覺好些，能走動了，就去給相爺道聲謝吧。」

皇宮，弘德殿。

這日小朝會，議的是三日後將與桓國簽訂的盟約細則。

禮部官員將抄錄的盟約細則呈上給皇帝、太子、莊王和靜王，又各發了一份給丞相、龍圖閣大學士、各部尚書，及御史臺、監察司諸大夫。

靜王展開摺奏看了一眼，讚道：「真正一筆好小楷！」

皇帝聽言將摺奏展開細看，也微微點頭：「不錯，結體嚴密而不失圓潤，勁骨於內而超然於外，精華內蘊，莊重勁美，實是難得的縝流小楷。」

他望向禮部尚書王月雄：「這執筆撰錄的是何人？」

「回皇上，執筆撰錄此細則的乃禮部撰錄處執筆崔亮，平州人氏，曾中解元。昨日方書處程大人因方書處人手緊缺，已向微臣借調了此人至方書處當差。」

皇帝微笑點頭：「原來是平州解元，難怪一手好字。在你禮部當執筆確也委屈了他，調至方書處甚好，如此，朕就可每日見到這崔解元的妙筆了。」

他轉向靜王和聲道：「靜王，前日朕還讚你的字體有進步，但和這位崔解元比起來，可得再下些功夫。」

靜王躬身道：「兒臣謹遵父皇教誨！」

一旁的莊王面上隱有不悅，輕不可聞地哼了一聲。

禮部侍郎將盟約細則高聲誦讀了一遍，話音甫落，右相陶行德跨前一步行禮道：「皇上，臣有異議。」

「陶卿但奏無妨。」

陶行德瞥了面帶微笑的裴琰一眼，道：「此盟約乃裴相一力促成，盟約細則，臣等也是今日方知曉。按理，裴相近年來主理與桓國間一切軍政事務，臣不應多心。但這盟約中有一條，臣實是有些疑惑。」

皇帝面色和悅：「陶卿有何不明，裴卿就詳細解疑吧。」

裴琰低頭道：「臣遵旨。」又轉向陶行德，笑得十分謙和，「陶相請直言。」

陶行德展開手中摺奏，道：「盟約中，涉及月落山脈的歸屬問題。自我華朝立國以來，月落山脈便一直是我朝附屬夷地，月落一族上百年來，也一直以附屬夷族身分向朝廷進歲納貢。裴相此次擬定的這份盟約，卻與桓國將月落山脈一分爲二，以桐楓河爲界，北面歸桓國，南面歸我朝。如此一來，豈不將我朝附屬夷地割了一半讓給桓國，更等於間接承認以往爲月落山脈而起的數次戰事，我朝竟是那戰敗一方。本相實是有些不明，還望裴相解釋。」

莊王點頭道：「陶相言之有理。年前，我朝與桓國的戰事，是我朝勝出，實不必如此，還請裴相解釋。」

見右相與莊王都如此說，各部尙書及御史大夫們也輕聲議論，殿內立時一片嗡嗡之聲。

裴琰面上掛笑，不慌不忙道：「盟約中何以將月落山脈一分爲二，兩國各取一半，考慮有三。其一、月落山脈桐楓河以北，乃火石地貌，地產貧乏，民諺中素有『桐楓北，三尺焦，童稚子，雙淚垂』之說；而桐楓河以南，物產豐富，土地豐饒。故看似一分爲二，實是捨貧瘠而取富庶，我朝並不吃虧。

「其二、桐楓河以北，因物產貧乏而致盜賊橫行，紛亂不斷。月落族長爲平息紛亂，多年來數次請求朝廷派兵支援鎭壓。但這些盜賊極爲難纏，自承平三年以來，當地駐軍死於清剿戰中的達數千人，朝廷不堪其擾。此番將桐楓河以北歸於桓國，實是將一燙手山芋丟給了桓國，至少可以牽制桓國數萬兵力。

「其三、月落一族內部爭鬥，近年來有加劇趨勢。星月教在其族內勢力漸大，該教矢志建立月落一國，以擺脫我朝附屬夷族地位。此番我朝與桓國將月落山脈一分爲二，而盟約中畫分的邊界疆線恰好經過星月教聖地，兩國分而治之，正可削弱其勢力，免其作亂勢大。

「綜觀以上三節，將月落山脈一分爲二，以桐楓河爲界，實對我朝有利無弊。至於陶相所說國體問題，上百年來，月落一族雖進歲納貢，朝廷卻一直未下詔封其屬號，故並不存在喪權辱國、割讓疆土之說。」

裴琰侃侃道來，句句在理，殿內大半官員紛紛點頭，低聲附和，只右相陶行德一系官員默不作聲，均將目光投向了右相與莊王。

莊王瞄了陶行德一眼，陶行德一時想不出話駁斥裴琰，情急下，便道：「裴相打的倒是如意算盤，難道桓國君臣就是傻子，看不出這盟約對他們並不利麼？」

裴琰笑容漸濃：「桓國君臣並非傻子，他們自有其目的。」

「裴相請說。」

「桓國肯與我朝休戰，訂此盟約，東線退回岐州，而取月落以北，實是意在桐楓河。」

「何解？」

「桓國位處北域，河流稀少，不能保證國境之內農林灌溉用水，故稍有旱情，便糧食絕收，百姓忍饑挨餓。桓國多年來與我朝的數次戰爭，看似緣於其他起因，根本仍在於爭奪水域。此次盟約簽訂後，桐楓河以北我朝再無駐軍，桓國便可修渠開槽，將桐楓河水引入其境，而解多年缺水之憂。」

陶行德冷笑道：「既是如此，那爲何裴相還要將桐楓河拱手讓人？豈不讓桓國得利，更加勢大？」

裴琰微微一笑，從袖中取出一本摺奏躬身遞上，內侍取過又奉給皇帝。

皇帝展開奏摺細閱，臉上逐漸露出讚許的笑容，掩上摺子道：「裴卿好計策！如此一來，桓國雖得桐楓河水源，卻又掣肘於我朝在上游修建的堤堰，妙極！」

裴琰躬腰道：「謝皇上！臣恭請皇上准戶部向工部撥發工銀，徵集有經驗的河工，於桐楓河上游、定幽一帶選址建造堤堰。」

皇帝笑道：「准了，裴卿就看著辦吧，戶部、工部一應聽其差遣，不得有誤。」

裴琰再行禮道：「臣還有一事需奏稟皇上。」

「奏吧。」

「此番與桓國簽訂盟約，實際上是給桓國下了一個圈套。桓國得引桐楓河之水，定會在下游以北修渠開槽、廣闢良田。故我朝要在上游定幽一帶建造堤堰一事，須得十分保密，待桓國明春耗費巨力、廣開渠槽良田後再行此事，期間不得洩露任何風聲。還請皇上下旨，今日殿內之人均不得洩密，以防桓國終不上當。」

皇帝面色一肅：「諸卿聽著，今日所議之事，若有洩密者，誅九族！」

眾臣皆知茲事重大，忙皆下跪磕頭：「臣等謹遵聖諭！」

陶行德與莊王對望一眼，無奈地磕下頭去。

裴琰自弘德殿出來，已近正午。天上雲層濃厚，秋風捲起落葉，衣袖生寒。他立於盤龍玉石柱旁，想起方才與右相陶行德的一番激辯，忍不住冷冷一笑。

腳步聲響，隨後靜王悅耳的聲音響起：「少君辛苦了！」裴琰微仰頭，望向天空中濃濃的烏雲，默然良久，終道：「終於起風了！」

靜王也負手望向天際，點了點頭：「是，晴了這麼久，南安府大旱，可不是件好事，看看這場雨能否解解旱情。」他默然片刻，又道：「少君，星月教一事不能再拖了，今日看朝中景況，只怕該教正於京城之內滲透勢力。」

「是，蕭無瑕多年籌謀，此次定不甘心其根基所在被一分為二，只怕反擊手段將會十分激烈，我得儘快將他找出，才能安心。」

靜王低聲道：「那為何少君今日還要在朝堂上公開建造堤堰之妙計？就不怕方才眾臣之中有那被星月教滲透之人？」

裴琰微微一笑，並不作答，轉身拱手：「王爺，我先走一步。後日我母親四十壽辰，她素不喜熱鬧張揚，但微臣還是想替她操辦操辦，還望王爺能給我幾分薄面，撥冗駕臨，回頭我會命人送上請帖。」

靜王訝道：「原來後日便是令堂壽辰，欸，少君怎麼不早說，本王也好準備壽禮。屆時，本王一定親自向夫人祝壽。」

裴琰再拱拱手，遂步下臺階而去。

靜王望著裴琰遠去的身影，正出神間，肩頭被人拍了一下，他忙轉身行禮道：「大哥！」

太子略顯圓胖的臉上一抹苦笑：「三弟你也太精了吧，不回頭就知道是大哥我。」

靜王稍稍低頭躬腰：「敢直拍我肩膀之人，定是大哥與二哥，而二哥這兩日正生我的氣，是萬萬不會搭理我的。」

太子嘻嘻一笑，全無長兄風範，湊近道：「二弟他究竟為何生你的氣？」

靜王苦笑一聲：「前日父皇召我與二哥考較功課，誇讚了我兩句，二哥心裡吃味，看見我就瞪眼睛。」

太子聽到「考較功課」四字，打了個寒噤，忙道：「不行，我得趕緊回去準備準備。」說著匆匆而去。

太子走遠，靜王方抬起頭，輕蔑地笑了一笑。

裴琰回到相府，風越發大了，夾著雨點瀟瀟落了下來。

他一出轎，隨從們忙撐起油傘。入正門，過迴廳，穿長廊，踏入慎園，正待脫去披風，卻倒退兩步，望向坐於迴廊欄杆上的江慈，微微一笑，也不理她，踏入房去。

江慈嘻嘻笑著跟了進來。裴琰任侍女們替自己解去披風，換下蟒袍，著上淺紫色絲衣，外罩淡青紵絲長袍。又有侍女輕手替他取下官帽，將黑髮攏起，繫上淺紫色抹額，越顯丰神俊秀，氣度高華。

裴琰並不理江慈，在搖椅上躺下，舉起一冊《清塵集》於眼前細看，悠悠搖搖，還蹺起二郎腿輕輕抖著。

四個清麗侍女立於其後，或捧巾，或端茶，或執拂，或添香。

江慈在心裡鄙視了一陣，清清嗓子，步至裴琰椅前，斂衽行了一禮，正容道：「江慈謝過相爺救命之恩。」裴琰目光自書卷移開，瞥了她一眼，鼻中「嗯」了一聲，並不說話。

江慈臉上綻出燦爛笑容，自己搬了張凳子在裴琰身旁坐下，側頭看了看裴琰手中書卷，笑道：「相爺果然有學問，這《清塵集》，打死我都是看不進去的。」裴琰仍是不理，自顧自地看書。

江慈繼續和他搭話，他卻總是「哦」或者「嗯」一聲，並不理會她。

不多時，有侍女進來稟道：「相爺，飯菜備好了，請相爺用膳。」裴琰瀟灑起身，也不看江慈，往東首偏廳行去。

江慈衝著他的背影揚了揚拳頭，未及收手，裴琰已回過頭來：「你既來了，便和我一起吃吧。」江慈眉開眼笑：「謝相爺！」

她一踏入偏廳，見眼前楠木桌上正中擺著一盤清蒸蟹，忽覺渾身發癢，腹中也似有些疼痛，見裴琰正含笑望著自己，忙擺手道：「相爺，我肚子不餓，來這裡之前已經吃飽了，我還是服侍您用膳吧。」

裴琰笑了笑，落坐道：「都出去吧。」侍女們齊應一聲，行禮後退了出去。

裴琰見江慈愣在原地，抬頭道：「你不是說要服侍我用膳麼？怎麼還愣著？那夜說要留在我相府，為奴為婢，以身相報，原來都是假話！」

江慈面上堆笑，步過去握起銀箸，遞於裴琰手心。又替他勺了碗湯，在他面前放下，卻手一歪，湯碗微微一斜。眼見湯水蕩出瓷碗，濺了裴琰的外袍，她忙取過絲巾俯身替他擦拭，邊拭邊道：「江慈乃鄉間粗野丫頭，不懂得服侍人，相爺千萬莫怪。」

裴琰呵呵一笑，放下手中銀箸，猛然探手箍住江慈腰間，將她身子一扳。江慈「啊」的一聲，倒於他膝上，急切之下雙腳亂踢，卻被裴琰右肘摁住，動彈不得。

江慈大怒，脫口罵道：「死大閘蟹，你休想我替你聽聲認人！」

裴琰一愣，轉而大笑，按住江慈不放，悠悠然道：「你倒是不笨，知道如今只有替我聽聲認人，才是唯一的活路。」

江慈冷冷道：「裴相爺，請把你的蟹爪拿開一些。」

裴琰笑道：「江姑娘，你不知道麼？螃蟹的鉗子若是夾住了什麼東西，是絕不會輕易鬆開的。」說著，又將江慈按得更緊一些。

江慈衝裴琰笑了笑：「相爺，我好像有件事情沒告訴過你。」

「何事啊？」

江慈笑得眼睛眯眯，賊賊地道：「本姑娘呢，耳朵不大好使，不能保證自己一定能認出那人的聲音。說不定就會認錯人，也說不定會聽很多人的聲音都像那星月教主，萬一把什麼王爺侯爺之類的人誣為邪教教主，那可就罪過大了！」

裴琰輕哼一聲：「是麼？」放於江慈腰間的右手猛一用力，江慈痛呼一聲。

裴琰低頭望著她痛楚神情，笑道：「江姑娘想必是不瞭解本相爺，本相爺呢，從不打沒有把握的仗，因此絕不會讓你認錯人。」

他鬆開右手，江慈腰間一鬆，忙翻身而起，卻又被裴琰探手扼住咽喉，嘴唇大張，被他塞入了一粒藥丸，入口冰涼即化，順喉而下。江慈聞到這藥丸有一股鐵腥氣，知是煉製毒藥必需的「鐵腥草」，定是毒藥無疑，情急下忙俯身嘔吐。

裴琰笑道：「沒用的，這是我長風山莊祕製毒藥，入喉即溶，約莫三個月後發作。解藥呢，世上便只有本相爺才有。」慢條斯理地夾了筷麂肉，放於口中細嚼，見江慈冷著臉從地上爬起，他面容一肅，道：「你聽著，我已命人放出風聲，說你已經毒發身亡，放鬆那人警惕。後日，我相府將爲母親舉辦壽宴，凡是我認識的達官貴人都會來相府祝壽。到時我會命人替你化妝易容，你就跟於我背後，細心分辨眾人聲音，不得離我左右。你若是敢玩什麼花樣，我能放過你，這毒藥可不會放過你。」

江慈瞪著他道：「如果那人不來呢？」

裴琰哼了一聲：「敢不來參加我相府壽宴的人少之又少，那我就把排查目標放在這少數幾人身上，還怕找不出他來麼！」江慈冷冷看了裴琰一眼，不再說話，默默低頭，走向屋外。右腳剛踏過門檻，忽聽裴琰又道：「慢著！」江慈頓住腳步，並不回頭。

裴琰淡淡道：「從今日起，你去西園服侍子明，他那裡正沒有丫鬟。你別說是我派你去的，就說是你自願，以報他救命之恩。沒有我的命令，你不得踏出西園一步。你認出人，將子明服侍好了，我再考慮爲你解了這毒。」江慈用力頓了頓右足，甩手而去。

裴琰抬頭望著她的背影，冷笑道：「野丫頭，你當我這相府是讓你胡來的地方麼！」

這場秋雨，直至黃昏時分才慢慢收歇。燈昏霧湧，夜幕輕垂，崔亮方略帶倦意，回到西園。

甫踏入院門，他便一愣，只見屋內燈燭通明，還隱隱飄來江慈哼唱戲曲的聲音。江慈見他進來，笑道：「崔大哥，怎麼這麼晚才回來？」說著，便來替崔亮解去披風。

崔亮往內室走去，自己解下披風，換過便服，又步了出來：「小慈，你怎麼會在這裡？」

江慈笑道：「我悶得無聊，聽安華說，你這處沒人服侍，你又是我救命恩人，想著來替你做點事，不然我心裡可是十分過意不去。」她邊說邊倒出銅壺中的熱水，替崔亮擰來熱巾。

崔亮望著她的笑臉，側過頭去，將臉埋在熱巾之中，良久方抬起頭，微笑道：「小慈，這些服侍人的事情你不要做了。我習慣了一個人住，若是要人服侍，相爺自會派人過來的。」

「我閒著也是閒著，只要崔大哥不嫌棄我就好。對了，崔大哥，你怎麼回來得這麼晚？前段時間，我看你很清閒的，禮部撰錄處近來很忙麼？」

「我眼下不在禮部，到宮中方書處當差了。」

「方書處？是做甚的？俸祿是不是高過禮部很多？那麼早去，這麼晚才回，總得多些俸祿才好。」

崔亮淡淡道：「是替朝廷整理奏章、文書、圖書，以及地方上報信息的閒散機構，俸祿比禮部稍高些，倒也不是很辛苦，只是這段時間會有些忙。」

說話間，江慈已擺好碗筷，笑道：「崔大哥，你來試試我的手藝。」崔亮走到桌前坐下，看著桌上玲瓏別致的菜肴，訝道：「這是你做的？」江慈點點頭：「是啊，我的廚藝可是方圓十里有名，不然鄧大嬸她們才不會對我那麼好。日日有好吃的鮮果瓜蔬送給我，總想著我心情好時，爲她們整上一頓佳肴。」

二人正說話間，一人施施然步入房來。

崔亮抬頭笑道：「相爺來得正是時候，子明正想和相爺喝上幾杯。」

裴琰此時著淺紫色絲質秋衫，外罩烏色紗衣，腰繫青絲碧玉條，渾身的風流文雅，滿臉的清俊出塵。他微笑著在桌旁坐下，看了眼桌上的飯菜，搖了搖頭：「回頭我得讓裴陽問問廚房的丫鬟們，是不是貪慕子明的人品，你這西園子的菜式做得比我愼園的還要好。」

「相爺說笑了，這是小慈做的。」

裴琰橫了一眼已端開碗筷、默默坐於門檻上埋頭吃飯的江慈：「是麼？江姑娘還有這等手藝，眞是看不出來。這倒是服侍人的好本事，你說是吧，江姑娘？」

江慈並不回頭，坐於門檻上，悶悶地應了一聲。

崔亮不明二人之間過節，卻也覺有些異樣，想將這二人分開，忙道：「小慈，勞煩你去拿碗筷和酒盞過來。」江慈站起身，將飯碗往桌上一放：「相爺，實是不好意思，我未料到相爺會大駕光臨，這飯菜呢，只備好了兩人的分量。再說了，這相府中，等著巴結、服侍相爺的人排起隊來，可是要排到相府後街的『烏龜閣』去，相爺還是去別處吃吧。」

崔亮大笑道：「小慈胡說，什麼『烏龜閣』，那是『烏旬閣』。取自『霞飛潮生掩金烏，望斷天涯歎歲旬』，與城南的『霞望亭』相對應。此絕句正是相爺的佳作，快莫認錯字了。」江慈向崔亮甜甜一笑：「原來是個『旬』字，我將它與『烏』字連在一起，看成一隻大烏龜了！」說著，只用眼去瞄裴琰身上的烏色罩衫。

裴琰聞言笑得十分歡暢：「原來江姑娘還有認錯字的時候，我以爲，你只會有吃錯東西的時候呢！」

江慈一噎，也知圖一時口舌之快，與這笑面虎鬥下去沒什麼好處，只得轉身到小廚房取過碗筷酒杯，替二人斟滿酒。而後走到院中，在青石凳上坐了下來。

她雙手撐於凳上，雙足悠悠蕩蕩，望向黑沉夜空中的幾點星光。這一刻，她濃烈地思念起師叔、師姐，還有鄧家寨的老老小小。

她眼眶逐漸濕潤，以前在鄧家寨時，一心想看看外面的天地，總想著偷偷溜下山，擺脫師姐的約束。及至眞正踏入江湖，一人孤身遊蕩，尤其又被捲入這官場與武林的風波，命在旦夕，遇到的不是追殺便是算計，方深切體會人心險惡、世事艱難。

也許，自下山以來遇到的人之中，便只有崔大哥一人才是眞心對自己好吧？若能順利解毒，還是儘早回去吧，師姐肯定擔心自己了。這江湖，這天下，終究只有那處才是自己的家。

此時已是深秋，日間又下過一場秋雨，院中寒夜甚濃。江慈漸感肌膚沁涼，剛要站起，腳步聲輕響，崔亮在她身邊坐了下來：「小慈，你是不是有心事？」

江慈垂下頭，悶聲道：「沒有，就是想家了。」

「哦。等相爺替你將那星月教主事情了結，你自然便可以回家了。」崔亮勸慰道。

江慈不欲崔亮再就此事說下去，抬頭望了一眼屋內：「大……，相爺走了？這麼快？」

「嗯，相爺事忙，後日又是夫人的壽辰，府內的人忙得腳不沾地，許多事需要相爺拿主意。屆時還會請來攬月樓的戲班子，小慈又可以見到素大姐了。」

想到又可以見到素煙，江慈心情好轉，低眼望著自己身上淺緋色衣裙，笑道：「妙極，我正想著將素大姐的衣衫還給她呢。」說起衣衫，她忽然想起那日在攬月樓裝醉時，聽到那兩個侍女所說之話，又聯想起之前大閘蟹與靜王的對話，好奇心起，側頭問道：「崔大哥，三郎是什麼人？」

崔亮愕然良久，方緩緩道：「小慈問這個做甚？」江慈嘻嘻一笑：「沒什麼，就是好奇。想知道素煙姐姐仰慕的人是個什麼樣的人，將來也好替素煙姐姐拉拉紅線、做做媒什麼的。」

崔亮縱知江慈是江湖中人，不同於一般閨閣女子，卻也未料她說話如此大膽，半晌方道：「你可別亂來，素大姐雖和三郎關係還不錯，但這話可千萬別提。」

「為何？」

崔亮不知如何措辭，想了片刻，道：「三郎，是光明司的指揮使，衛昭衛大人，人稱『衛三郎』。但皆只是在背後相呼，能當面直呼他三郎的，只有皇上、太子、兩位王爺和兩位相爺，其餘人若是直呼其三郎，只怕連怎麼丟了小命的都不知道。」江慈打了個寒噤：「這麼可怕？難道得罪他的人統統必死無疑？他也只不過是個指揮使嘛，難道能大過王法麼？」

崔亮想起後日相府壽宴，衛三郎定會出席，若是江慈不知天高地厚，得罪了他，實是後患無窮。他正容道：「小慈，衛昭武功高強，心狠手辣，且性格暴戾，喜怒無常。但極受皇上恩寵，被委以光明司指揮使一職，既負皇宮守衛之責，又可暗察朝中所有官吏，直達天聽。其官階雖低，且不干預軍政事務，不能參政可實權甚大，乃朝中第一炙手可熱紅人。就是相爺，也不敢輕易得罪於他。你若是見到他，就繞道走，千萬不要招惹於他。」

江慈笑道：「原來世上還有令大閘……，不，是令相爺害怕的人啊，我倒眞想看看他長得什麼模樣。」崔亮苦笑一聲，低聲道：「他的模樣，你不見也罷。」江慈更是好奇：「崔大哥快說，他長得什麼模樣，想來必是一表人才。」

崔亮見江慈這般口無遮攔，心中暗歎，低聲吟道：「西宮有梧桐，引來鳳凰棲；鳳凰一點頭，曉月舞清風；鳳凰二點頭，流雲捲霞紅；鳳凰三點頭，傾國又傾城；鳳兮鳳兮，奈何不樂君之容！」吟罷，他低聲道：「這首民謠，吟唱的就是三郎之姿容，只是……」

江慈尚在遐想之中，崔亮站起身來：「時候也不早了，你早些回去歇著吧。」江慈仰頭笑道：「崔大哥，我住在你這西園，好不好？」

崔亮一愣：「小慈，你我男女有別，這……」江慈揪住他的衣袖，搖道：「崔大哥，安華是相爺派來監視我的，我的一舉一動她都會向安澄報告。和她住一起，我睡不著，也吃不香，你就讓我住你這裡吧，再往那院子住下去，我怕我會憋死。」

崔亮輕輕扯出衣袖，轉過身去，背對江慈，仰頭望向深沉的夜空，片刻後輕聲道：「好吧，你睡西廂房，我到偏房去睡。」江慈大喜：「謝謝崔大哥，那我收拾碗筷去了。」說完，一溜煙地往屋內鑽去。

崔亮看著她靈動的身影，呆立原地。良久，閉上雙眼，右手握拳，在肩頭猛捶了一下，方舉步入屋。

七　相府壽宴

十月初八夜，左相府，裴夫人四十壽辰，大宴賓客。

這日天氣甚好，惠風和暢，秋陽融融。相府側門前早搭起大戲棚，鼓樂聲喧。正宴設於夜間，故從正午到日落時分並無賓客前來，只有戲班子在戲臺上不停上演戲曲，引得京城百姓紛至沓來，人潮擁擠，爭相一睹相府壽宴盛況。

爲表喜慶，日暮後，相府內外張燈結綵，還有上百侍從手執火把立於府門左右，形成一條長長的火龍。府內穿梭的侍女們則手持蓮花宮燈，燈燭輝煌，照徹霄漢。伴著鑼鼓笙簫、歌舞昇平，說不盡的富貴風流。

申時，江慈便被幾名長風衛「押」至相府後園一處僻靜廂房。

她嘟嘴踏入房中，安華笑著迎上來：「江姑娘！」

江慈往繡凳上大剌剌一坐，揚起下巴道：「來吧！」

安華微笑道：「安華豈有那等手藝。要替江姑娘化妝易容，得請『玉面千容』蘇婆婆出馬才行。」

江慈曾聽師叔提過玉面千容的名號，好奇道：「玉面千容蘇婆婆也在京城麼？你家相爺把她給請來了？」

「這世上，還有我家相爺請不動的人麼？」

兩人說話間，廂房門被輕輕推開，一名長風衛引著一身形佝僂、鬢髮花白的老婦進來，安華迎上前道：「蘇婆婆！」

江慈見那蘇婆婆極爲老邁，腿腳還有些不利索，不由有些失望。蘇婆婆似是明她所想，原本半閉的眼睛猛一睜開，神光乍閃，驚得江慈一激靈，這才相信蘇婆婆並非普通老婦。

長風衛退至屋外，蘇婆婆自手上挽的竹籃取出各式易妝之物，有水粉胭脂，描筆畫炭，還有赭泥白粉之物。她慢條斯理地將籃中所有什物一一取出，又低頭找了片刻，從中翻出一條絲巾來，輕咦一聲：「怎麼不見了？這可有點糟糕。」

安華本坐於一旁監視守衛，聽得蘇婆婆如此說，忙步過來：「怎麼了？可是忘帶了什麼？」

蘇婆婆將手中絲巾舉到安華面前，有氣無力地說道：「你看這絲巾……」話未說完，安華便打了個大大的呵欠，身子一軟，竟倒在地上。蘇婆婆陰森森一笑，蹲下去將那絲巾罩在安華面上，又站起來望著江慈。

江慈看得目瞪口呆，待反應過來大事不妙，蘇婆婆已出手如風，點住了她的穴道。江慈瞪著那蘇婆婆，只見她笑著從懷中掏出一只瓷瓶，倒出數粒藥丸，放於手心。

江慈叫苦不迭，心中直納悶自己今年為何衰運當頭，不但與樹結仇，還與毒藥有了不解之緣，恨只恨自己不該貪一時之快，上錯了一棵樹。

蘇婆婆見她眼中隱露恐懼與氣憤，越發得意，卻不笑出聲來。伸手托住江慈下巴，將藥丸塞入江慈口中，在她喉部一托一抹，藥丸順喉而下，江慈絕望地閉上了雙眼。

蘇婆婆輕笑一聲，湊到江慈耳邊輕道：「乖孩子，你別怕，這毒藥不會即刻奪你性命，只需每月服一次解藥，便不會毒發身亡。只要你乖乖聽話，自會有人每月給你送來解藥。」江慈一喜，睜開眼來。

蘇婆婆又道：「裴琰是想讓你替他聽聲認人吧？」江慈忙點了點頭。

「你聽著，等會兒呢，那人是一定會出席壽宴的。你若想保住小命，就不得將他真實身分告訴裴琰。你即使聽出了他的聲音，知道他是誰，也要裝作若無其事。若裴琰問起，也要說你所見過的面具人並非此人。」江慈點了點頭，又搖了搖頭。

蘇婆婆似是知她心中所想，又道：「你放心，那人自會想辦法令一些官員出席不了此次壽宴。如此一來，裴琰就會疑心到那些人身上，而不會懷疑你認出了人卻沒有告知於他。」江慈點了點頭，又搖了搖頭。

蘇婆婆輕聲道：「今夜過後，裴琰肯定會帶你去一一辨認那些未到場官員的聲音。但他們呢，要麼家裡會出點小狀況，告假還鄉；要麼或多或少有些小傷風或者喉病什麼的，你就只要推說聽不眞切。再過些日子，你就說記憶模糊，不能確定，儘量干擾裴琰就是。」江慈心中暗咒不已，滿面委屈地點了點頭。

蘇婆婆滿意地笑了笑，解開江慈的穴道，摸了摸她的頭：「眞是乖孩子，婆婆太喜歡你了，婆婆最喜歡聽話的孩子。你若是一直這般乖巧，那人自會每月派人送解藥給你。」說著俯下身，將安華扶起，讓其站直，取下其面上絲巾，右手中指輕輕一彈。

安華身軀輕震，睜開雙眼，以爲自己只是眼花了一下，仍道：「婆婆，是不是忘帶了什麼？」

蘇婆婆從桌上拿起一只瓷瓶，慈藹笑道：「找著了，原本是用這絲巾包著的，我還以爲忘了帶，原來是掉出來了。」

安華微微一笑，又退後數步，坐於椅中細觀蘇婆婆替江慈化妝易容。

左相府此次壽宴雖僅籌畫數日，卻也規模空前，冠蓋雲集。京城所有文武百官、皇親貴冑都在受邀之列。

自日落時分起，相府門前華蓋旌旗，香車寶馬，絡繹不絕。眾賓客於相府知客的唱禮聲中由西門而入，鮮衣僕人在旁引領，將眾賓客引入正園。相府正園內設席近五十桌，另有四主桌設於正廳之內，自是用以款待朝中重臣和皇室宗親。

正園此時菊花盛開，亭臺茂盛，燈樹遍立，絲竹悅耳，滿園的富貴奢靡。

由於裴相之母素喜清靜，且一貫隱居，不愛拋頭露面，故應酬賓客事務皆由裴相親自主持。是夜，裴琰一襲深紫色秋衣，繡滾蟒金邊，腰纏玉帶，光彩照人，舉手投足從容優雅，風流俊秀更勝平日。

江慈則面目黝黑，粗眉大眼，做小廝裝扮立於裴琰背後。想起體內有一貓一蟹餵下的兩種毒藥，恨不得將這二人清蒸紅燒油炸火烤、吃落肚中才好，但當此時，也只得不露聲色、面無表情地跟在裴琰背後，細心聽著眾賓客的聲音。

不過她恨歸恨，卻也在心中暗讚這一貓一蟹，皆非常人。「大閘蟹」想出大擺壽宴、聽聲辨人的妙計，「沒臉貓」則估到他這一著，乾脆不殺自己滅口，反設計餵她服下毒藥，然後大搖大擺現身，既消裴琰之疑心，又將裴琰注意力引向未能出席壽宴的官員，實是一箭雙鵰。只是這二人鬥得你死我活，卻連累了她身中雙毒，眼下只能活一天算一天，這條小命也不知最終能否倖存，若真是嗚呼哀哉，去與師父團聚，也是無可奈何之事。

她胡思亂想之際，只見踏入正園之賓客皆於相府僕從引領下，一個個向裴琰行禮，並祝頌裴夫人福壽綿延、富貴永世。裴琰面上始終保持謙和微笑，一一向眾賓客還禮，並與每人都交談上數句，而許多官員也抓住這難得機會諂媚逢迎一番。

相府是夜所收之賀禮，擺滿禮廳，寶光耀目。只有清流一派和一些以廉潔、不結黨附貴之名著稱的中間官員送禮較為寒酸。龍圖閣大學士，也就是太子的岳丈、綽號「董頑石」的董方董學士，更是未出席壽宴，只差人送來一幅自書字畫，上書四個大字——清廉為民，著實讓司禮尷尬了好一陣。

待門前所有賓客依次與裴琰見禮後入席，江慈仍沒有聽到那已然有些耳熟的聲音。見裴琰淩厲的眼神不時掃過自己，她只得微微搖頭。裴琰見還有十餘人未到，便按定心思，耐心等候。

再等片刻，莊王與靜王前後腳趕到，裴琰迎出正門，將二位王爺引至正廳坐定，笑著寒暄數句，忽聽得園外知客大聲喚道：「太子殿下駕到！」

裴琰一愣，未料太子也親臨到場為母親祝壽。他廣宴賓客，卻並未邀請太子，畢竟太子名分上是君，他是臣。莊王與靜王可邀，太子卻是不能相邀的。

他忙趕出府門，下跪行禮，太子將他扶起，笑道：「這又不是在宮中，少君切莫如此多禮。」

裴琰躬腰道：「太子親臨，爲臣母祝壽，臣惶恐。」

太子負手往府內行去，一邊走一邊東張西望：「少君這相府果然精緻，我早就聽人說，京城之中，少君與三郎的府第皆是一絕，今日一見果然名不虛傳。」

裴琰笑著引路，說話間二人已步入正園，見太子入園，園內黑壓壓跪落了一地。太子笑道：「都起來吧，今日是相府壽宴，寡人只是來看看熱鬧，大家不必拘禮，若是太拘束，就不好玩了！」

文武百官們素知太子脾性，這位太子生性隨和，還有些懦弱，身子板似也不是很好，長年窩在太子府中，與太子妃及妃嬪們嬉戲。聖上令其當差，十件事倒有九件辦砸了的，若非其岳丈董大學士數次替其收拾殘局，保不齊已被聖上廢位奪號。

坊間更有傳言，聖上早有廢太子之心，要在莊王與靜王之中擇優而立。朝廷近年來漸漸形成了擁護莊王與擁護靜王兩個派系，兩派之間明爭暗鬥越演越烈，百官們更是削尖了腦袋揣測聖意，好決定投向哪一派，以保自己異日錦繡前程。

眾人各懷心思，哄笑著站起身來。太子十分歡喜，步入正廳，坐於首位，與莊王、靜王及右相等人談笑風生，毫不拘禮。

裴琰見還有十餘人未到場，而這十餘人中既有自己與靜王這一系的人，又有莊王與右相那一系的官員，其中更有一位關鍵人物。正在心中暗忖之際，忽然聽到宮中司禮太監吳總管那熟悉的尖細聲音：「聖旨下！」

太子忙站起身，諸賓客也都紛紛跪伏於地。吳總管帶著數名太監滿面帶笑地踏入園中，展開手中聖旨，高聲道：「左相裴琰聽旨！」

侍從們迅速抬過香案，裴琰撩襟下跪：「臣裴琰，恭聆聖諭！」

「奉天承運，皇帝詔曰：今冊封左相裴琰之母、裴門容氏爲容國夫人，享朝廷一品誥命榮祿，並賜和闐方圓美玉一方，定海紅珊一株，翡翠玉蝶一對。欽此！」

眾賓客面面相覷，裴夫人在外並無聲名，皇帝縱是看在裴相面上下旨封誥，並賜這價值連城的御物，倒也不爲過。只是爲何又不宣其接旨，只令裴相代接，實是有些令人摸不著頭腦。更有那等官員想道：「皇帝這般恩寵於裴相，難道代表靜王一系要在奪嫡之戰勝出了麼？」

裴琰拜伏於地，眾人看不見他神情，片刻後，方聽他輕聲說道：「臣接旨，謝主隆恩！」吳總管將聖旨遞給裴琰，笑道：「聖上對裴相可是恩賞有加，裴相切莫辜負聖恩才是。」裴琰雙手接過御賜之物，奉入正堂，又匆匆步出。

吳總管拱拱手道：「宮中事忙，這就告辭！」裴琰與這吳總管向來交好，忙道：「我送公公。」二人相視一笑，正要提步，園外知客的聲音高入雲霄：「光明司指揮使衛大人到！」

江慈一直緊跟著裴琰，見那人尚未現身，頗有些心猿意馬。忽聽知客報衛三郎駕到，精神爲之一振，忙扯長脖子向正園門口望去。偏裴琰此時擋於她的身前，他又高出她許多，她只得向右踏出兩步，一心期待看到這位以「鳳凰」之名享譽京城的衛昭衛三郎。

正扯長脖子相望時，她忽覺周遭氣氛有些異樣，忍不住側頭看了看。只見園中諸人皆屏息斂氣，目不轉睜地望著正園門口方向。戲臺上鼓樂皆停，戲曲頓歇。一時之間，正園內鴉雀無聲，人人臉上的神情帶著幾分期待幾分興奮，又夾雜著幾分鄙夷幾分畏懼，曖昧難言。

江慈心中嘖嘖稱奇，正待轉頭，卻聽得一熟悉笑聲鑽入耳中：「衛昭來遲，少君莫怪！」江慈望向園門，被這噩夢般的聲音嚇得一哆嗦，「磕擦」輕響，脖筋劇痛，竟已扭了脖子。

她總算保持著一份清醒，沒有驚呼出聲，硬生生回轉過頭，忍著頸間劇痛，制住狂烈心跳，以免讓裴琰聽出端倪。劇痛與震驚讓江慈的目光稍稍有些模糊，片刻後才見燈燭輝煌下，一個白色的身影飄然步入正園。

那人緩步行來，燈燭映得他整個人美如冠玉，皎若雪蓮。如黑緞般的長髮僅用一根碧玉簪輕輕簪住，碧玉烏髮下，膚似寒冰，眉如墨裁，鼻挺秀峰，唇點桃夭。最讓人移不開視線的，卻是他那雙如黑寶石般閃耀的眼眸，流盼之間姿媚隱生，顧望之際奪人心魂。

他由園門飄然行近，白衫迎風，那抹白色襯得他如天神般聖潔。但衣衫鼓動如烈焰燃燒，又讓他似從鬼域中步出的修羅。夜風突盛，捲起數朵紅菊，撲上他的衣袂，宛如妖紅盛開於雪野，魅惑難言。這一刹那，園中諸人皆暗吸了一口涼氣，又靜默無聲。

他似明眾人所想，停住腳步，眼波一掃，冷冽如霜，竟讓園中大部分人悄然垂下頭去。

裴琰笑迎上前，道：「三郎肯賞這分薄面，真是喜煞裴琰。」

吳總管上前向衛昭躬腰行禮，衛昭微微點頭。吳總管再向裴琰拱拱手，出園而去。

衛昭嘴角含笑，眼神似有意無意地掠過裴琰背後的江慈，道：「少君高堂壽宴，衛昭豈有不到之理，因一點小事耽擱，來遲一刻，少君莫怪。」

裴琰連稱「豈敢」，微微側身，引衛昭入正廳。轉身之間，望向背後的江慈，江慈面無表情，隨著他和衛昭往正廳行去。

衛昭甫一踏入正廳，莊王已笑著站起：「三郎坐我身邊。」

靜王眉頭稍皺，轉瞬又舒展開來。太子的圓臉上則始終掛著親切的微笑，那衛昭未向他行禮，他也似渾不著惱。

衛昭剛要落坐，席上一人卻忽然站起身，輕哼一聲，袍袖勁拂，往旁邊一桌行去。莊王有些尷尬，衛昭眼波一掃，嘴角勾起近乎邪美的笑容，落坐道：「這桌去了瓶河西老醋，倒也清爽。」

那拂袖離席的乃龍圖閣大學士殷士林，河西人氏，此人為清流派中流砥柱，雖無實權，卻蜚聲朝野，清譽極高。裴琰見此情狀，遂轉至衛昭身邊，執起酒壺，替衛昭斟滿面前酒杯，笑道：「大家都說等三郎來了才開席，三郎遲到，可得自罰三杯！」

衛昭靠上椅背，斜睨著裴琰，眼中波光流轉：「看來少君今夜是非將我灌醉不可。我喝可以，咱們總得先敬過聖上才行。」

裴琰拍了拍額頭，忙趨到太子身旁，請太子離座。眾賓客紛紛起身，舉杯遙祝聖上萬歲，又敬太子永康，裴琰再致謝詞，眾人方鬧哄哄歸座。

僕從川流不息地將熱騰騰的肴饌擺上酒桌，戲臺上也重起笙簫，園內彩聲大作，觥籌交錯，裴府壽宴就此正式開始。

江慈立於裴琰背後，不時看向坐於其側的衛昭。

此時，她立他坐，正好得見他俊秀絕美的側面。他一低首一偏頭間，長長睫毛微微顫抖，耀目瞳仁裡閃動著複雜的光芒，或淺笑，或譏誚，或冷傲，或柔美。偶爾，那目光掃過席間眾人，再閉上眼，透著的是一種厭倦與毀虐的欲望。

江慈忽覺好似又回到那夜在長風山莊前的大樹上，桓國使臣敘述月落往事時，他深痛而笑。究竟哪個才是眞實的他？是那個癲狂狠辣的殺手，還是眼前這個聲勢煊赫的光明司指揮使衛昭衛三郎？

她原本還寄望這星月教主是一小小官吏，看能不能讓裴琰設法將他拿下，逼取解藥。可萬萬沒有想到，一直對自己狠下毒手、讓裴琰欲除之而後快的星月教主……竟是傳說中的「鳳凰」衛三郎。

看裴琰及眾人對他的態度，便知他權勢極大，自己縱指認出他是星月教主，可在沒有其他證據的態勢下，裴琰能對付得了他麼？若是一個月內不能將其拿下，自己又如何得保性命？

只是，他既是這般權勢，這般人才，爲何又是那般身分，要行那等激烈之事呢？他秀美絕倫的外表下，妖魅孤絕的笑容背後，藏著的是怎樣的怨恨與悲涼？

席間哄然大笑，卻是裴琰輸了酒令，讓莊王把住右臂狠灌了三杯，他笑著將一朵墨菊別於耳鬢：「今日可上了王爺的當，要做這簪花之人。」

太子拍桌笑道：「簪花好，少君可莫作摧花之人，這京城各位大人家的鮮花，還等著少君去摘呢。」眾人聽太子言語輕浮，心中鄙夷，面上卻皆附和。

裴琰指著衛昭笑道：「三郎也該罰，我親眼見他和莊王爺暗換了令籤，偏沒抓到現行，倒冤枉要喝這三杯！」衛昭只是斜著身子，嘴角輕彎，卻不言語。

莊王板起臉道：「少君誣我與三郎作鬼，更該罰！」

裴琰來了興致：「這回我非要尋到花園不可。可是在陶相手中？」

右相陶行德一笑，展開手中令籤：「我這處是石徑，少君可曲徑通幽，卻是不能尋到花園了，再罰三杯！」

莊王大笑，再灌了裴琰三杯，裴琰無奈，只得杯到酒乾。又不時有官員過來向他敬酒，他漸感有些燥熱，將襟口稍稍拉鬆，燭光照映下，頸間微微泛起薄紅，襯著他那永遠笑意騰騰的黑亮雙眸，與衛昭坐於一起，二人丰神各異，軒輊難分，讓園中大部分人目光不時往這桌掃來。

弦月漸升，賀酒、猜令、笑鬧聲逐漸在江慈耳中淡去，她清晰聽到園內一角戲臺上傳來月琴聲，一段前音過後，素煙歌喉宛轉而起，唱的是一齣《滿堂笏》。

江慈望向戲臺，見素煙著大紅戲服，妝容嫵媚，伴著歡快的琴音鼓點。喜慶的唱詞本該歡欣無比，但江慈卻自她面上看到一抹譏諷笑容，彷彿她正居高臨下看著這滿園富貴，冷冷嘲笑著這滿堂圭笏。

江慈又將目光轉向身前的裴琰與衛昭，一人笑如春風，一人美若春柳，柳隨風動，風動柳梢，究竟是風吹動了柳，還是柳驚動了風？這給自己餵下毒藥的二人，這生死相搏的二人，爲何老天要安排自己闖入他們的爭鬥之中呢？

江慈靜靜地站著，人生頭一次，她對戲曲、對酒宴，沒有了濃烈的興趣。

裴陽走近，俯身在裴琰耳邊輕輕說了幾句話，裴琰似是一驚，抬起頭來。裴陽又將右手遮掩著伸到裴琰面前，裴琰低頭一望，猛然站起。他奔出數步，又停下來，轉身向太子行禮道：「太子殿下，臣失陪片刻。」眾人驚訝不已，不知發生何事，皆帶著疑問的眼神去望裴琰，就連較遠處宴席的賓客也紛紛望向正廳。裴琰卻似視而不見，大步朝園外走去。江慈遲疑一瞬，想起先前他吩咐自己今夜需緊跟在旁，不得離他左右，便提步跟了上去。

經過衛昭身邊時，他正好拈起先前裴琰簪過的那朵墨菊。邪美的面上似笑非笑，掌心忽起勁風，將那墨菊一捲一揚，捲至江慈面前。江慈一愣，那朵墨菊在空中猛然迸開，花瓣四散冉冉飛落，宛如地獄中的流火，直嵌入她的心底。

江慈壓下內心的恐懼，不敢再望向衛昭，快步跟出府門。只見裴琰正命裴陽領著府門前所有侍從，退入府中。不多時，府門前便只餘他和自己，及門前大道上靜靜停著的一輛華蓋馬車。

裴琰回頭看了看江慈，稍顯遲疑，隨即快步走下臺階，趨到馬車前，輕輕說了句話。馬車車簾輕掀，江慈側頭想看清馬車內是何人物，卻見裴琰躬身上前，與車內之人輕聲交談了數句。

裴琰上前兩步，馬車車夫一躍而下，將馬鞭遞給裴琰。裴琰拿手籠住烏騅轡頭，竟趕著這馬車往相府東側門方向行去。江慈心中驚疑，也忙跟了上去。裴琰見她跟上，凌厲的眼神盯著她看了幾眼，終未說話，江慈要接過他手中馬轡，他也並不放手。

不多時，馬車行至相府東側門，裴琰停住馬車，轉身躬腰輕掀車簾，一人步下車來。此時，相府門前侍從盡撤，燈燭全無。黑暗之中，江慈看不清車內那人面貌，只見他身形較高，舉手投足間自有一股說不出的雍容威嚴氣勢。

裴琰在前引路，領著這人往府內行去，二人皆默然不語。江慈見裴琰沒有發話讓自己離開，也只得跟在二人背後，沿東園過迴廊，穿花徑，邁曲橋，不多時，到了一月洞圓門前。

那月洞門側懸著一盞宮燈，江慈抬頭望去，只見圓門上行書二字——蝶園。此時燈光照映，江慈也看清那人著的是深紫色長袍。他背對江慈，負手立於園門前，長久地凝望著蝶園二字，輕輕歎了口氣。

裴琰只是束手立於一旁，輕聲道：「就是這裡。」

紫袍人默然半晌，道：「前面帶路。」裴琰應了聲「是」，帶著那人踏入園中，江慈依然跟了上去。園內，菊香四溢，藤蘿生涼。三人穿過一道長長的迴廊，便到了正房門前。

裴琰躬腰道：「我先去稟報一下。」紫袍人輕「嗯」一聲，裴琰掃了江慈一眼，進屋而去。不多時，屋內退出十餘名侍女，皆深深低頭快步退出園門。

裴琰踏出正房門，恭聲道：「母親請您進去。」

紫袍人靜默片刻，道：「你在園外等著。」說完，緩步邁入房中。

待紫袍人邁入房中，腳步聲慢慢淡去，裴琰方帶著江慈輕步退出蝶園。江慈跟著裴琰步出蝶園，於園外一處小荷塘邊停住腳步。

此時，月光隱隱，星輝淡淡，荷塘邊靜謐無聲，只夜風偶爾送來遠處正園子喧鬧的絲竹歌舞之音。裴琰負手而立，長久地凝望著身前這一池枯荷，靜默不語。他的襟口依舊有些低鬆，月光灑在那處，仍可見微醉的潮紅。過得一刻，他似有些酒意上湧，再將衣襟拉鬆些，於荷塘邊一塊大石坐了下來。

江慈頗覺奇怪，也感到此時的裴琰與以往任何時候的他大不相同。沒有了那和如春風的笑容，沒有了那笑容後的不停算計，更沒有了他一貫的從容瀟灑、風流俊雅。

正園子那邊再飄來一陣哄笑，若有若無，裴琰忽然冷冷笑了笑，右手握拳，用力在大石上捶了一下，驚得江慈一哆嗦。裴琰似恍然省覺尚有人在側，轉過頭看了江慈一眼。夜風吹過，江慈聞到一股濃烈的酒氣，知他先前被眾賓客敬酒過多，這時經風一吹，怕是要醉了。

見只有自己一人在他身側，江慈沒來由的有點害怕，輕聲道：「相爺，要不要我去找人弄點醒酒湯來？」

裴琰盯著她看了片刻，眼神似有些迷離，良久方轉過頭去，又過片刻，拍了拍身側巨石。

江慈愣了一下，半晌方明裴琰之意。此時二人單獨相處，她不敢像以前那樣與他頂撞，遲疑片刻，慢慢挪到他身邊坐下。只覺今夜一切詭異至極，縱是膽大如她，心也怦怦亂跳。

裴琰仰面望著夜空中一彎冷月，滿天繁星，鼻息漸重，忽然問道：「你是個孤兒？」

江慈低頭道：「是。」

「是你師父把你養大的？」

「是。」

「你師父，對你好不好？有沒有經常罵你，打你，或是冷顏相對，長久地不理你？」

江慈被他這一連串問題勾起了對師父的思念之情，她抬頭望著面前一池枯荷，望著荷塘上輕籠的夜霧，搖頭道：「我師父對我很好，從來不打我罵我，也沒有冷顏相對、不理我。她把我當親生女兒一般，我十歲之前都是被師父抱在懷裡睡的。」想起撒手而去的師父，想起那溫暖的鄧家寨，以及正掛念著自己的師姐，江慈的話音越來越低，終有些哽咽。

裴琰默默聽著，又轉過頭來望著江慈，見她眼中隱有淚花，身軀微微後仰，呵呵一笑：「哭什麼，你命這麼好，應該笑才是。你可知，這世上有人一生下來，就從沒有被父親抱過，被母親疼過，更沒有像你那麼好的師父。」江慈低低道：「可是我師父，一年前去世了。」

裴琰身軀後仰，倒於巨石之上，閉上雙眼，輕聲道：「死了好，死了就沒這麼多煩惱了。」江慈有些惱怒，輕哼一聲。

裴琰雙手覆上面頰，猛然搓了數下，悶聲道：「你不要氣，人生一世，生老病死，是正常的。怕只怕，不知道爲何而生，爲何而苦，又爲何而死。」江慈正在傷感之中，也沒聽明白裴琰的意思，加上今夜裴琰的言行太過蹊蹺，便沒有接話。

裴琰躺於巨石之上，望向頭頂蒼穹，良久又道：「你眞的不知道，自己的生身父母是什麼人麼？」江慈搖了搖頭：「不知道，師父也不知道。若是知道，她去世之前一定會告訴我的。」

「那你會不會總想著，自己的親生父母到底是誰？」

江慈沉默片刻，微微一笑：「不想。」

「爲什麼？」裴琰坐了起來。

江慈並不看他，而是望向遠處，輕聲道：「想又有什麼用，反正是找不到他們的。師父跟我說過，我又不是爲了他們而活，我只管過好我自己的日子就是了。」

裴琰愣住，良久，方笑了笑：「你倒是想得開，有些人，想這個問題想了十多年，都沒你這麼明白。」江慈越來越覺得怪異，知裴琰醉意漸濃，偏此時四周再無他人，她屢次受他欺壓，不敢過分與他接近，遂稍挪開些身子。

裴琰沒有察覺，像是訴說，又似自言自語：「你說，一個人生下來便爲了一個虛無的目標而努力活著，活了二十多年，到最後，卻又發現這個目標是假的。你說，這個人可不可憐？」

江慈不由好奇道：「誰啊？是挺可憐的。」

裴琰一愣，轉瞬躺回石上大笑，笑過後將雙手覆於面上，不再言語。

江慈漸漸有些明白。望著躺於石上的裴琰，腦中卻忽然浮現另一個俊美如柳的面容，此二人光鮮照人的外表下，藏著多少不為人知的祕密呢？

過得片刻，正園方向再飄來一陣哄笑聲，還夾雜著管弦之聲。裴琰似是一驚，猛然坐起。

八　禍起蕭牆

江慈一驚，忙跳了起來，後退兩步。偏先前衛昭現身時她扭了脖筋，這一跳起，頸中又是一陣劇痛，忍不住捂著後頸叫喚出聲。裴琰轉頭盯了她片刻，江慈不敢看他泛著醉意的面容和漸轉凌厲的眼神，只揉著脖子，逐步後退。

裴琰站起，大步走到荷塘邊，彎下腰去，捧起寒涼的湖水潑向面頰，數十下後方停下來，蹲於塘邊，默然不語。江慈慢慢後退，將身形隱入塘邊一棵大樹下，生怕這隻大閘蟹醉酒後言行失控，對自己不利。

裴琰望著滿池枯荷，良久方站起身，負手往園門行去。經過江慈所立之處，冷冷道：「隨我來。」江慈無奈跟上。

裴琰步到蝶園門口，束手而立，不再說話。江慈只得立於他背後，心中暗恨，忍不住伸出拳頭，想暗暗比劃一下，可舉到半空，停了一瞬，又悄悄收了回去。

月兒一分分升上中天，夜色縹緲。腳步聲輕響，那紫袍人負手而出，裴琰上前躬身行禮，並不說話。紫袍人也不言語，犀利的眼神盯著裴琰看了良久，方袍袖一捲，輕聲道：「走吧。」裴琰應了聲「是」，依舊在前引路，三人出了相府東側門。

紫袍人停住腳步，望了裴琰背後的江慈一眼，江慈心中直打鼓，低下頭去。

裴琰似是明白那人心思，低聲道：「您放心。」

紫袍人登上馬車，裴琰拉過轡頭，將馬車拉至相府門前。先前那名車夫上來，接過馬鞭，躍上駕座，輕喝一聲，馬車緩緩而動，駛入黑暗之中。

裴琰稍稍躬腰，望著馬車逐漸消失在視線之中，面上瞬息閃過一縷傷感神色。直到馬蹄聲完全消失，他方直起身，雙手指關節喀喀直響，轉身望向相府門楣上那幾個鎦金大字——丞相府，冷笑數聲。江慈聽裴琰笑得奇怪，不由望向他的面容。只見他面上醉紅已退，眼神也不再迷濛，依舊是那般銳利。

裴琰望了江慈一眼，冷冷道：「記著管好你自己的嘴，可不要再吃錯什麼毒藥。」江慈想了半晌方明意思，心中怒極。可性命懸於他手，莫說洩露這紫袍人夜探容國夫人一事，就連他先前醉酒時的失態，她也只能爛在肚中，不能向任何人說出。

江慈發愣間，裴琰已恢復常態，瀟灑提步，笑著邁入相府。

正園內，眾賓客酒足飯飽，肴饌已冷，卻仍不見裴相回園，不便離席而去。眾人均在心中想道：「府裡究竟發生了何事，讓一貫鎮定自若的裴相拋下這滿園賓客，包括尊貴的太子和兩位王爺，去了大半個時辰，仍未回返？」

正廳內，太子等得有些不耐煩，幸好靜王拖著他聯詩，又吩咐素煙連唱數齣，方未拂袖而去。莊王卻有些幸災樂禍，與右相談笑風生，不時念叨一句「左相大人為何還不歸席」。

衛昭對周遭一切似漠不關心，斜斜靠在椅背上，瞇起眼來，似睡非睡。偶爾嘴角輕勾，魅態橫生，引得旁人眼神飛來，他又猛然睜開雙眼，嚇得那些人慌不迭移開視線。

裴琰笑著踏入園中，不停拱手，一路告罪，邁入正廳，步到太子跟前，行禮道：「太子恕罪，府內出了點事端，臣趕去處理，伏請太子原諒。」

太子將裴琰扶起，笑呵呵站了起來：「不怪不怪，不過主家既已歸來，我們這些客人也是酒足飯飽，就不再打擾了。」

裴琰忙躬腰道：「臣恭送太子！」

衛昭笑著站起，黑眸熠熠生輝，襯得滿園秋菊黯然失色，他拂了拂身上白袍，笑道：「我也一併告辭，改日再邀少君飲酒！」

見太子等人步出正廳，眾官員忙伏地跪送太子出園。

裴琰將太子送上輦駕，眾人目送其離去。餘下王府及皇親貴族的馬駕方緩緩駛到正門前，眾人與裴琰告辭，裴琰含笑一一道謝，相府門前又是一片熱鬧喧譁。

莊王拉著衛昭在一旁不知說些什麼，衛昭只含笑不語。靜王瞥見，回頭在裴琰耳邊輕聲道：「少君今夜怎麼了？平白惹這麼多猜疑與閒話？」裴琰一邊笑著與百官拱手道別，一邊輕道：「改日再與王爺細說。」

二人正說話間，猛然聽得有人呼道：「不好了，那邊著火了！」

眾人一驚，紛紛抬頭，只見內城東北方向，火光沖天，越來越旺，映紅了大半邊夜空。不多時，傳來火警的驚鑼之聲，想是京城禁衛軍已得知火訊，趕去滅火。

裴琰看了片刻，在心中揣度了一下，面色一變：「不好，是使臣館！」

衛昭俊面一寒，與裴琰同時搶身而出，躍上駿馬，雙雙朝火場方向駛去。安澄忙帶著數十名長風衛跟了上去，衛昭帶來的司衛們也急急追上。

莊王與靜王面面相覷，右相陶行德搖了搖頭：「若眞是使臣館失火，可有些不妙啊！」

江慈見裴琰策馬離去，這幾日一直監視自己的幾名長風衛已然朝自己走來，她心中暗罵，也沒了去找素煙的心情，一路回到西園。

步入園中，見崔亮正躺於竹椅中，搖搖晃晃，悠然自得地喝酒剝花生，江慈一樂，坐於崔亮身邊的小凳上：「崔大哥，你倒悠閒自在，我可是悶了一夜。」

崔亮抬眼望了望她，笑道：「怎麼還是這副裝扮，快去換了吧。」江慈這才想起自己仍是改裝易容，忙奔到房內換了女衫，洗去妝容，邊擦臉邊步了出來：「崔大哥，你爲何不去正園子參加壽宴？」

崔亮搖了搖頭，道：「有沒有認出那人的聲音？」江慈噘嘴道：「沒有。」崔亮眼中閃過一絲擔憂，坐了起來：「相爺有沒有說什麼？可還有賓客未曾到場？」

江慈將他面前碟子攬到自己膝上，邊剝花生邊道：「有些位子倒是空著，看著像有十來人沒到場，不過相爺眼下沒空想這事，他趕去救火了。」說著，指了指內城東北方向。

崔亮這才注意到那邊隱有火光，看了片刻，眉頭微皺：「事情不妙，明日朝中必有大亂。」

「爲什麼？」江慈將剝好的一捧花生送到崔亮面前。

崔亮神情凝重：「起火的是使臣館，若是桓國使臣有個不測，只怕……」

江慈將花生塞到崔亮手中，道：「管他呢，讓相爺去頭疼好了。」

崔亮輕歎一聲：「小慈你不知，桓國使臣若有不測，桓國興師問罪，盟約簽訂不成，兩國再起戰火，受苦的還是邊境的黎民百姓，流血的還是千萬將士。」

江慈聽崔亮言語中充滿悲憫之意，先前宴席上突來的那種淡淡憂傷再度襲上心頭，她呆了片刻，忽道：「崔大哥。」

「嗯。」

「我有些明白以前唱的一句戲詞是什麼意思了？」

「哪一句？」崔亮回過頭來。

「任他如花美眷，看他滿堂富貴，憑他翻雲覆雨，卻終抵不過那一身，那一日，那一抔黃土！」

崔亮訝道：「何以突然有此感慨？」

江慈望向幽遠的夜空，悵然道：「我今晚看見了兩個很特別的人，又看了一齣大戲，有些感慨。」

崔亮目光閃爍，凝望著江慈略帶惆悵的面容，忽然伸出手來。江慈仰頭避開，崔亮輕聲道：「別動，這處還有一些黑泥。」說著，取過江慈丟於一邊的絲巾，替她將耳邊殘餘的易容黑泥輕輕拭去。江慈覺得有些癢，嘻嘻笑著，之前的惆悵消失不見。

崔亮低頭看著她無邪的笑容，心中暗歎，低聲道：「小慈。」

「嗯。」

「我想問你個問題。」

「問吧，我聽著。」

崔亮將絲巾放於凳上，凝望著江慈：「要是……要是你發覺很多事情並非你所想像的那樣，有些人也不像表面看上去的那樣，你會不會傷心？」

江慈想了想，搖了搖頭：「不會。」

「爲什麼？」

「傷心有什麼用，我再傷心也不能改變什麼。」

崔亮怔住，轉而笑道：「小慈倒是看得通透，比許多聰明人還要看得通透。」

使臣館位於內城東北角，與皇城只隔開一條衛城大街。大小房屋數十座，華麗巍峨，雕飾精美，多年來用於款待來朝的各國使臣和貴賓。

裴琰與衛昭策馬趕到使臣館前，這裡已是火光沖天，人聲鼎沸，火頭如潮水般自使臣館的東面延伸向西面，烈焰滾滾，濃煙薰得人睜不開眼。禁衛軍指揮使范義正在指揮手下潑水救火，不少百姓也紛紛趕來，無奈火勢太大，「劈啪」聲震天而響，不多時，烈火已將整個使臣館吞沒。

范義是裴琰一手提拔上來的底下人，轉頭之間，他見裴琰眉頭緊蹙，與衛昭立於一旁，忙過來行禮道：「相爺，衛大人。」

裴琰道：「裡面的人呢？」

「逃出來一些，卑職已安排他們去別處休息療傷，只是……」

「說！」

「金右郎使臣大人，困在裡面，沒有逃出來。」

裴琰心中驚怒，面上卻沉靜似水，想了片刻，道：「先救火。」

「是。」

「慢著！」衛昭懶洋洋道。

范義的禁衛軍素來被衛昭的光明司欺壓得厲害，卻是敢怒不敢言。他的禁衛軍只負責內城和郭城的巡防治安，皇城安全卻是光明司的職責。光明司的司衛們向來瞧不起禁軍，在衛昭上任之前，雙方不知打過多少架，輸贏各半，當然這些都是私下為之，不敢上達天聽。

自衛昭任光明司指揮使後，光明司氣焰頓盛，禁軍見了司衛只能低頭避讓，被欺壓得十分凶狠。只是衛昭權勢滔天，范義心中恨得牙癢癢，面上卻只能俯首認低。故二人雖品階一樣，聽得衛昭相喚，他也只能笑著轉過身：「衛大人有何吩咐？」

衛昭冷冷道：「先叫人把使館後面那座宅子給拆了。」

范義一愣。裴琰則眉頭一皺，片刻後才淡淡道：「按衛大人的吩咐去做。如果火勢向皇城蔓延，可是殺頭之罪。」

范義省悟過來，使臣館與皇城僅隔一宅一道，如果火勢向後宅蔓延，越過大道，波及至皇城，那自己這禁衛軍指揮使之職是鐵定保不住的。他忙轉過身，撥出大部分禁衛軍去拆使臣館後方的屋舍。

衛昭斜睨著裴琰，悠悠道：「少君莫怪，護衛皇城是我的職責，我不能讓聖上受驚。」

裴琰微笑道：「豈敢豈敢，聖上安危才是最重要的。」

衛昭轉頭望向火場，歎道：「使臣大人只怕性命難保！」

裴琰側頭望了望衛昭，烈火將他的臉映得通紅，那紅光中的雪白近乎邪美，微微眯著的閃亮眼眸透著一股說不清的魔力。裴琰心中一動，轉瞬想起，衛昭入園時江慈並無表示，又將那一絲疑問壓了下來。

火雲狂捲，「喀啦」聲不斷傳來，椽子與大梁紛紛斷裂，砸在地上發出巨大聲響，濺起更烈的火團，救火之人紛紛四散逃離。裴琰暗歎一聲，與衛昭退至路口，望向夜空，只覺烏雲壓頂，風雨欲來。

京城，十月初八夜，使臣館後衙馬槽忽起大火，大火迅速蔓延，禁衛軍撲救不及，烈火吞噬了整個使臣館，數十座房屋付之一炬。時有桓國使臣團共計七十餘人居於館內，大火突起，僅十餘人自火場及時逃生，桓國使臣金右郎及其餘五十餘人葬身火海。

使臣館於亥時起火，待大火徹底熄滅，已是寅時初。衛昭於子時離開火場，回宮布置防務。

裴琰見火勢已收，根據火勢判斷，館內已不可能再有活口，便命范義封鎖火場，不要人為潑水降溫，也不要急著尋找屍首，以防破壞現場。吩咐完畢，便匆匆入了宮。待趕至皇帝日常起居的延暉殿，太子、莊王、靜王及重臣們都已因使臣館起火一事齊齊入宮。

皇帝面色看不出喜怒，見裴琰進殿，道：「人都齊了，眼下議議，該如何調兵，如何設防？」

裴琰一愣，未料自己來遲一步，竟已議到了調兵一節。斜眼間，見靜王向他使了個眼色，知形勢不妙，遂躬身近前道：「皇上，調兵一事，言之尚早。」

陶行德面帶憂色：「得及早調兵，先前我朝與桓國議和，邊境軍隊遂布防鬆懈，撤了近八萬大軍，再加上軍中武林弟子皆告假備選，將領缺乏。如若桓國因使臣一事興師問罪，邊境堪憂。」

皇帝輕「嗯」一聲，轉向裴琰問道：「長風騎如今布在哪幾處？」

裴琰只得答道：「章侑等人告假後，鄆州、郁州、鞏安一帶沒有大將統領，臣將長風騎與他三人所屬兵力換防，布在這三處，將這三處原本的兵力回撤了東萊與河西。」他踏前一步，「皇上，臣認為，調兵布防一事言之過早。」

莊王插嘴道：「從京城發兵令至北線，與火災消息傳至桓國，時間差不多，若不及早發出布防令，嚴防桓國攻打，萬一起了戰事，可就措手不及。」

太子點了點頭：「二弟說得有理。」

太子如此說，裴琰不好即刻反駁。正思忖間，皇帝已轉向太子的岳丈、大學士董方探問：「那麼，董卿的意思呢？」

董方半閉著眼思索片刻，道：「兵得調，但不要大動，防線得內緊外鬆，也不要過分刺激桓國。臣建議長風騎的兵馬莫動，只將長樂王朗的人馬稍稍東移，如此東有薄公，西有王朗，中間仍是長風騎，即使突起戰事，也不至於手忙腳亂。」

莊王好不容易說得皇帝同意調兵設防，不甘心讓董方的小舅子王朗奪去西北線的兵權，忙偷偷瞄了陶行德一眼。陶行德會意，道：「王朗那處的人馬，還得鎭著月落族。若是貿然撤走，星月教生事，月落族鬧著立國，可就後患無窮。還是從濟北調高成的人馬較妥。」

皇帝聽他這麼說，有些猶豫，裴琰趁機上前道：「皇上，臣有一言。」

皇帝抬頭看了他一眼，微笑道：「裴卿但奏無妨。」

裴琰少見皇帝這般和悅地望著自己，有一剎那的失神，即刻反應過來，收定心思道：「董學士所言極是，兵可調，但莫要大動。陶相的顧慮確有其理，王朗那處的人馬不宜動。臣倒是建議，仍將原鄆州那三處人馬往西北推，這三部人馬曾與桓軍多次交手，極富經驗，只需將軍中原來副手升為正將，暫時接任章將軍等人的職務便可。如此一來便無需從後方調兵，引起桓國強烈反應；二來兵增西北沿線，可對月落族和星月教加強震懾作用，以防他們生亂。臣懷疑，此次使臣館失火應是該教所為，意在破壞盟約，攪亂兩國局勢，他們坐收漁翁之利。」

靜王會意，知裴琰正努力將話頭往失火一事引，避免再談調軍事宜，忙接口道：「父皇，兒臣也有此懷疑。早不失火，晚不失火，偏偏就在簽訂盟約前一晚失火，實在太過蹊蹺。」

莊王心道：「你們自己挑起的話頭，可不要怪我！」遂上前道：「父皇，這使臣館防衛森嚴，外圍還有禁衛軍的上千人馬，星月教再猖獗，怎可能在這上千人的防衛下潛入使臣館放火，這裡面只怕大有文章。」

裴琰眉頭一皺，即刻舒展開來，也不急著說話。

此時，禁衛軍指揮使范義進殿，跪於御座前，連聲請罪。

皇帝寒著臉，道：「范義，朕平日看你是個穩重的，怎麼會出這麼大紕漏！」

范義聽皇帝語氣陰森，忙以頭叩地：「皇上，臣的禁衛軍只能在使臣館外圍防護，館內情況一概不知。此次桓國使臣脾氣又怪，連一應生活用品都只准臣的手下送至門口，更將使臣館內原來侍從悉數趕了出來。如是人爲縱火，只可能是桓國使臣團內部之人所爲。」

右相陶行德一笑：「范指揮使這話，難道也要向桓國君臣去說麼？」

董學士捋了捋幾綹長鬚，道：「這回可得委屈一下范指揮使了。」

范義連連叩頭，裴琰早知此回保他不住，桓國即使不動干戈，但問起罪來，總得有個替罪羊。如若最後結論是失火，那麼仍需范義這個禁衛軍指揮使擔起防務鬆懈、護衛不周的責任。

棄范義的心一定，他即刻考慮起新任禁衛軍指揮使人選。這指揮使位置官階不高，卻是個要職，掌控著近萬禁衛軍人馬，還掌控著四道城門，京城一旦有事，這上萬人馬是誰都不可忽視的。此時，殿內三系人馬，只怕誰都是虎視眈眈，要將此職奪過方才罷休。

他籌畫良久，才將范義推上禁衛軍指揮使一職，不到半年又出了這檔子事，實是有些著惱。可當此之際，卻無暇想得太多，也知此時自己不宜薦人，遂按定心思，細想下一步該如何行動。

而莊王自入宮，心中想著的便是此事。陶行德明他心思，上前奏道：「禁衛軍指揮使一職，不宜空懸，臣舉薦一人。」

皇帝道：「奏吧。」

陶行德道：「兵部右侍郎徐銑，武進士出身，文武雙全，又曾在高成手底下做過副將，爲人持重，堪當此任。」

皇帝尚在猶豫之中，裴琰轉向兵部尚書邵子和道：「邵尚書，徐銑好像是少林俗家弟子吧？」

邵子和道：「正是。」

靜王在心中暗笑，知莊王一系推出的人選可犯了皇帝的忌諱。華朝自立國以來，武林勢力在軍中盤根錯節，武林人士操控軍隊乃至朝政一直是歷朝皇帝心中的隱憂。只是，他謝氏以武奪權，以武立國，一直找不到好藉口清洗軍中及朝中的武林勢力。

自裴琰任武林盟主之後，與皇帝在某方面心意相通，不但建立起沒有任何武林門派插手的長風騎，還將軍中出自各門派的將領調的調，撤的撤，又自辭武林盟主一職，且借舉辦武林大會名義，對軍中進行一次大清洗，深得皇帝讚許。在這當口，莊王竟仍要將少林俗家弟子出身的徐銑，推上禁衛軍指揮使這個敏感位置，實是犯了皇帝的大忌。

靜王心中暗笑，面上卻仍淡淡道：「徐侍郎武藝雖出眾，軍功也不錯，但他曾與桓國將領沙場對敵，結下仇怨，現乃微妙時期，怕是不太妥當。」

董學士點了點頭：「靜王爺說得有理。桓國本就要找藉口鬧事，若是再將斬殺過該國大將的人調任此職，只怕不妥。」

靜王與太子一系聯合反對，莊王也不好再說些什麼。其餘之人雖各有打算，卻也摸不準皇帝的心思，殿內一時陷入沉寂。

太子似是有些不耐，暗暗打了個呵欠，見皇帝責備的眼光掃來，身子一顫，慌道：「既是如此，就選個從沒上過沙場、桓國人沒聽過的武將好了。」

靜王正要開口，吏部尚書陳祖望已想起一人，上前道：「太子一言提醒了微臣。此次吏部年考，倒有一人適合擔任此職。」

皇帝道：「何人？」

陳祖望道：「已故肅海侯之次子、去年的武狀元姜遠。肅海侯去世後，長子襲爵，這次子姜遠卻是只好武藝，習的是家傳槍法。他身世清白，又無舊累，且在兵部供職，老練周到，臣以爲，此人適合擔任此職。」

陳祖望話說得隱晦，眾人卻皆明其意。禁衛軍指揮使一職太過重要和敏感，眼下三方爭奪不休，不如啓用一個非任何一方派系的人擔任，以平息朝中紛爭。

皇帝也是此想法，遂點了點頭：「肅海侯當年與朕爲龍潛之交，又精忠爲國，虎父定無犬子，這姜遠又是武狀元，也已在兵部歷練過，堪當此任，就依陳卿所奏。」

裴琰知此事已成定局，心中自有計較，畢竟眼下還有更要緊的事情，遂道：「皇上，臣以爲，眼下最迫切的還是要查出此次火災幕後黑手，給桓國一個交代，如此方爲平息事端、重啓和談的最好辦法。」

「那由何人主持此次查案？」皇帝問道。

董學士道：「臣主張由刑部牽頭，派出老練的刑吏和仵作查勘火場，並由監察司派出大夫參與查案，一併監察。」刑部尚書秦陽一哆嗦，深知這是處在風口浪尖，可也不能退讓，便拿眼去瞅莊王。

莊王自是不願將這員「愛將」置於火上，遂道：「刑部查案自是應當，但此事關係到桓國使臣，其副使雷淵又得逃火災，只怕會要求全程參與查案。須得委派一名能鎮住桓國使臣的人主持查案才行。」莊王此話一出，眾人皆望向裴琰。大殿之中，若說有誰能鎮住桓國使臣，便非他莫屬。

前年與桓國一戰，裴琰於千軍萬馬之中取敵將人頭，長風騎橫掃三州，敗桓國右軍於成郡一帶，眾人仍記憶猶新。若非此戰得勝，只怕桓國不會輕易答應與華朝進行和談。

裴琰心中也有此打算——使臣館失火，金右郎葬身火海，令他措手不及，更隱隱覺得這背後渾水深不可測。現如今，唯有將此案查個水落石出，給桓國一個交代，然後重啓和談，方是上策。念及此，裴琰踏前一步：「臣願主持此次查案，定要將使臣館失火一案查個水落石出。」

皇帝讚許地點了點頭：「如此甚好，裴卿主持查案，其餘各部官吏須得從旁協助，不得懈怠或推諉。」

眾臣俯身齊聲應旨。

莊王又道：「那先前議的調兵一事……」

皇帝站起身來：「就依裴卿先前所言，其餘莫要動，將原鄆州三處人馬往西北一帶調動，軍中副將升為大將，嚴防桓國來襲。」

莊王還待再說，皇帝卻道：「朕乏了，都散了吧。依今日所議，各自做好分內事。」

出得延暉殿，已是破曉時分，曙光初露，晨風帶寒。裴琰惦著一事，匆匆出了乾清門。靜王由後趕了上來，邊行邊道：「少君可是攬了個火爐子。」

裴琰腳步不停：「又有何辦法，眼下只能見招接招，回頭我再查查那姜遠的底。」說完他拱拱手，「王爺，我得去找一個人，先告辭。」便躍身上馬，一路馳回相府。

裴陽一直在相府門前等候，見裴琰回來，迎上前道：「相爺，夫人讓您即刻過去一趟。」

裴琰一怔，只得往蝶園行去，邊走邊道：「你趕快派人去西園，跟子明說一聲，讓他今日別去方書處，我找他有急事，回頭就過去。你再派人替他去方書處告假三日。」

裴琰步入蝶園，見裴夫人正蹲在園子裡擺弄盆景，手中還握著剪子，忙上前行禮道：「母親起得這麼早？這些事，讓下人做便是。」

裴夫人並不抬頭，用心修著那盆景，過得片刻方道：「你叔父那邊來信了。」

裴琰一愣，垂下頭去。

「那件事，不能再拖了，你得加緊進行才是。」

裴琰輕聲道：「是，孩兒已將子明安排進了方書處，等過段時日，便可進行此事。」

裴夫人剪去盆景上一根岔枝，道：「崔亮這個人，你也放了兩年了，該是用他的時候，不要太過心軟。」

「是，孩兒已找到他的弱點，他既已答應我入了方書處，應當會聽我吩咐行事。」

「那就好。」裴夫人轉而又步到一盆秋海棠前，搖了搖頭：「你看，稍不注意，這便長蟲了。你看該如何是好？」

裴琰不敢接話。

轉眼間，裴夫人已將那秋海棠的繁枝紛紛剪去，道：「這枝葉太繁盛了，便又招蟻，又引蟲，索性剪了，倒是乾淨。」

她直起身來，裴琰忙上前接過剪子。裴夫人盯著他看了片刻，淡淡道：「有些事，你不要問我，我也不會說。你就照自己的想法去做，我該為你做的都已經盡力了。你只記住一點，聖上當年能在諸皇子中脫穎而出，得登大寶，又能坐穩這個皇位二十餘年，自有他的道理，你謹記此點就是。」

裴琰微笑道：「孩兒謹記母親教誨。」

「你事多，去忙吧。」裴夫人往屋內行去。

裴琰將她扶上臺階，道：「孩兒告退。」

他剛邁步，裴夫人又道：「慢著。」

裴琰轉過身，裴夫人俯視著他，平靜道：「漱雲那丫頭，是不是做錯了什麼事，你要攆她出愼園？」

裴琰低頭答道：「孩兒不敢。」

「前幾年，你在軍中，不想太早娶妻納妾，我由著你。現如今，到了京城，各世家小姐你一一回絕，我也不說什麼。你娶正妻一事可以先緩緩，但漱雲是我看中、要讓你收為側室的，她縱有做錯的地方，你看在我面上，多擔待點才是。」

裴琰默然片刻，道：「孩兒知道了。」

天濛濛亮，江慈便醒轉來，因記掛著崔大哥要入宮應卯，便早早下床，替他準備早膳。不多時，聽得崔亮起來洗漱，又聽得相府侍從過來說相爺有急事，讓崔公子別去宮中當差，在這西園子等他便是。

江慈將小米粥熬好，昨夜扭傷的脖頸卻是越來越疼。丟下碗，跑到房中攬鏡一照，才發現脖子腫得很大。嘟囔著出了房門，正見崔亮自院中轉身。崔亮見她不停揉著脖子，細心看了兩眼，道：「小慈，你脖子是不是扭了？」

江慈歪著頭道：「是啊，昨夜扭的，我還以為沒多大問題，今早一起來，就成這樣了。」崔亮招了招手：「你過來讓我瞧瞧。」

江慈知他醫術高明，忙奔了過去，坐於竹凳上。崔亮低頭看了看，搖了搖頭：「這可傷了筋了，怎麼會扭得這麼厲害？」江慈笑道：「被一隻野貓給嚇了一跳，就扭著了。」

崔亮失笑：「我看你膽子大得很，怎麼就被一隻貓嚇著了！」江慈歪著頭道：「你不知道，那貓很嚇人的，長得倒是挺漂亮，但貓爪鋒利得很，動不動就會抓傷人。」

崔亮步到房中，拿了一只瓷瓶出來，立於江慈背後遲疑片刻，終開口道：「小慈，我給你搽點草藥。」江慈笑道：「好。」

「小慈，我得幫你先揉揉，再扳一下脖子才行。」

「好，崔大哥快幫我揉揉，我可疼得不行了。」

崔亮見她毫無察覺，也知她天真爛漫，於男女之防不放於心上，心中暗歎。遂將草藥汁倒於手心，又將手覆在江慈的後頸處，輕輕搓揉著。江慈覺崔亮手心傳來一陣陣清涼之意，那搓揉手法又十分嫻熟，片刻後便覺疼痛減輕，被揉搓的地方更是酥酥麻麻，極為舒坦。

她心裡高興，笑道：「崔大哥，你醫術眞好，爲什麼不自己開個藥堂，懸壺濟世？」崔亮剛要開口，她「啊」的一聲叫了出來，崔亮忙停住手中動作，俯身道：「怎麼了？是不是揉得太重？」江慈抬頭笑道：「不是，挺好的，是我自己想到別的事情去了。」

此時崔亮俯身低頭，江慈仰頭，兩人面容相隔極近，近得能從彼此瞳仁之中直見對方清晰面容。崔亮的手依舊停在江慈頸間，觸手處細膩柔滑，眼前的雙眸烏黑清亮，笑容純眞明媚，他心情漸漸複雜莫名。

江慈卻未察覺什麼，猶仰頭笑道：「快揉啊，崔大哥。」

崔亮回過神，正要說話，裴琰微笑著步入園中。

九　有司必慎

崔亮聽得腳步聲響，轉過頭，笑道：「相爺來了！」

裴琰目光停在崔亮的手上，崔亮慌不迭地把手從江慈後頸拿開，笑容也有些尷尬與慌亂。

江慈側頭看了裴琰一眼，默然往屋內行去。崔亮忙喚住她，將手中藥瓶丟過：「你記住，一天搽三次。」

裴琰微笑著走了過來：「江姑娘脖子怎麼了？」

江慈頓住腳步，轉頭氣鼓鼓道：「昨夜被一隻醉酒的野貓嚇了一跳，扭著了，多謝相爺關心。」她話到中途，想起裴琰昨夜醉酒後的失態模樣，目光便帶上了幾分憐憫之意，話音也逐漸低落，不自覺地搖了搖頭，步入房中，輕輕關上了房門。

裴琰昨夜只顧慮到不讓星月教主趁機殺人滅口，又想著江慈已然是個半死之人，不虞洩密，這才將她帶在身邊。不料，自己竟一時醉酒失控，心中有些後悔，面上卻仍笑著轉向崔亮：「子明，這回你得幫我個忙才是。」

崔亮一怔，道：「相爺可是要我幫你查勘火場？」

「正是。我剛從宮中出來，聖上已命我主持此次查案，桓國使臣金右郎困在火場沒有逃出。為兩國關係著想，得將此案查個水落石出不可。」裴琰誠聲道。

崔亮垂下頭：「相爺，我不能違背師父的遺命，他雖傳了我洗冤之術，卻不許我為刑司效力，這……」

裴琰道：「我知道子明有難處，但此次事件非同小可，非一般刑司案件，而是關係到兩國黎民百姓，一個不慎，便會重起戰火。尊師若仍在世，也不會責怪子明的。」

崔亮默然不語，裴琰又道：「刑部那一窩子全是莊王的人，你也知那裡面水深得很，即使是全國最有名的刑吏和仵作，我也放心不下。子明就幫我這一次，也當是為社稷，為百姓盡一回心力。」說著，便抱拳作揖。

崔亮忙搭住裴琰之手，遲疑道：「相爺，並非我不願幫忙，只是師父遺命……」

江慈在房中坐了片刻，想起灶上還熬著粥，忙又出來。

崔亮見她出來，笑道：「還疼麼？」

裴琰忽道：「江姑娘，你去扮成小廝，先隨我去使臣館，再去見幾個人。」

江慈一愣，省悟過來，大閘蟹這是要帶自己去辨認昨夜未出席壽宴的官員。她轉身進房，將眉毛畫粗，仍將昨夜蘇婆婆替自己貼的假痣貼上，換了小廝裝扮出來。

崔亮見她的黑巾戴得有些歪，遮了半邊臉，笑道：「小慈你過來。」

江慈奔至他身邊，崔亮替她將黑巾繫正，又躊躇片刻，轉頭道：「相爺，我和你們一起去吧。」

裴琰喜道：「子明果然深明大義。」

三人帶著長風衛趕到使臣館，剛上任的禁衛軍指揮使姜遠，及刑部尙書、監察司大夫、各刑吏仵作均已到齊。那死裡逃生、驚魂甫定的桓國副使雷淵，也坐於路口的大椅上喝著定神茶。見裴琰趕到，刑部尙書秦陽迎了上來：「相爺。」

姜遠也上前向裴琰見禮，裴琰細心看了他幾眼，只見此人年紀甚輕，不過二十出頭，眉目俊秀，神采奕奕，不愧爲世家子弟。

姜遠雖爲裴琰銳利的眼神盯著，卻仍從容自如：「相爺，下官剛與范大人辦了移交，火場外仍是原來的人看守，也未有人進入火場。」

裴琰點了點頭，轉向刑部尙書秦陽道：「開始吧。」

刑部刑吏和仵作在前，崔亮和江慈緊跟裴琰身邊，刑部尙書、監察司大夫及桓國副使殿後，由最初發現失火的馬槽步入已燒得面目全非的使臣館。

眾人忍著火場的餘溫和刺鼻的氣味，於火場內細細走了一圈，刑吏和仵作們則對館內所有屍首一一進行檢驗。崔亮只立於一旁細看，偶爾戴上鹿皮手套察看屍首及烈火痕跡，並不言語。刑部官吏和監察司大夫們見他是裴相帶來的人，雖不明他具體來歷，也未提出異議。

江慈還是第一次見到如此慘烈的火災現場和如此多的屍首，心中惴惴不安，雙腳也有些發軟。見裴琰與崔亮鎭定自若，暗自佩服，卻仍控制不住內心害怕之情，面色漸轉蒼白。正難受時，忽聽到裴琰的聲音：「眼下於火場中的人有兩位未曾出席昨日壽宴，你細心聽一下，是不是那人。」江慈見身旁之人毫無反應，裴琰只嘴唇微動，知他正用「束音成線」吩咐自己，忙微微點頭。

刑部尙書秦陽背後的刑部右侍郎，似有些傷風感冒，又似被這火場刺鼻氣味薰得難受，咳嗽連連。裴琰回頭看了他一眼：「陳侍郎可是病了？」

陳侍郎因昨日突發疾病，正未能親向容國夫人祝壽感到惶恐不安，聽言忙道：「是，下官昨日突然頭暈，不能行走，今早起來便傷風咳嗽，未能給相爺高堂祝壽，還請相爺……」

裴琰擺擺手，繼續專注看著諸刑吏細勘慢驗。待火場查驗完畢，將各具屍首抬出火場，已是正午時分。眾人圍在從正房抬出的一具屍首旁，此人已被燒得面目全非，裴琰轉頭向桓國副使雷淵道：「雷副使，你可能辨認此人就是金右郎大人？」

雷淵面目陰沉，想了片刻，正待搖頭，身邊一名隨從忽輕聲道：「金大人有一特徵。」

「哦？請說。」

「金大人前年騎馬，曾從馬上摔下來過，摔斷了右足脛骨，休養半年方才痊癒。金大人那日和貴國禮部尚書大人閒聊，曾談起過此事，小的記得清清楚楚。」

刑部刑吏們紛紛蹲於那具屍首旁察看，片刻後一人抬頭道：「此人生前確曾斷過右足脛骨。」崔亮卻輕輕搖了搖頭，將死者右足抬起細看。

雷淵怒哼一聲，拱手道：「裴相爺，我國使團身負重任，千里迢迢來到貴國參與和談，孰料大事未成，使臣大人便遭飛來橫禍，客死異國。更令人訝然的是，此事竟發生在貴國的驛館之中，眞是匪夷所思。茲事體大，精明如裴相，自當明白其中利害。雷某也不必多言，只懇請裴相秉公執法，查明此案，替貴國還金大人一個公道，還我國一個說法！」

裴琰聽他這番話說得不卑不亢，又暗含威脅，同時還若隱若現地透著對己方的懷疑和不信任，忙道：「那是自然，還請雷副使稍安勿躁，本相既已主持此次查案，定要查個水落石出，還死者一個公道，也證我朝對和談之誠心。」

雷淵才剛命人將火災消息傳回國內，沒有上頭指示，不敢輕舉妄動。再加上素來對裴琰懷有幾分敬畏，當下並不多言，只冷著臉隨眾人出了火場。

裴琰仍命姜遠嚴密封鎖火場，卻見崔亮又步了進去。不多時，崔亮用布包著一些東西出來，裴琰道：「子明可是有發現？」

崔亮微微一笑：「還得回去驗一下才行。」

刑部大刑吏洪信心中不服氣，不敢說什麼，只在鼻中輕哼了一聲。

裴琰道：「今日先這樣，刑部方面擬個查勘明細，約莫幾日方能有結果？」

大刑吏洪信想了一下，答道：「從其餘各具屍首驗定及火場痕跡推斷，至少須得五日時間。」

裴琰點頭道：「那好，五日後再根據刑部勘驗結果下結論。」又轉向雷淵道：「雷副使沒有異議吧？」

雷淵寒聲道：「其餘人的屍體我不管，但金大人出身尊貴，乃我國皇親國戚，他的遺體可不是貴國刑部之人輕易動得的。」

「那是自然，我國禮部自當即刻派人將金大人入棺爲安，一應葬儀均按兩國禮制施行。」

雷淵輕哼一聲，不再言語。

裴琰又道：「還有一事，須得請雷副使大力協助。」

雷淵道：「裴相請說。」

「由於使臣館內並無我朝之人，火災詳細情況，刑司得向貴方逃出火場之人詳細問話，雷副使，你看……」

雷淵也知這一步不可避免，思忖片刻道：「問話可以，我得在場。」

一干人等隨即趕回刑部，到了刑部大堂，刑吏們向桓國使臣團逃出火場之人一一問話，詳細瞭解當晚情況。書吏執筆記錄，裴琰、雷淵等人只坐於一旁細聽。

待問話完畢，已是申時，刑吏仵作們自去驗屍及整理筆錄，雷淵帶著桓國諸人離去。

裴琰與刑部和監察司大夫們又商議了個多時辰，直到暮色漸濃，方從衙堂出來。見崔亮站於刑部正堂前，負手凝望正堂橫匾上那幾個黑漆大字——有司必慎，裴琰步到他身邊，微笑道：「子明辛苦了。」

崔亮搖了搖頭，猛然聽到「咕嚕」之聲，回頭見江慈仍捧著那兩個大布包站於背後，笑道：「肚子餓了吧？」江慈早餓得饑腸轆轆。自上午起，裴琰等人便忙得不可開交，顧不上吃飯，她一個「小廝」，自也不好提起此事。

她見裴琰一夜未睡，一日未曾進食，仍是神采奕奕，忍不住道：「相爺，你不累不餓麼？」裴琰道：「哪有時間想這個問題。」說著，朝門外走去。江慈跟在他背後，忍了又忍，還是沒忍住，嘟囔道：「做官做得這麼辛苦，真可憐！」裴琰腳步不由一頓，笑了笑，帶著二人出了刑部。

回到相府已近天黑，裴琰日間見崔亮動作，知他必有發現，便逕直進了西園。

崔亮道：「相爺，您稍候片刻，我得驗一下。」

裴琰點了點頭：「子明自便。」

說話間，安澄進來，行禮道：「相爺，都調查妥當了。」

「說吧。」

「昨晚未出席壽宴的共有十二人，名單及缺席原因在此。」

裴琰接過看了看，冷笑一聲：「生病的五人，臨時告假的四人，不知去向的三人，倒像約好了似的。」

「相爺，您看……」

「蕭無瑕定是這十二人中的一人，昨夜使臣館這把火若是他所爲，這麼重大的事他定會親自出馬。至於其餘的人，我估計是他弄出來迷惑視線的。你徹查一遍。」

「是。」安澄領命離去。

裴琰在院中負手而立，陷入沉思之中。

沉思間，他聞到一陣誘人香氣，回過頭，江慈正端著熱氣騰騰的飯菜從廚房出來，笑道：「相爺是在這西園吃飯，還是回您的愼園？」

裴琰被那香氣誘得抬步入屋，瞄了瞄桌上飯菜，也不說話，便坐了下來。

崔亮也被這香氣引得出了偏房，細細洗淨手，落坐笑道：「小慈動作倒快。」

二人同時端起碗筷，也顧不上斯文禮面，落筷如風。崔亮自是誇江慈廚藝了得，裴琰只看了她幾眼，並不說話。江慈坐於一旁，見二人吃得痛快，心裡高興，忍不住挾了一筷子菜放至崔亮碗中，笑道：「崔大哥多吃些，可別餓出病來。眞想不到，你們當差的原來這麼可憐。」

裴琰嗆了一下，江慈猶豫一瞬，還是幫他倒了杯茶。又奔了出去，不多時端著一個小碟子進來。

崔亮見碟中的似是罈菜，夾了一筷嘗了，讚道：「味道眞不錯，這是什麼？」

「冬菜根。我去大廚房拿菜，見廚娘們扔在地上不要，就拿回來了。」

裴琰聽崔亮稱讚，已夾了一筷，正要送入口中，聽得江慈說是「冬菜根」，又放了下來。

江慈冷冷道：「相爺身子嬌貴，吃慣了愼園的山珍海味，我本也不該留相爺在這西園子吃飯的，沒的讓相爺瞧不起我們山裡人的菜式。」

崔亮忙道：「小慈錯了，相爺可不是身子嬌貴之人。當年成郡一戰，天寒地凍，相爺親帶一萬人誘敵，長風騎連續行軍兩日不見人煙，軍糧又沒跟上，相爺也是和將士們一道茹血嚼草過來的。」

裴琰見江慈仍冷著臉望著自己，終夾起碟中冬菜根送入口中，只覺酸甜香脆，竟是從未吃過的美味，便又連吃了數筷，微笑道：「江姑娘改天教教我愼園的廚子，這菜倒是新鮮。」江慈得意一笑，不再說話。

崔亮道：「小慈你也一起吃吧。」

「我先前在廚房已吃過了。」

裴琰本以為她見自己在此，學了服侍人的規矩，待自己吃完後再吃。未料，她竟還吃在前頭，忍不住瞪了她一眼。江慈瞪回他道：「我肚子餓了，有吃的難道不吃麼？」

裴琰凝著崔亮，沒再說什麼，轉瞬又想到別的事情上面。待放下碗筷，這才驚覺自己竟是前所未有的好胃口，桌上飯菜也被他和崔亮一掃而空。

江慈將碗筷收拾走，又替二人斟上茶。

崔亮吹了吹浮在水面上的茶葉，思忖片刻道：「相爺，使臣館失火一案，大有蹊蹺。」

「子明請說。」

崔亮理了理頭緒，道：「從火場痕跡來看，起火點是在馬槽，但燒得最旺的卻是金右郎所在的正房。我察看了正房的結構與所用木材，並不若另幾處房屋那般容易過火。可大火從馬槽一路燒到正房，時間極短，待逃生的人驚覺時，正房便已被大火吞沒。」

「子明的意思是，有人在正房放了助火之物？」

崔亮點了點頭：「從表面看，起火原因似是馬槽的油燈打翻，燒著了草料。但從昨晚的風向和風勢判斷，正房西北面的大門縱是被大火吞沒，火勢也不可能瞬間便將正房的四個面都圍住。因而若要從其東南面的小窗逃生，還是來得及的，金右郎大人何以未能及時逃出，其中大有疑問。」

「使臣團的人說，昨夜金右郎喝多了點酒，可能火起時，他正處於醉臥狀態。」

「那其餘喪生的五十餘人呢？據桓國人所述，昨夜使臣館的人都喝了點酒，可我詳細問過禮部負責供應使臣館生活物資的小吏，他那裡都有詳細的清單。桓國人善飲，如要令這五十餘人皆喝醉至無法逃生，至少得二十罈以上的烈酒方行，但禮部並未供應這麼多烈酒給使臣館。」

裴琰陷入沉思：「也就是說，這些人並不是喝醉酒，只怕是被人下了藥。」

「酒應當是喝了的，但必不是喝醉，而是喝暈了，喝迷了。」

「那爲何還有十餘人未曾迷暈呢？」

「總得留些人逃出來，而且最重要的，得讓那個雷副使逃出來鬧事才行。」

裴琰冷笑道：「籌畫得倒是周全。」

崔亮道：「還有最明顯的一點，所有死者的口腔裡都沒有煙塵。眞正被燒死的人因掙扎著呼救，嘴裡定有大量煙塵。此點足以證明，使館裡的人是遭迷倒後才被燒死。」

裴琰點了點頭：「這些都能證明乃有人故意縱火，但這一點又比純然失火對我們更爲不利。屆時，桓國若咬定是我朝故意派人放的火，形勢會更壞，還是得找出眞凶才行。」

崔亮遲疑片刻，道：「還有一個最大的疑問，我眼下沒有十足的把握。」

裴琰笑道：「子明但說無妨。」

崔亮右手手指在桌上敲了數下，緩緩道：「我懷疑……正房找到的那具屍首，並非眞正的金右郎！」

裴琰一驚，即刻平靜下來，眉頭微蹙：「這就很令人費解了。無論是哪方所爲，只要能將金右郎燒死在使臣館，便可達到攪亂局勢目的，又爲何要費大力氣將眞的金右郎劫走，另放一具屍首進來呢？」

崔亮搖了搖頭：「這個就不得而知。據桓國人說，金右郎是前年從馬上跌落，摔斷了右足脛骨。他的馬夫在此次火災中得逃一命，我詳細問了他，得知當年金右郎跌落下馬是右足挫於地面，才將脛骨挫斷。可那具屍首的右足脛骨雖確曾斷裂，但從斷裂的骨口來看，挫斷的可能性不大，倒像是被打斷的。」

江慈收拾好廚房之物，邁入正房，見二人商議正事，便坐於一旁安靜聽著。聽到此處，忍不住插嘴道：

「讓別人把眞的使臣運走，還運了個被斷過腿的屍首進去，這使臣館的防衛倒是稀鬆得很！」

裴琰得她一言提醒，想起一事，道：「你讓人喚安澄進來。」

江慈行到園門口，長風衛的人一直在外守候。江慈吩咐過裴琰的交代後，並未進屋，只坐於院中石凳上，遠遠看著正屋中全神貫注討論案情的二人。

燈燭之下，裴琰眉頭微蹙，原本俊雅的面容有些嚴肅和冷峻。崔亮則或沉思、或疑惑，原本溫和的面容也變得格外謹愼與沉重起來。江慈靜默地看著二人，忽然覺得這權相名臣倒也和販夫走卒沒啥區別，都是營營碌碌，費心費力；這江湖與朝堂也沒什麼不同，都是勾心鬥角，爭來奪去。

一朵秋菊被風捲落，撲上江慈的裙裾。她將嫣紅的菊花輕輕拈起，輕聲道：「是風把你吹落的，可不是我摘下來的，要怪，就怪這秋風吧。」

她蹲下身，將菊花埋於泥土中，拍去手上泥土，又輕道：「其實，你紅豔豔地開過這一季，又化作花泥，明年還能開出更豔的花來，再好不過了。好比人死後投胎，再世爲人，我江慈要眞是一命嗚呼，大不了跟閻王老子求求情，說幾句拍馬屁的話，討他歡喜，下輩子投個好人家就是了。」

她頓了頓，恨恨道：「只是，千萬別投在這王侯將相之家，最好再回鄧家寨！」抬起頭，望著星空，又喃喃自語：「也不知師姐什麼時候嫁人生孩子，要是能投胎做她的孩子，再好不過了！」

安澄入園，從她背後經過，聽到她的自言自語，忍不住看了她一眼。

裴琰見安澄進來，道：「你去查一下，城內可有失蹤人口，其中何人與金右郎身形相近，何人曾被打斷過右腿。還有，徹查一下這兩日京城進出的人員和車馬紀錄。再馬上知會姜遠一聲，讓禁衛軍即刻起盤查進出京城的每一人和每輛馬車，發現可疑人物，一律攔下。」安澄應了聲「是」，正待轉身，裴琰又道：「慢著！」

裴琰再想了想，道：「這姜遠有些讓人放不下心，禁衛軍那汪水只怕也渾了。你派四個人，分別帶五十名長風衛守住四道城門，給我盯緊了，再徹查一下城裡出現的生面孔和江湖人物。」

崔亮道：「如若眞要將金右郎運出去，從昨夜到今日，只怕早已運出去了。」裴琰搖了搖頭：「我倒有種感覺，金右郎還在這京城之內。」

待安澄離去，裴琰望向崔亮：「子明，除去斷腿這一點，還有沒有辦法證明那具死屍確實不是金右郎？」崔亮道：「一來得將那服侍金右郎的人再找來詳細問話，二來得再驗驗那具屍首才行。」

「估計要多長時日？」

「最好能給我三至五日時間。」

裴琰點了點頭：「好，刑部那邊也是五日後得出驗勘結論。我估計桓國的人快馬加鞭，將火災消息傳回國內，再派人日夜兼程趕來，已是二十天後的事。我們得趕在這二十天內先將金右郎並未身亡一事給確實了，再找人，找眞凶。」遂又站起身，「金右郎屍首已入棺，要想再驗，我們得做一回半夜君子。子明辛苦了一天，先休息兩個時辰。子時，我們再去驗屍。」

崔亮點頭道：「相爺一夜未睡，今日又忙了一日，也請歇息一下吧。長年累月如此辛勞，鐵打的身子也熬不住。」裴琰微笑道：「沒辦法，在其位謀其事，食君俸祿，就得爲君效命。我這輩子，是不可能像子明這般逍遙自在的了。」

崔亮笑了一笑，將裴琰送出屋外。

二人走至院中，江慈從花叢中冒出頭來，笑靨如花地問道：「相爺要走了？」

裴琰望了望她，此時，皎潔的月光透過藤蘿架灑在她身上，她手上還拈著一朵海棠花，邊說話，邊將海棠花瓣扯下往嘴裡送。

裴琰眉頭一皺：「這個也可以吃得的麼？你還眞是什麼都敢吃。」江慈將海棠花往他面前一送：「酸甜可口，相爺試試。」

裴琰笑得有些得意：「我只知道，這世上，有些東西是不能亂吃的。」江慈也不氣惱，笑道：「我也知道，今朝有酒今朝醉，管他明日風與霜！這人啊，就是明天要去見閻王爺，今日也得將肚子塡飽才行。」崔亮不明二人過節，笑道：「有些海棠花是可以食用，海棠果實也一直用作入藥，小慈倒沒哄人。」

裴琰轉身道：「子明，我子時再過來。」說著，步向園門，耳中卻聞背後傳來江慈與崔亮的對話。

「崔大哥，子時還要出去麼？」

「是。」

「這麼辛苦？」

「事關兩國百姓，當然得辛苦些。」

「如此說來，管著天下所有百姓的皇上，豈不是更辛苦？」

崔亮似停了一瞬，方答道：「你以爲王侯將相那麼好當的啊。」

江慈笑了笑：「我以前一直以爲，什麼王爺、相爺啊就像戲曲裡唱的一樣，穿個大蟒袍，出來踱幾個步子，日日山珍海味，夜夜笙歌曼舞，就像這樣……」

裴琰聽得好笑，於園門立住腳步。回過頭，只見江慈與崔亮已步向屋內，她正仰頭朝崔亮開心地笑，雙眸閃亮，學著戲曲裡的袍帶小生手舞足蹈，崔亮被她逗得笑容滿面，還輕輕拍了拍她的頭。

深秋的夜，西園內湧著薄薄的霧，氤氳縹緲。

裴琰遠遠看著屋中暗黃的燭光，看著那二人邁入屋中，這才轉身出了西園。

第三章 焉知生離

「小姨，母親雖告訴我一切往事，卻始終未提那人究竟是誰，如今又在何處？您放心，我不是要認他做父親，我只想知道他究竟是誰？我想問他一句，為何要那般忘情負義，為何要讓我們家破人亡！」樓外，夜空幽深，雲層漸厚，遮住了漫天月華。有道黑色身影攀於窗櫺上，如同被定住一般緊緊望著屋內之人，不願挪動分毫。

十　浩瀚棋局

裴相府在京城是出了名的精緻府第，裴琰本身又是個講究享樂之人，他居住的愼園，更是雕梁文磚，畫角飛簾，曲廊朱欄，流水壘石。

愼園正屋後有一漢白玉池，夏日引的是相府後方小山丘的清泉水，秋冬沐浴時則由僕人和侍女們輪流將燒好的熱水抬來注入池內。池底池岸俱用一色白玉石磚砌成，池邊種著各色時花綠草，陳設著錦椅繡榻，奢靡豪華到了極致。

裴琰進園，吩咐一聲「沐浴」，侍女漱雲忙指揮近二十名侍女輪流將池子注滿熱水，往池中撒上各色鮮花及香薰乾花，在池邊擺上祛寒的葡萄酒。

裴琰任漱雲替自己除去中衣，漠然看了她一眼，隨即將身子浸入池中，閉目養神。溫熱與清香讓他緊繃了兩日的神經逐漸放鬆下來，眞氣在體內流轉，不多時，便氣行九天數圈，頓覺神清氣爽，疲勞皆消。

腳步聲輕響，漱雲在池邊跪落，柔聲道：「相爺連日辛勞，可要奴婢替您按捏一下？」

裴琰半睜雙眼，側頭看了漱雲一眼，只見她雲髻半偏，眉畫新月，秋波流動，櫻唇凝笑，渾身的溫柔與婉轉。他回轉過頭，閉上眼，輕「嗯」了一聲。

漱雲伸出雙手，替裴琰輕輕地按摩著雙肩。裴琰雙目微閉，呼吸悠長，似是極爲舒坦，片刻後，低低地吐了一口氣，猛然反手將漱雲拉入池中。

水花四濺，漱雲驚呼一聲，裴琰已將她的輕紗衫用力撕落，她上身一涼，緊接著後背一陣冰冷，被裴琰按倒在池邊。漱雲上半身仰倒在池沿，後背是冰涼的白玉石，胸前卻是裴琰修長溫熱的手掌，她嬌柔一笑，也不說話，只是脈脈地看著裴琰。

裴琰面無表情地看著她，伸手取過池邊的葡萄酒，慢悠悠地喝了一口，手指如同撥弄琴弦般輕輕滑過她光潔的肌膚，讓她情不自禁一陣顫慄，發出惹人憐惜的嬌喘。裴琰眼睛微微眯了一下，嘴角輕輕一勾，慢慢地向她俯下身來。

漱雲心中歡喜，正待展開雙臂將他環住，卻被一股大力扼住雙手。身子被猛然地闖入之後，卻是疾風暴雨般的壓迫與衝撞，令她幾乎窒息和暈厥。背後的白玉石冰冷而堅硬，身前的人卻比那白玉石還要冰冷堅硬，讓她的心慢慢陷入絕望之中。

那帶著點溫熱與清香、修長柔韌的手，掐上了她的咽喉，慢慢地用力、收緊、放鬆，再收緊、再放鬆。她痛苦地呻吟出聲，不自覺地扭動著身體，換來的卻是更加暴虐的撞擊和蹂躪。她感到自己就像即將折斷的蘆葦，在肆虐的秋風中瑟瑟飄搖……

裴琰冷冷看著漱雲爬上池邊，跪於他背後，依舊替他按捏著雙肩。她上池時帶起池中的鮮花隨波蕩漾，一片海棠花瓣飄起，貼在他赤裸的胸口，嫣紅欲滴。

他低頭拈起那海棠花瓣，看了片刻，緩緩道：「還有沒有海棠花？」

漱雲努力讓自己的身軀不再顫抖，道：「奴婢這就去取來。」轉身從屋內端來一玉盤，盤中擺滿了剛摘下的海棠花。

裴琰拈起一朵海棠，扯下花瓣，瞧了瞧，送入口中。漱雲一聲輕呼，他卻閉上眼，細細咀嚼，片刻後笑了一笑：「倒真是酸甜可口。」良久方睜開眼，又將手中海棠花一瓣瓣扯落放入口中，邊嚼邊道：「從明天起，我不在慎園用膳，你們不用備我的飯菜。」

金右郎的靈柩停放在禮部前堂，夜色深深中，換上黑色夜行衣的裴琰與崔亮，帶著安澄等人由禮部後牆悄悄翻牆而入。

禮部前堂內，十餘名禁衛軍和數名桓國隨侍正值夜守護。

安澄早有安排，不多時，相府安插在禁衛軍裡的軍士便執令牌笑容可掬地走來，言道諸位使隨昨夜受驚，今夜還要值守，實是辛苦。禮部有安排，送上宵夜美酒，讓禁衛軍的兄弟一起享用。待守衛之人喝下混有少量迷藥的酒沉沉睡去，裴琰等人便從容步入前堂，安澄帶人守於堂外。

裴琰與崔亮揭了棺蓋，崔亮小心將那「金右郎」的屍首搬出，放於白布上細細勘驗。裴琰負手立於一旁，看著崔亮驗屍，心中思忖數件大事，只覺危機重重，步步驚心。

牆外更鼓輕敲，崔亮直起身，輕聲道：「行了。」

裴琰點點頭，崔亮將屍首仍放回棺內，二人將棺蓋推上。崔亮俯身拾起放於地上的木盒，剛要抬頭，裴琰面色一變，背後長劍疾然而出，迅捷如電，堪堪擋住射到崔亮面前的一枝利箭。

安澄等人訓練有素，迅速向院牆外撲去，叮叮聲響，顯是與數人交上了手。裴琰知這些人潛伏於此，看出崔亮是勘驗的關鍵，故而向他下毒手，當即仗劍護著崔亮躍出院牆，細觀兩方拚鬥。眼見安澄等人將對方步步逼向巷口，裴琰冷聲道：「留活口！」安澄應了一聲，身形一擰，刀豎胸前，直劈眼前的黑衣蒙面人。

那黑衣蒙面人悶聲笑道：「要留活口，得看你有沒有這個本事！」說話間身形急轉，手中短刃光華流轉，瞬息抵住安澄的「流風十八路」刀法。

此時天上新月如鉤，夜風帶寒，街道上這十餘人的搏殺，嚇得更夫躲於街角瑟瑟發抖。

見安澄久拿不下，與他對決的顯是這些蒙面人的首領，裴琰身形急騰，手中長劍爆起一團銀白光芒，直飛向那為首的蒙面人。蒙面人知裴琰劍勢不可強捋，聳背後躍。安澄趁機攻上，蒙面人一個鐵板橋向後一倒，手中短刃順勢由下而上，擋住安澄的厚背刀。

裴琰身在半空，剛要執劍斬下，卻面色大變，長劍挾風雷之勢反手擲出，將欲持刃逼殺崔亮的那名「更夫」刺了個對穿，但更夫手中的利刃仍刺入了崔亮前胸。黑衣蒙面首領見更夫得手，笑道：「裴相爺，失陪了！」右手一揚，銀光暴閃，安澄和長風衛們向後急避，蒙面數人趁亂四散逃匿。

安澄手一揮，底下長風衛們分頭追趕，他則疾奔至裴琰與崔亮身邊。只見崔亮面色蒼白，從胸前摸出一堆碎裂的瓷片，笑道：「今日倒讓個藥瓶救了我一命！」裴琰撕開崔亮衣襟細看，放下心來。但那更夫一刺之力極大，縱有瓷瓶擋了一下，劍刃也透入崔亮胸口半寸有餘。

江慈睡得迷迷糊糊，隱約聽到院中腳步聲響，知是崔亮回來，忙披衣下床，點燃燭火來到正屋。

江慈見裴琰扶著崔亮至榻上躺下，心中一驚，忙舉著燈燭撲過去：「怎麼了！」崔亮笑道：「沒事，一點小傷。」江慈轉身到房中翻出傷藥，崔亮接過藥粉灑於自己胸前，江慈取過布條，替他包紮起來，見他胸前血跡斑斑，心中一酸，淌下淚來。

裴琰不由一笑，崔亮也笑道：「白天見那麼多屍體不見你哭，這麼個小傷口，你哭什麼！」江慈回頭瞪了裴琰一眼：「你不是自命武功天下第一麼？怎麼還讓崔大哥受了傷？」

裴琰正思索著方才刺殺一事，便未理會她的出言不遜。

崔亮也道：「相爺，那爲首之人武功非同一般，天底下能在您和安澄合力一擊下逃生的人，並不多。」裴琰冷笑道：「這京城的水，越來越渾了。」

江慈又奔去廚房，燒來熱水，替崔亮拭去胸前血跡。裴琰轉頭間看見，眉頭微皺，道：「你這毛手毛腳的，明天我安排幾個人過來侍候子明。」崔亮忙道：「不必了，相爺，我只是皮肉傷，這西園若人多了，我看著煩。」裴琰一笑：「倒也是，我就覺得你這裡清爽。從明天起，我就在你這西園用膳好了。」

小朝會後，眾臣告退，皇帝卻命裴琰留下。莊王與靜王不由互望一眼，又各自移開視線，躬身退了出去。

皇帝望著裴琰，和聲道：「朕久聞少君棋力高強，來，陪朕下一盤棋。」

裴琰恭聲道：「微臣遵旨。」行了一禮，在皇帝對面斜斜坐落。

上百手下來，裴琰只覺胸口如有一塊大石壓著，悶得透不過氣，手中的白子也不知該往何處落下。

皇帝長久地凝望著他，飲了口茶，微笑道：「朕明白，你這是心存敬意，不敢與朕廝殺過劇，不然，倒也能下成和局。」

裴琰壓住心頭不適，起身束手：「微臣不敢。皇上棋力浩瀚深遠，微臣萬萬不是對手。」

皇帝朗聲一笑，站了起來，負手望著窗外的梧桐，悠悠道：「年輕一輩之中，你的棋力是首屈一指的了，似有些像……」

裴琰額頭沁出微微細汗，神色卻仍平靜，呼吸仍舊細密悠長。

良久，皇帝方續道：「觀棋知人，你心思慎密，處事鎮定，顧全大局，性格又頗堅毅，倒比朕幾個兒子都要出色。」

裴琰忙跪落：「微臣不敢。」

皇帝過來將他拉起，卻握住他的手不放，見他神情恭謹中帶著一絲惶恐，微笑道：「你不用這麼拘謹，這殿內也無旁人。」

皇帝鬆開手，步至案前拿起一本摺奏，歎道：「若非出了使臣館這等大事，朕本是要派你去玉間府，代朕到慶德王靈前致祭。」他似是陷入了回憶之中，「當年，文康太子暴病而薨，先帝屬意由朕繼承大統，且知朕的兄弟們定會作亂，遂於大行之前召了慶德王入宮，一番叮囑，命他輔佐於朕。後來『逆王之亂』，若非慶德王、董學士、薄公及你叔父迴狂瀾於既倒，扶大廈之將傾，天下百姓還不知要受多久的戰火荼毒。慶德王這一離世，朕又少了一位股肱之臣，也少了一位知己。唉……」

裴琰默默聽著，只覺皇帝的話凌厲如刃，刺於他內心最深處，傷口處似有幽靈呼嘯而出，卻又被那利刃的寒意凍結成冰。

皇帝歎道：「你叔父當年於朕有輔佐之功，後來的月落作亂一案，朕並非不想保他，只是事涉兩國，只能讓他做了替罪羊。如今想來，朕實是有些對他不住，他在幽州也吃了這麼多年的苦，待桓國之事了結，朕會下詔赦他返京的。」

裴琰忙行禮道：「叔父自知有負聖恩，未敢有絲毫抱怨。他老人家在幽州修身養性，頤養天年，倒是他的福氣。」

「嗯，子放倒是比朕清閒。當年，朕與你父親、叔父三人笑遊江湖時便說過，唯有他才是真正拿得起放得下之人，真是絲毫不差。」

裴琰恭謹笑道：「叔父信中，也一直訓誡微臣，要臣做一代良臣，用心輔佐聖上，代他盡未盡之忠，報未報之恩。」

皇帝欣慰一笑：「裴家世代忠良，實堪褒揚。朕想追封你父為『定武侯』，不日便有恩旨，你用心查好使臣館一案，先跪安吧。」

內侍進殿，跪稟道：「啓稟皇上，衛指揮使求見。」

皇帝似是很高興，眼角也舒展了幾分，笑道：「快宣！」又向裴琰道：「你去吧。」

裴琰踏出延暉殿，見衛昭自廊角行來，一身白色宮袍，雲袖飄捲，秋陽透過廊簷灑於他身上，似白雲出岫，逸美難言。

待他走近，裴琰笑道：「聽莊王爺說，三郎府邸進了批西茲國的美酒，改日定要去叨擾一番。」衛昭嘴角輕勾：「少君是大忙人，只怕我下帖也是請不來的。」

二人俱各一笑，衛昭自裴琰身邊飄然而過，邁入延暉殿。

裴琰隱隱聽到皇帝愉悅地喊道：「三郎快過來！」忙疾行數十步，遠離延暉殿。幾名內侍正捧著一疊文書自迴廊轉來，見裴琰行近，皆彎腰避於一旁。裴琰瞥了一眼，閒閒道：「這些舊檔翻出來做甚？」為首太監忙答道：「皇上昨日命方書處將各官員的履歷文書呈聖，這些是皇上已經閱畢，要送回方書處。」

裴琰不再說話，急匆匆出了乾清門。

長風衛牽過駿馬，他躍身上馬，回轉過頭，遙望著高峨的弘德殿。殿角金琉碧瓦，殿前蟠龍玉柱，勃發著至高無上的威嚴華貴氣象，隱透著能令江山折腰、萬民俯首的帝王驕容。

裴琰猛抽身下駿馬，疾馳回了相府。

昨夜那一刃雖然凶險，卻只是皮肉傷，崔亮辰時便起床，進了偏房，一直未出房門。

江慈頗覺無聊，心中之計也未想定，有些煩悶。見西園一角有塊空地，長著些荒草，便取過鋤頭將野草除去，翻鬆土壤。裴琰進園時，正見她赤腳立於泥土之中，滿頭大汗，雙頰通紅。

裴琰上下掃了她幾眼，淡淡道：「你這是做甚？」江慈笑道：「翻塊花圃出來，將來好種些雲蘿花。相爺府中奇花異草不少，就缺這個，未免有些美中不足。」

裴琰愣了一瞬，道：「去，換個裝束，隨我去認人。」說著，步入偏房，見崔亮正細心查驗證物，二人相視一笑，裴琰退了出去。

江慈換過裝束出來，笑道：「相爺，我想和您商量個事。」裴琰邊行邊道：「說來聽聽。」

「我還欠著素煙姐姐一套衣裳沒還給她，那夜又讓她虛驚一場，想上一趟攬月樓，一來向她道歉，二來將衣裳還給她，您看……」裴琰腳步不停：「讓安華幫你送過去就是。」江慈心中暗咒，卻也無可奈何，只得沉著臉跟上裴琰步伐。

裴琰帶著江慈於各個機構走了一趟，又去了數名官員的府邸。這些官員皆受寵若驚，縱是臥病於床也掙扎著爬起，直道未能親向容國夫人祝壽，又勞相爺親來探病，實是愧不敢當。

諸府走罷，已近午時，裴琰見仍無結果，知星月教主極可能是不知去向那三人中的一個。他將那三人細想了一番，卻不敢肯定，只得又走向使臣館。

秋風漸寒，慢慢下起了淅淅細雨，灑在殘垣斷壁、焦木黑梁上，備顯淒涼。

裴琰帶著江慈進了火場，踱了一圈。忽聽得江慈在背後歎道：「這麼大的宅子，怎麼拆成這樣？」裴琰回頭一看，見江慈正望向使臣館北面，正是那日火起之時為防火勢向皇城蔓延，衛昭命禁衛軍拆掉的那座宅子。

裴琰朝那宅院走去，自使臣館越過一堵斷牆，便進到了宅內。

兩名禁衛軍從斷牆後出來，行禮道：「相爺！」

「沒有人進過使臣館吧？」

「回相爺，沒有。」

「知不知道，這裡以前是何人居住？」裴琰望向已被拆得面目全非的屋宅。

「這宅子以前是禮部用來堆放文書的，後來統一調歸方書處，由此空置了下來。」

裴琰點了點頭，帶著江慈在院內走了一圈，腳步逐漸放緩，凝神思考。

江慈卻對那堵斷牆上一帶的藤蘿極為喜愛，向一名禁衛軍借來腰間長劍，便欲砍下一截。

裴琰抬頭看見，忽道：「慢著！」走上前來，問道：「未失火之前，此處可有人看守？」

一名禁衛軍答道：「這屋後是衛城大街，再過去就是皇城，向來由光明司值守，使臣館其餘三面均有禁衛軍的弟兄把守，只這一面未派人，就怕和光明司司衛們……」

裴琰擺了擺手，命那二人退去，又步上前細細察看。

江慈明他之意，想了片刻，道：「要從這裡運個死人進去使臣館，然後帶個活人出來，除了要翻過這堵牆，還得避過使臣團、禁衛軍和光明司的人，然後再放一把火，這人還眞是厲害！」

裴琰側頭看了她一眼，略有訝色，但未說話。

江慈又在斷牆前後看了數趟，跑到裴琰面前笑道：「相爺，您的輕功應是天下無雙吧？」裴琰不明她言中之意，輕輕一笑：「這般奉承於我，意欲何爲？」

江慈笑道：「我可不是拍您馬屁，只是覺得這世上高人甚多，怕相爺不知『天外有天，人外有人』這句話。」裴琰「哦」了一聲：「你倒說說，有何高人？」

江慈指了指使臣館，又指向那堵斷牆：「相爺你看，使臣館那邊的屋舍是緊貼著這牆的，那眞凶若從正屋將使臣大人劫出，再由這堵牆翻入這處宅子，非得從屋頂躍過來不可。他帶著一個大活人，要爬上那麼高的屋頂，躍過這堵高牆，還得避人耳目，這份輕功，我看當世也只相爺才及得上。」

裴琰眼睛一亮，笑道：「小丫頭，你這馬屁還眞是拍對了。」江慈得意一笑，轉而愣了一瞬，繼而大笑。

裴琰見江慈負著手轉到自己背後，眼睛還凈往自己那處瞄時，這才省悟過來，知自己一時口快，承認她是拍自己「馬屁」，竟讓這丫頭好好地嘲笑了一回。見江慈滿面得意之色，口中還不時發出「得得」的駕馬聲，裴琰瞪了她一眼，轉過身，自嘲似地笑了笑，出了使臣館。

見二人出來，長風衛牽過坐騎，裴琰縱身上馬，卻見江慈正輕撫著她那匹坐騎的馬屁股，口中念念有詞：「馬兒啊馬兒，我知道平素有很多人拍你馬屁，拍得你未免不知道自己是匹馬兒，竟以爲自己是天神下凡，能主宰眾生。我這回拍你的馬屁股呢，就是想讓你知道，你也不過就是匹……」

她話未說完，「啊」的一聲已被裴琰探手拎上馬背，他又順手在她坐騎馬屁股上一拍，江慈大呼小叫，緊拽住馬韁，向前馳去。裴琰策馬追上，馳於她身旁，見她慌亂模樣，得意地笑道：「你記住，東西不能亂吃，這馬屁也是不能亂拍的。」

江慈早有準備，裝作身形搖晃，右足足尖狠狠踢向裴琰坐騎「玉花驄」的後臀。玉花驄受驚，長嘶一聲，疾馳而出，裴琰未及提防，向前一衝，身形騰在半空，他急運內力，勒緊馬韁，身子落回馬鞍上。安撫住受驚的玉花驄，裴琰勒轉馬頭，面帶一絲冷笑，望著慢悠悠趕上來的江慈。

江慈並不看他，左手輕輕揮舞著馬鞭，右手不停拍著身下坐騎的後臀，口中還哼著一曲〈策馬謠〉。只要想到終於將這大閘蟹狠狠嘲笑了一番，出了積於胸中多日的一口怨氣，便十分得意，歌聲也越發宛轉歡暢。右腮爲喬裝而貼上的那顆黑痣，彷彿就要滑入旁邊那深深的酒渦。

裴琰見她慢悠悠地騎馬而過，舉起馬鞭，又慢慢放下，在玉花驄後臀上輕輕一拍，從她身邊馳了過去。

江慈見裴琰先前說「從此要在西園用膳」的話竟非玩笑話，想到每日都要看這大閘蟹的可惡嘴臉吃飯，頗感煩惱。但人在屋簷下，不得不低頭，還是耐著性子做了幾道可口的菜。

看裴琰似是吃得極爲痛快，她心中更加不快，端著碗筷遠遠坐開。崔亮想起心底那事，怕江慈日後吃虧，有心緩和二人關係，笑道：「小慈過來一起坐吧。」江慈悶聲道：「不用了，你們是主子，我是奴婢，得守規矩。」崔亮訝道：「誰把你當奴婢了？你本不是這相府的人。」

裴琰夾起一筷子菜，岔開話題：「江姑娘，這是什麼菜？倒是沒有見過。」江慈回頭看了看，樂不可支：「這是紅燒馬蹄。」崔亮大笑：「哪來的馬蹄？馬蹄也可以吃的麼？」

江慈端著碗坐到桌邊，指點著桌上菜肴：「這是紅燒馬蹄，這是馬尾巴上樹，這是油煎馬耳朵，這是……」她一時想不到合適的菜名，話語停頓下來。裴琰見她正指著一盤綠油油的青菜，索性放下碗筷，笑吟吟地望著她：「這是什麼？還望江姑娘賜教！」江慈想了半晌，微笑道：「這是翡翠馬臀！」

崔亮一口氣沒順過來，嗆得撫住胸前傷口咳嗽，江慈忙扶住他：「礙不礙事，是不是很疼？」說著，便欲拉開他衣襟細看。裴琰過來解開崔亮衣襟，看了一下，知只是傷口迸裂，並無大礙，又轉回桌邊繼續吃飯。

江慈卻不放心，仍取過藥粉替崔亮重新敷藥包紮。再端起自己的碗，見裴琰唇邊掛著一抹冷笑望著自己，心中竟無端地有些寒意，遠遠躲了開去。

自被江慈一言提醒，又調來當日筆錄細閱，綜合各環節線索，裴琰心中有了計較。遂吩咐下去，長風衛們自有一番周密布署。

他又帶崔亮去找桓國使臣團的人詳細問話，崔亮將問話內容與驗屍結果一一對應，更加確定那死者並非真正的金右郎。儘管仍不明那人何以非要劫走金右郎，但大致已能確定是何人作案，裴琰遂按定心思，坐等那人自動現身。

轉眼已是五日過去，刑部勘驗有了結果，證據確鑿顯是人爲縱火。這結果令朝中上下頗感爲難——當此眞凶尚未抓獲之際，若將此結論直接通報桓國副使，桓國一旦咬定是華朝派人縱火，將後患無窮。

這日散朝後，重臣們受宣前往延暉殿商議使臣館失火一案，終在裴琰的提議下，暫緩將勘驗結果通報桓國副使，待尋出眞凶後再行安排。

爲免桓國副使雷淵咄咄逼人，藉機生事，便得讓裴琰這主持查案的相爺「突染傷寒，告病休養數日」。但在莊王等人拐彎抹角的追擊下，裴琰只得應下——半個月內抓到眞凶，如若不能，願領責罰。

面對莊王幸災樂禍的笑容和太子關切的詢問，裴琰滿面愁容，顯得一籌莫展，倒讓靜王急出了一身大汗。

蝶園，桂樹下。

裴夫人低首斂眉，輕拍琴首，纖長手指如長輪勁轉，琵琶聲竟似金鐵相擊，煞氣漸漸溢滿整個菊園，遠遠站立的侍女們如被蕭瑟秋雨狂吹肆虐，齊齊低頭。

琴音拔高，穿雲破空，如銀漿乍裂，又似驚蟄春雷，園中眾人齊齊失色。眼見已至雲霄，琴音卻又忽轉輕柔，如白羽自空中飄落，低至塵埃，泣噎嗚咽。

待一切塵埃落定，裴夫人又連擊琴板，琴音再高，恣肆汪洋，淋漓盡致。眾侍女臉色漸轉平靜，都覺園中百花盛開，華美燦爛。

弱弱的腳步聲停在園門，裴夫人十指頓住，片刻後撫住琴弦，道：「進來吧。」

漱雲低頭入園，跪於裴夫人身旁，其餘侍女紛紛退回屋中。

裴夫人盯著漱雲看了一陣，淡淡道：「聽說，相爺已有幾日未回到愼園用膳，日日待在西園，你爲何不早來稟告？」

漱雲低頭道：「相爺他……他已知道奴婢向夫人暗稟他起居事宜，奴婢怕……」

裴夫人笑了笑：「我是他母親，做母親的關心自己兒子天經地義，怕他吃不好，睡不好，這才找你來問，你怕什麼！」

漱雲只是叩頭，想起那夜緊扼住自己咽喉的那隻修長溫熱的手，渾身輕顫。

裴夫人看了看她，悠悠道：「你記住，你是長風山莊的人，並不是他裴相府的人，他不敢爲難於你的。你多花點心思，勸他回愼園修身養性，勤練武藝，這方是你應盡的本分。」

漱雲叩下頭去：「奴婢遵命。」

「還有，他既已知道了，你索性每日光明正大到我這裡來請安。我會擇個日子，讓他正式收你爲妾，兒媳婦天天來向婆婆請安，他也不能說什麼。」

漱雲心中不知是悲是喜，低聲道：「多謝夫人恩典！」

「那，他在西園用膳，可是大廚房的人幫他準備飯菜？」

「回夫人，西園外有長風衛的人日夜守著，奴婢進不去。聽大廚房的人說，園內倒是有個丫頭，就是上次被相爺從長風山莊帶回、受了重傷的那位，後來被相爺派去伺候崔公子，備餐之事應是由這丫頭張羅。」

裴夫人一愣，憶起那夜在長風山莊的事，遂喚道：「漱霞！」

侍女漱霞應聲而出：「夫人。」

「派人去查查西園那丫頭的底細。」

十一　華堂相會

京城西郊七八里處有一片墳地，這日巳時，一名藍衫女子提著一籃祭品，於一座土墳前盈盈拜倒。

她身形纖柔，眉眼清雅如空谷幽蘭，在墳前磕下頭去，輕聲道：「外公，外婆，霜喬來看你們了。」

她慢慢拔去墳上的野草，邊拔邊道：「外公，外婆，母親臨終前千叮嚀萬囑咐，要霜喬一定來看看你們，給你們磕頭，且想辦法找到小姨。但霜喬實在是不願意到這京城來，霜喬想一輩子留在鄧家寨，過平淡而清靜的生活。是以一直未能來看看你們，還請外公外婆原諒霜喬。」

她移身至墳塋另一面，這才發現墳邊竟擺著一些祭品，一愣過後，她面上浮現驚喜之色，喃喃道：「難道是小姨？」眼見其中果品仍十分新鮮，她站了起來，四顧望去，忍不住高聲喚道：「小姨！」

山野風大，她的聲音遠遠傳了開去，卻不見回音。

藍衫女子有些洩氣，在墳前坐了下來，忽想起另一個嬌麗面容，恨恨道：「死丫頭，可別讓我逮到你！」

黃昏時分，藍衫女子隨熙熙攘攘的人群在京城的大街上走著，看到酒樓或賣首飾的店舖就進去相詢，大半個時辰下來，仍毫無結果。

眼見天色漸黑，她只得尋到一家客棧，正待進門，驚呼之聲響起，一匹駿馬自大街盡頭疾馳而來，人們紛紛躲閃，藍衫女子亦身形晃動，朝旁避開。那馬馳至客棧門口，忽然立起前蹄，馬上之人「啊」地驚呼，向旁甩落，重重撞上藍衫女子。

藍衫女子猝不及防，被那墜馬之人撞倒在地，不禁按住左腿，痛呼出聲。那人爬起，連聲告罪。藍衫女子左腿劇痛，卻也知對方是無心之舉，不便責怪，她不願與陌生年輕男子交談，一瘸一拐，欲步入客棧。

墜馬的青衫公子忙追上前來，行了一禮，道：「這位姑娘，一切都是在下不對，不知姑娘可願給在下一個賠罪機會？」

藍衫女子側過身去，冷冷道：「不必了，請你讓開。」

青衫公子作揖道：「姑娘，在下害得姑娘受傷，若姑娘就這樣走了，豈不陷在下於不仁不義。在下願延請名醫替姑娘診傷，還望姑娘成全，如若不然，在下便只有一頭撞死在這兒，以免做那不仁不義之人。」

藍衫女子覺這人有些迂腐，卻也是一片誠心，正猶豫間，旁邊一名大嬸開口道：「姑娘，就讓這位公子請大夫替你診治診治吧。年紀輕輕的，腿腳落下病根可就不好了。」一旁之人也紛紛附和。

藍衫女子也感左腿劇痛，便輕輕點了點頭。青衫公子大喜，轉頭見自己的幾個僕人趕了上來，忙命僕從尋來馬車。藍衫女子被那大嬸扶上車，青衫公子命僕從趕著馬車，往城西「回春堂」行去。

裴琰安排好一切，便「告病休養」，除開夜間回愼園寢宿，其餘時間便待在西園，與崔亮把酒暢談詩歌詞賦、天文地理。

他二人聊得十分痛快，江慈卻是滿肚怨氣。

裴琰並不令其他侍從進西園，侍候這二人的重任便落在她一人身上。偏裴琰又是十分講究之人，一時嫌茶水不乾淨，一時道文墨不合規矩，一時又說薰香用得不對，將江慈支使得團團轉。不過，裴琰倒是未對她的廚藝挑三揀四，縱是只弄兩道家常小菜，他也吃得津津有味，胃口極佳。

幾日下來，江慈竟未有一刻停歇，若是依她往日性子，早就甩手而去，臨去前必定狠狠整治這大閘蟹一番。可眼下命懸於他，毒藥只他一人能解，也只能忍氣吞聲，心中盤算如何才能哄得大閘蟹高興，放鬆守衛，讓她溜出去一趟施行自己計策才好。

這日戌時，夜色漸深，裴琰仍未離去，反而畫興大發，命江慈磨墨。江慈累了一天，有氣無力地磨著墨，忍不住打了個呵欠。

裴琰抬頭看了她一眼，眸中笑意漸濃：「江姑娘得練練功了，才這個時辰就精神不濟，定是內力太淺。」

江慈一邊在心中暗咒，一邊擠出笑容道：「我這懶笨之人，與相爺自是無法相比。相爺好比是那烏騅駿馬，能日行千里，我就是長了四條腿，也追不上相爺的。」

裴琰正待說話，安澄步進屋來，瞄了眼江慈，當即束手而立。

裴琰放下畫筆，端起茶盞飲了一口，眉頭微皺：「你這燒水用的可不是楠竹，倒像是煙木，一股子煙薰氣，去，重新燒壺水過來。」崔亮飲了一口，笑道：「我倒覺得沒什麼分別。」

江慈見裴琰眼神淩厲地望著自己，只得噘著嘴走了出去。她自是將大閘蟹罵了無數遍，劈好楠竹，燒好一壺水，拎著銅壺過到正屋。剛踏過門檻，便見裴琰笑吟吟地望著自己：「我要去聽戲，你去不去？」

江慈日思夜想的便是如何出一趟相府，聞言大喜：「我去！」裴琰微笑道：「那你去換過裝束。」

江慈將銅壺往地上一頓，鑽進自己房中，手忙腳亂地換過小廝裝束，又抱著個布包奔出，見裴琰的身影已到了園門口，忙趕上去。待行至相府西門，才發現崔亮並未同行，忙問道：「崔大哥不去聽戲麼？」裴琰雙手負在背後：「他傷剛好，得靜養。」

見西門前停著一輛極普通的雙轅烏篷馬車，江慈覺得有些奇怪，仍隨裴琰登上了馬車。上車後，裴琰見江慈緊抱著布包，問道：「這是什麼？」

「素大姐的衣裳，我拿去還給她。」

裴琰一笑：「誰說我們要去攬月樓的？」

江慈「啊」的一聲叫了出來：「不是去攬月樓聽戲麼？」

「是去聽戲，不過不是去攬月樓，你道京城只有攬月樓的戲曲才好麼？李子園的花旦也是不錯的。」

江慈大失所望，原還指望能到攬月樓見到素煙，想辦法讓她替自己傳個要緊話。未料竟非前往攬月樓，轉瞬又想起崔大哥未能同行，遂面上堆笑，道：「相爺，我有些不舒服，還是不去聽戲了。」

裴琰閉著眼，並不回答。

聽得外面駕車人馬鞭山響，馬車就要前行，江慈莫名地有些害怕，道：「相爺，我先回西園了。」說著，掀開車簾，欲跳下馬車。

裴琰睜開眼，右手疾探，揪住江慈的後領將她往後一拖，馬車卻於此時向前行去，一拖一帶，江慈直跌入了他懷中。此時已是深秋十月，白日又下過一場大雨，夜風帶著寒意，自掀起的車簾直撲進車廂裡來。江慈身著小廝衣裝，有些單薄，被風這麼一吹，打了個寒噤。

裴琰捏了捏她的左臂，有些不悅：「沒有夾襖就說一聲，自會有人給你置備，穿成這樣跟我出去，倒像我相府虐待下人似的。」江慈從他懷中掙出，怒道：「我可不是你的下人。」

裴琰一笑，悠悠道：「是麼？我怎麼記得某人某夜在映月湖邊說過，要爲奴爲婢，以報我救命之恩。」江慈心中惱怒，卻也知不便逞口舌之利。這大閘蟹無緣無故帶自己出去聽戲，只怕不懷好意。她腦中胡亂想著，身子慢慢向後挪移，下意識想離這大閘蟹遠一些。

裴琰輕哼一聲，不再說話，倚靠車壁，閉目養神。

江慈心中想了又想，終開口道：「相爺。」

「嗯。」裴琰也不睜眼，低沉應道。

「那個……我們能不能去攬月樓聽戲？我只想聽素煙姐姐的戲。」

「你眞想聽素煙的戲？」

「那是自然，素煙姐姐人長得美，心又好，戲曲唱得一流，不聽她的聽誰的？」

「那就明天去攬月樓吧，素煙排了一齣新戲，明天上演首場。明天我再帶你去聽。」

「眞的？」江慈一喜，屁股一挪，便坐近了幾分。

裴琰睜開雙眼，但笑不語。江慈極怕看到他這種笑容，又向後挪了開去。裴琰笑著朝她傾過身來，江慈慢慢向後挪移，直到緊靠車壁，避無可避。裴琰笑道：「你膽子不是挺大的麼？怎麼，也知道怕我了？」

見裴琰面上滿是戲弄的淺笑，江慈心裡不服氣，脫口而出：「我哪裡是怕你，我倒覺得你有些可……」想起那夜荷塘邊裴琰醉酒後的失態，想到他無意間吐露的某些心中隱祕，江慈不自覺露出一絲憐憫之色，話語漸漸低了下去。

裴琰唇邊笑意僵住，冷哼一聲，坐回原位。片刻後，右足運力一頓，馬車搖晃，江慈猝不及防，身子向前一衝，眼見腦袋就要撞上車壁，裴琰手如疾風，將她拉住，扔回原處，冷冷道：「坐穩了，可別亂動。」

江慈頭暈目眩，覺得自己就像裴琰手心的麵團，被他揉來揉去；又像被他拴住的螞蚱，怎麼蹦跳也逃脫不出他的控制。心中羞怒，淚水在眼中打轉，又不願在他面前哭出來，死命咬住下唇，滿面倔強之色盯著裴琰。

車廂內僅掛著一盞小小紅燭燈籠，搖晃間，燭火忽明忽暗，映得江慈飽含淚水的雙眸如滾動著晶瑩露珠的海棠。裴琰看了她片刻，又閉上雙眼，不再說話，車廂內僅聞江慈沉重的呼吸聲。

待車停穩，江慈跳了下去，這才發現馬車竟停在一處院落中，院內燈燭頗爲昏暗，看不清周遭景況，只隱隱聽到空中飄來絲弦之音。

裴琰下車，一人迎上前來：「相爺，已經安排好了，請隨小的來。」

裴琰帶著江慈穿堂過院，絲弦之聲漸漸清晰，江慈見果然是去聽戲，心中安定了幾分。東張西望間，侍從拉開雕花木門，二人步入垂簾雅間。

侍從打起垂簾，奉上香茶和各式點心，躬腰退了出去，江慈見雅間內再無旁人，欲待說話，裴琰卻做了個噤聲手勢，只是專心聽戲。

臺上，一花旦正伴著胡琴聲宛轉低泣地唱著，眉間眼角透著一股伶仃清冷，碎步輕移間自有番盈盈之態。江慈讚了聲「好」，裴琰微微一笑，拍了拍身邊黃木椅，江慈邊看著戲臺，邊坐了下來。

裴琰瞥了她一眼，笑道：「你倒還眞愛看戲，當初在長風山莊，爲了看戲，差點把命都丟了，怎麼就不長記性！」江慈揚了揚眉：「愛看戲有什麼不好？戲本就是給人看的。」

二人正鬥嘴間，聽得一旁雅間門被推開。

青年男子彬彬有禮的聲音隱隱傳來：「燕姑娘，請！」一女子低低地應了聲。不多時，又聽到那青年男子道：「燕姑娘，這李子園的點心也是不錯的，你試試。」那女子似是說了句話，江慈用心聽戲，也未聽清楚。

裴琰忽一推兩雅間的隔板，笑道：「我說這聲音聽著有些耳熟，原來眞是繼宗。」

旁邊雅間的青年男子轉頭一看，慌忙站了起來，行禮道：「相爺！」

裴琰微微擺手：「繼宗不必拘禮，我也只是來聽戲。這位是……」望向他身邊的一位藍衫女子。

「這位是燕姑娘。燕姑娘，這是裴相。」

那燕姑娘並不抬頭，淡淡道：「邵公子，我還是先回去好了，您自便。」說著，站起身來。

邵繼宗忙站起：「還是聽完戲再回去吧，你腿腳不便，我怎能讓你一人回去。」

裴琰微笑道：「倒是我冒昧了，繼宗莫怪。」

邵繼宗忙轉向裴琰道：「相爺您太客氣，折殺小人。」又朝裡看了看，訝道：「相爺一人來聽戲麼？」

裴琰左右看了看，竟不見了江慈身影。凝神一聽，掀開桌布，看著抱頭縮於桌底的江慈，笑道：「哪有蹲在桌子底下看戲的道理，快出來！」

江慈哪敢出來，抱頭縮於桌下一角，只盼旁邊雅間內那人趕快離去才好。

裴琰伸手將她拖了出來：「你的壞毛病倒是不少。」

江慈無奈，只得背對那邊雅間，心中焦慮，只求菩薩保佑，千萬不要被認出來，卻聽得裴琰冷聲道：「江慈，你給我老實些坐下！」驚呼聲傳入耳中，江慈眼前黑暈，萬般無奈下轉過身去，面無表情地望著戲臺。

隔壁雅間那藍衫女子盯著江慈片刻，冷笑一聲，一瘸一拐，走了過來。江慈心中焦急，面上卻仍裝作若無其事。藍衫女子怒極反笑：「你倒是出息了，連我都不認了。」

江慈面上驚訝，道：「這位小姐，你認錯人了吧？我可從未見過你。」

裴琰側頭笑道：「燕姑娘，這是我府內下人江慈，你認識她麼？」

藍衫女子望著江慈，緩緩道：「她是我師妹，我和她生活了十餘年，她就是化成灰我也認得。」

裴琰訝道：「敢問燕姑娘，可是鄧家寨人？」

「正是。」

江慈一驚，望向裴琰，裴琰笑得十分得意：「安澄說，聽到你自言自語說要回鄧家寨，還有一個師姐，倒是沒錯。」

江慈見無法混賴過去，只得望著那藍衫女子，臉上擠出如哭一般的笑容：「師姐！」藍衫女子也不說話，面如寒霜，用手來揪江慈。

江慈「啊」地驚呼，跳到裴琰背後，顫聲道：「師姐，我錯了！」又指著她的腳道：「師姐，你……你的腳怎麼了？」

藍衫女子不便越過裴琰逮人，只得柔柔笑道：「小慈，你過來，老實跟我回去，我什麼都不和你計較！」

江慈見師姐笑得這般溫柔，更是害怕，躲於裴琰背後。口中一邊求饒，面上卻向師姐燕霜喬不停地使著眼色，只盼她能看懂，速速離去。

燕霜喬卻未明白，疑道：「你眼睛怎麼了？快過來讓我瞧瞧！」

江慈心中哀歎，苦著臉從裴琰背後走出，燕霜喬一把將她拉過，往外走去。

江慈自見到師姐，想著的便是如何不讓她知道自己中毒之事，更不願她踏入這是非圈中，才裝作不識。但見無法混賴過去，只得頻使眼色、讓她速速離去，不料均未如願。

江慈身形移動間，瞥見裴琰唇邊的冷笑，心中一急，定住腳步，哀求道：「師姐，你先回去吧，我……我……我是不能和你回去的。」

燕霜喬一愣，又見江慈身上裝束，最初的驚訝與氣惱過後，逐漸冷靜下來，道：「到底怎麼回事？」又轉過頭望向裴琰：「他是何人？爲何你會和他在一起，還穿成這副模樣？」

邵繼宗忙過來道：「燕姑娘，這位是當朝左相，裴相裴大人。」

燕霜喬眉頭一皺，心中惱怒師妹平白無故去惹這些當朝權貴，面上仍淡淡道：「我們山野女子不懂規矩禮數，也不配與當朝相爺一起聽戲，先告退了。」

裴琰微笑道：「燕姑娘要走請自便，但江慈得留下。」

「爲什麼？」燕霜喬將江慈拉到自己背後護住，冷冷道。

「只因她而今眼下是我相府的奴婢。」裴琰看著戲臺，悠悠道。

燕霜喬轉過身，盯著江慈：「說吧，怎麼回事？」

江慈萬般無奈，想了半天，也只能順著裴琰的話解釋，遂垂頭道：「我……我欠了相爺的銀子，已經賣身到相府做奴婢了。」

裴琰一笑：「你這師妹倒不是賴帳之人。」

燕霜喬放開江慈，走至裴琰身前，輕聲道：「她欠你多少銀子？我來替她還。」

裴琰抬頭看了她一眼，覺她人如秋水，氣質淡定，心中將她與那人相貌比較了一番，微笑道：「她欠我的銀子嘛，倒也不多，不過四五千兩，在我相府中做奴婢做上一輩子，再生幾個小奴才，也就差不多了。」

燕霜喬眼前一黑。師父雖留了些田地和銀兩，足夠她們師姐妹二人衣食無憂，卻哪有四五千兩這麼多。她冷笑一聲道：「我師妹年幼無知，必有得罪相爺的地方，但想她一個年幼少女，無論如何也用不上四五千兩銀子，就怕她上了當受了騙，被人訛了也不知道。」

裴琰笑道：「我倒也沒有訛她，是她自己說要爲奴爲婢，來還欠我之債。」

燕霜喬轉頭看向江慈，江慈知她必不肯丟下自己離去，也知裴琰絕不會放自己離開，偏又不能說出實情，萬般愁苦露於面上。

燕霜喬只道裴琰所說是眞，心中煩亂不已，愣了半晌，走至裴琰身前盈盈行了一禮，柔聲道：「先前多有得罪，望相爺原諒。只是我師妹笨手笨腳，實在不會伺候人。還請相爺高抬貴手，放她離去，我們家產不多，但會變賣一切田產房屋，來還欠相爺的債。」

裴琰架起二郎腿悠悠地晃著，似陷入思忖之中，也不說話。

那邵繼宗猶豫片刻，走過來向裴琰施了一禮，裴琰忙將他扶起：「繼宗切莫如此，有話請說。」

邵繼宗看了燕霜喬片刻，面上微紅，開口道：「相爺，繼宗有個不情之請。」

裴琰看了看燕霜喬，又看了一眼邵繼宗，呵呵笑了起來：「繼宗，你知我素來有成人之美。你說吧，我一定幫你達成心願。」

邵繼宗更加扭捏，遲疑了許久方道：「相爺，這位小姑娘既是燕姑娘的師妹，她又年幼無知，繼宗願先代她償還欠於相爺的債務。還望相爺高抬貴手，放她一馬！」說著，恭敬地長揖行禮。

燕霜喬感激地望向邵繼宗，二人目光相觸，她頰邊也是一紅，移開視線，默然不語。

裴琰思索片刻，道：「好，看在繼宗的面子上，我就放這小丫頭一馬，銀子不銀子的，就不用還了。你把她帶走吧，我正嫌她笨手笨腳。」

「多謝相爺。」燕霜喬與邵繼宗同時喜上眉梢，行禮道。

江慈驚訝不已，有些摸不清頭腦，望著滿面春風的裴琰，不明他今夜行事何以如此奇怪。正張口結舌間，裴琰又道：「不過，她在我相府待了些時日，我有幾句話得囑咐她，你們先出去等著吧。」

待燕霜喬和邵繼宗出得門去，裴琰步到江慈身邊輕聲道：「你聽著，繼宗是我要拉攏的人，看在他面子上，今夜便讓你隨你師姐離去。我也會派人暗中守護你，不讓那人殺你滅口。但你別想逃走，該讓你認人的時候你得聽話，那解藥可只我一人才有。還有，你若不想連累你師姐，就管好你那張嘴，老實一些。」

江慈隨著燕霜喬和那邵繼宗回了邵府，總覺事情並非表面這麼簡單，可偏又想不出那大閘蟹究竟想幹什麼。難道，他眞是爲了拉攏示好於這邵公子麼？

回到邵府，燕霜喬和江慈互使個眼色，擺脫了那過分客氣、講究禮數的邵繼宗，回到燕霜喬居住的廂房。將門關上，燕霜喬登時揪住江慈耳朵，恨恨道：「死丫頭，到底怎麼回事？」

江慈痛得眼淚直流，欲待說出眞相，又想起裴琰臨去前威脅之言，抽泣半天，輕聲道：「是我貪玩，欠了相爺的銀子，只好以身抵債。」

燕霜喬心中一痛，細看江慈，見她頗有些憔悴，少了往日的圓潤嬌美，也知她吃了不少苦頭。又想她自幼受到師父寵愛，何曾懂得人世滄桑、世態炎涼，憐惜之情大盛，將江慈攬入懷中，又替她拭去淚水：「好了，別哭了，吃一塹，長一智，以後別再胡鬧便是。」

江慈依在她懷中，既感溫暖又覺無助，索性嚎啕大哭。哭得累極，又抽噎著問燕霜喬怎會來到京城，又如何認識了這位邵公子。

燕霜喬細細說來，江慈才知自己偷溜下山後，師姐大急，恰好師叔自外遊歷回來。二人遂合計一番，師叔向南，師姐向北，一路尋找於她。

燕霜喬記起江慈曾誇下海口要到京城繁華之地見識一番，她雖極不願回到這令母親魂傷心碎之地，仍是來到了京城。不料，甫入京城便被那邵繼宗撞傷，邵公子又十分眞誠地延請大夫替她診治，大夫言道她的腿數日內不能走動太多，無奈下她才住到這邵公子家中，還拜託他替她尋找於江慈。

這夜，邵公子邀她前往戲園看戲，她一時心癢，禁不住勸說，便隨他到了李子園，未料竟機緣巧合得與江慈相會。至於這位邵繼宗，燕霜喬聽聞他是兵部尚書邵子和的二公子，卻不愛武藝，好讀詩書，曾高中探花，現爲國子監博士，掌管全國士子與科考事宜，倒也是不可小覷的人物。

江慈聽了稍稍安心，看來那大閘蟹確是爲了拉攏這兵部尚書的公子、國子監的博士，才肯賣他面子，放自己隨師姐離開。只是，該如何哄得師姐於這京城待上一段時日，待自己想方設法拿到解藥後，再與她一同離去，著實令人頭疼。

她想了一陣，想不出萬全的方法，索性便不再想。加上先前哭得太累，又得與親人相會，心中安寧，不過一會兒，便依在燕霜喬懷中睡了過去。

翌日清早，燕霜喬便拖著江慈來到前廳。用過早飯，見邵繼宗面帶微笑地望著自己，面上微紅，猶豫良久，終步到他面前，斂衽行禮。

邵繼宗手足無措，又不好相扶，連聲道：「燕姑娘快莫如此，在下受之有愧。」

燕霜喬輕聲道：「邵公子大恩大德，我師姐妹實是無以爲報，唯有日夜誠心禱告，願邵公子前程富貴，一生康寧。只是我們離家已久，也不習慣待在這京城，須得儘早回去，特向公子辭行。」

江慈一驚，正要說話，邵繼宗已道：「燕姑娘太客氣了，繼宗實不敢當。只是……」

燕霜喬心中對他著實感激，柔聲道：「邵公子有話請說。」

邵繼宗站起身來，作了個揖：「繼宗不才，想請燕姑娘和江姑娘在我這府中多住上三日，讓我略盡地主之誼。三日過後，我再爲燕姑娘餞行。」

燕霜喬有些猶豫，邵繼宗又道：「昨日看來，燕姑娘和江姑娘都是愛看戲曲之人，可巧，京城最有名的戲班子，那攬月樓的素煙大家，今晚要上演新曲目，聽聞乃據真實事蹟改編，劇名爲《誤今生》。繼宗已訂了位子，不知燕姑娘可願賞繼宗這份薄面，一同前往聽戲？」

江慈大喜，她正想著要往攬月樓見見素煙，想辦法確定她與大閘蟹和沒臉貓的眞實關係，再讓她爲自己傳話。聽得邵繼宗這般說，忙湊到燕霜喬耳邊道：「師姐，素煙的戲曲唱得確實不錯，倒與你不相上下，我們就給邵公子面子，去聽聽吧。」

燕霜喬猶豫片刻，終輕輕點了點頭，邵繼宗與江慈同時一笑。

這夜的攬月樓，燈火輝煌，人流湧動。京城的公子哥們聽聞素煙編了一齣新戲，精彩絕倫，將於今夜首演，紛紛訂了攬月樓的位子。是夜，攬月樓的一樓大堂與二樓包廂，座無虛席。

江慈知今夜能前往攬月樓看戲，也知大閘蟹派人時刻盯著自己，便不急著出邵府，而與燕霜喬說了一日的話。待晚飯過後，三人登上馬車，往攬月樓而去。

三人步入攬月樓大堂，於一樓靠西的桌前坐定，自有夥計奉上香茗點心。燕霜喬細看臺上布景，想起含恨而逝的母親，心中淒然。

戌時三刻，琴音忽起，錚錚數聲，攬月樓內人聲頓歇，皆望向大堂正北面的戲臺。

「華月初上，燈光如流，簪花畫眉下西樓，攜卻小妹手，去往鬧市遊……」鑼點輕敲，琴聲歡悅。素煙花旦裝扮，鳳眼流波，自臺後碎步而出，輕輕拂開一年約十歲幼女的手，在一丫鬟的攙扶下，面帶歡笑，邁出了府門。

她踏出府門，似是看到街上盛況，滿面憧憬嚮往之色，蘭花指掠過鬢邊，將一閨閣小姐上街遊玩的興奮之情展露無遺，引起臺下一片叫好之聲。

江慈也隨眾人鼓掌，讚道：「師姐你看，我沒說錯吧，素煙的戲，唱得著實不錯。」等了片刻，不見師姐答話，江慈側頭望去，只見燕霜喬神情不安，緊盯著臺上的素煙。

江慈心中驚訝，伸出手來搖了搖燕霜喬的右臂：「師姐，你怎麼了？」

燕霜喬只呆呆地望著臺上的素煙，喃喃道：「眞像，實在是太像了！」

「像什麼啊？」

燕霜喬猛地轉過頭，望著江慈道：「小慈，你還記不記得我母親的相貌？」

江慈想了想，搖了搖頭：「柔姨去世的時候，我還小，眞是記不太清她的模樣了。」

燕霜喬將頭轉回舞台望著素煙，輕聲道：「也是，那時你還小，記不清了。可我這些年夢裡想著的都是母親，這個素煙，與母親長得太相像了。」

鑼音漸低，月琴音高。素煙提起裙裾歡快地步上一小橋，似是專心看著橋旁風光。一陣風吹來，將她手中絲帕高高吹起，向橋下掉落。鑼音忽烈，一武生翻騰而出，瀟然亮相，於橋下拾起那方絲帕，又躍至素煙面前，低腰作揖，將絲帕奉回於她。

素煙嬌羞低頭，取回絲帕，宛轉唱道：「看他眉目朗朗，看他英姿飛揚。因風相逢，因帕結緣，這心兒亂撞，可是前世姻緣，可是命中驕郎？」那武生身形挺俊，嗓音清亮：「看她柔媚堪憐，看她橫波盈盈。燈下相識，月下結因，這心兒跳動，可能蝶兒成雙，可否心願得償？」

這一段唱罷，眾人彷彿見到雙水橋頭，翩翩兒郎，嬌柔女子，因帕結緣，兩情相許，暗訂終生。

江慈看得高興，又拍了拍燕霜喬的手：「師姐，她唱得眞好。不過若是你來唱，也定是很好的。」她的手拍在燕霜喬的手上，只覺觸手冰涼，側頭一看，燕霜喬面色蒼白，緊咬下唇，滿面淒哀之色。

江慈正待說話，燕霜喬已望向另一側的邵繼宗，顫聲問道：「邵公子，這位素煙，多大年紀？」

邵繼宗想了一下，道：「嗯……素大姐好像有三十三四歲了吧，具體是乙丑年還是丙寅年的，我就記不太清了。」

燕霜喬深深吸了口氣，平定心神，又問道：「她的來歷，邵公子可曾知曉？」

「不很清楚，聽說也曾是大戶人家的小姐，只因家遭變故，入了教籍，充了官妓。後來遇到大赦，被葉樓主看中，收到這攬月樓……」邵繼宗還待再說，見燕霜喬面色不對勁，遂停住了話語。

此時戲臺之上風雲突變，邊塞傳急，小姐的父親乃邊關大將，武生欲出人頭地，投到未來岳父的帳下。這邊廂，小姐情思思意切切，花前月下，思念慈父與情郎，卻發現已是珠胎暗結；那邊廂，邊關烽火漸熾，金戈鐵馬，殺聲震天。

卻不料，那情郎臨陣叛變，將重要軍情洩露敵方。小姐之父慘敗，退兵數百里，雖僥倖活命，卻被朝廷問罪，一紙詔書，鎖拿進京。龍顏震怒，小姐之父被刺配千里，多年忠臣良將，不堪此恥，撞死在刑部大牢；小姐之母，聞夫自盡，一疋白綢，高懸橫梁，隨夫而去。

淒淒然琴聲哀絕。昔日的官家小姐牽著幼妹的手，剛將父母下土安葬，又在如狼似虎的官兵環伺下被收入教坊，充為官妓。

琴音如裂帛，笙音如哀鳴，鼓點低如嗚咽，琵琶漸轉悲憤。小姐在教坊畫舫中痛苦輾轉，生下腹中胎兒，幼妹守於一側，抱起初生女嬰，姐妹倆失聲痛哭。

攬月樓大堂內一片唏噓之聲，有人忍不住痛罵那負心郎，忘情負義，泯滅天良。

鼓聲更加低沉急促。那女嬰生下不足一歲，教坊管監嫌她礙事，令小姐不能專心唱戲，欲將女嬰擲入河中。小姐為救女兒，奮力投河，幼妹捨身相隨，卻被人救起。只是滾滾洪流，滔滔江波，再也不見了姐姐與甥女的身影。

幼妹伏在船頭，哀哀欲絕，童音悽愴入骨：「恨不能斬那負心之人，還我父母親姐，天若憐見，當開眼，佑我姐姐親人，得逃大難，得活人世之間！」幼妹尚哀聲連連，臺下低泣聲一片，卻聽得「咕咚」一聲，燕霜喬連人帶椅向後倒去。

江慈大驚，撲上去呼道：「師姐，你怎麼了？」

邵繼宗忙將燕霜喬扶起，掐住她的人中。燕霜喬悠悠醒轉，掙扎著站起，推開二人，緩步走向戲臺。堂中之人不由紛紛望向燕霜喬，只見燈影之下，她面色蒼白如紙，似在用盡全身力氣向前行走。

臺上，素煙見這年輕女子神情激動，緊盯著自己，莫名的一陣顫慄，望著那越來越近的面容，忍不住開口道：「這位姑娘，你是……」

江慈追上，扶住燕霜喬，連聲向素煙道歉：「素煙姐姐，真對不起，我師姐不是有意攪您的場……」

燕霜喬含淚一笑，低低問道：「敢問一句，您，可是燕書婉！」

素煙身形搖晃，向後退了數步，手撫額頭，良久方回過神來。猛然撲至臺下，緊握燕霜喬的雙肩，緩緩道：「你是何人？怎知我昔日閨名？」

燕霜喬淚水如斷線一般，慢慢拉開自己衣襟前領，從脖中拽出一根紅絲織就的條繩。條繩上空無一物，那紅絲望似年代久遠，透著些許暗黑色。

燕霜喬取下那根紅絲條，看著呆立的素煙，泣道：「當年我出生時，您和母親身無長物，您為求菩薩保佑於我，用教坊畫舫錦簾上的紅絲織成了這根條繩，掛於我的脖間。這麼多年，我一直繫著，不敢取下。」

素煙眼前一黑，二十多年前，教坊畫舫之中，至親的姐姐誕下孩兒，自己親手織就這條繩，將嬰兒抱在懷中，與姐姐失聲痛哭。那一幕，這麼多年來，她又何曾有一刻忘卻？

素煙顫抖著伸出手來，泣道：「你，你是……」

燕霜喬上前緊緊抱住素煙：「是，小姨，我是霜喬，是燕霜喬，是你的親甥女！」

素煙禁受不住這突如其來的衝擊，眼前一陣眩暈，軟軟向地上倒去。燕霜喬忙將她扶住，連聲喚道：「小姨！小姨！」

攬月樓中，堂內上百人被這一幕驚呆，神情各異，愣愣地看著素煙和燕霜喬。

江慈初始被這突如其來的一切驚至不能言語，記起曾隱約聽師姐提起她母親舊事，卻語焉不詳，也不知其中來龍去脈。但做夢也未料到，一直看著親切的素煙姐姐竟是師姐失散多年的小姨。眼見素煙與燕霜喬抱頭痛哭，她眼前也是一片模糊，雙足如同澆了鑄般挪不動分毫。忽一低頭，淚水跌落，恍然省覺過來，忙用袖拭了，上前扶住燕霜喬和素煙：「快別哭了，你們親人相聚，這可是天大的幸事，快莫哭了！」

素煙漸收悲聲，省覺終是在這大堂之內，遂緊緊攥住燕霜喬的手：「你隨我來！」也顧不上向堂中眾賓客致意，趕緊拉著燕霜喬朝後堂走去，江慈急急跟上。

待三人身影消失，堂內賓客才反應過來，一片嗡嗡議論之聲。

攬月樓外，月華淒冷，透過窗格灑在樓堂之內。樓閣一角，雕梁之上，一黑色身影飄然而下，如穿雲之燕，自窗格縱出，又攀上攬月樓的三樓。

素煙緊攥著燕霜喬的手，帶著二人上至三樓，將門關上，轉身抱住燕霜喬，放聲大哭。燕霜喬此刻已然冷靜了許多，只是低泣，輕拍著素煙的雙肩。江慈勸完這個又勸那個，好不容易才讓二人收住淚水。見素煙面上油彩讓淚水沖得五顏六色，江慈忙打了盆水過來，替素煙將妝容細細洗淨。燕霜喬看著眼前這張酷似母親的面容，無語哽噎。

素煙輕撫著燕霜喬的面容，喃喃道：「霜喬，霜喬，你可知，你這名字，是我所取？」「知道。」燕霜喬與她執手相望，「母親說過，您和她，希望我做一棵歷經風霜的喬木，而不是輕易委人的絲蘿。」

素煙的淚水再度如珠線般斷落：「姐姐她……」

燕霜喬略略偏頭，哽咽道：「母親在我十歲時，去世了。」

素煙胸口如撕裂般疼痛，二十年前失去親人的痛楚再度襲來，令她感覺自己如同浮在虛無的半空。

燕霜喬低低道：「當年，母親跳入河中，只來得及將我抱住，便被水流沖走，沖到十餘里外，被一漁人夫婦救起。母親一直奮力舉著我，我才倖免於難，她卻昏迷了十餘日才甦醒。她後來回到清風渡找您，才知有一夜教坊畫舫突發命案，一眾官妓逃的逃，散的散，還有的被充入別處教籍，而您不已知去向。」

素煙泣道：「是，我想隨你們而去，卻被畫舫上的人救起。過了幾天，畫舫上突發命案，我被官兵帶走，配至南安府的教坊，後又輾轉至玉間府、德州等地，直至五年前才回到這京城。」

燕霜喬扶住素煙顫抖的身軀，讓她靠著自己，續道：「母親怕被官府的人發現，在尋您多日未果的情況下，只好一路南下。走到陽州的鄧家寨，病倒在路邊，幸得師父相救，收留了我們母女。」說著，抬頭看了江慈一眼。

「母親病癒之後，將我託給師父，又數次下山尋找於您，數年內都沒有結果。她內心鬱鬱，又多年跋涉，終於在我十歲那年一病不起……」

素煙此時已沒有了力氣痛哭，只是靠在燕霜喬肩頭低低飲泣。

燕霜喬輕拍著她道：「母親去世前，叮囑我一定要找到小姨。為了便於日後和您相認，母親便將一切前塵往事告知於我，因而方才您唱的這齣《誤今生》，才讓我確認，您就是我的小姨。」素煙反手抱住她：「霜喬，好孩子，小姨能見到你，死也甘心了。」

燕霜喬淚水盈盈，聲音卻帶上了一絲悲憤：「小姨，母親雖告訴了我一切往事，卻始終沒有告訴我那人的名字。小姨，您告訴我，那個人究竟是誰？如今又在何處？」

素煙身軀一僵，燕霜喬將她輕輕推開一些，握其雙肩，直望著她：「小姨，您放心，我不是要認他做父親，我只想知道他究竟是誰？我想問他一句，為何要那般忘情負義，為何要讓我們家破人亡！」

樓外，夜空幽深，雲層漸厚，遮住了漫天月華。一道黑色身影攀於窗櫺上，如同被定住一般緊緊望著屋內之人，不願挪動分毫。

十二　心機似海

素煙心中千迴百轉，不知應否告訴霜喬那人究竟是誰。江慈卻已冷靜下來，將素煙所演戲曲，和先前在長風山莊諸事聯繫起來，「啊」的一聲驚呼，拍手道：「我知道那人是誰！他是……」

素煙望了江慈一眼，江慈省覺，連忙住口。

素煙知終不能瞞過，長歎一聲，輕聲道：「那人，現爲桓國一品堂堂主，人稱秋水劍易寒！」

燕霜喬一路北上尋找江慈，與江湖中人多有接觸，也曾聽過易寒的名字，不由低呼一聲，未料自己生身父親便是那名滿天下的秋水劍。心情複雜間，聽素煙續道：「五年前我回到京城後，也曾買過殺手去桓國刺殺於他，均未能成功，反倒讓他知道了我的存在。不過，他也一直未來找我，也未對我下狠手。兩個月前，我還在南安府見過他一面，不過，之後他便失蹤了。」

燕霜喬感到素煙緊握著自己的手正隱隱顫抖，心中難過，抱住她道：「小姨，您放心，我不會認他的，我只是有些話要問他，問過之後，便絕不會再見他。」

素煙略略放心，激動的情緒至此才得以慢慢平定。忽想起一事，忙問道：「對了，你怎麼會到這京城來的？又怎麼和小慈……」燕霜喬拉著江慈的手，道：「她是我的師妹，偷跑下山，我是來找她的。倒也幸虧她這般淘氣，我才能與您相會。」

江慈平靜下來後，便想及自己掛念於心的那件事。可是，要想讓素煙傳話給衛昭，非得再試探她一下不可。她心念急轉，面上笑道：「我是福星，由此才能讓師姐和素煙姐姐相認。再說了，素煙姐姐心地善良，人又長得美，當然有這個福氣，說不定，素煙姐姐將來還是裴相夫人或者衛指揮使夫人呢！」素煙忙道：「小慈切莫胡說，這話可不能讓別人聽見了。我與裴相只是泛泛之交，也就是唱戲者和聽戲者的關係而已。」

江慈笑道：「那三郎呢？那夜，我可是聽畫兒她們說，您傾慕之人是三郎啊。」素煙哭笑不得，但她也知小慈天眞爛漫，又見燕霜喬關切地望著自己，只好自嘲似地笑道：「小慈，三郎又豈是我能癡心妄想的，我雖與他關係不錯，但……」

正說話間，房門被輕輕敲響。

寶兒進來，輕聲道：「大姐，靜王派人下帖子，讓您即刻過王府。」

素煙眉頭一皺：「他這個時候叫我過去做甚？」

「聽王府的人說，靜王爺爲秦妃娘娘祝賀生辰，讓您過王府。靜王爺親自譜了一首曲子送給秦妃娘娘，想讓大姐您去試唱一下。」

素煙有些猶豫，寶兒又道：「樓主說了，讓大姐還是馬上過去一趟，王爺和娘娘都在等著，咱們可得罪不起。」素煙望向燕霜喬，燕霜喬忙道：「小姨，您先去忙，我們既已相會，來日方長，不急在這一時片刻。」

素煙點了點頭，欲留燕霜喬在這攬月樓等候自己，又想起那人的手段，終究放不下心，遂問道：「你眼下住在哪裡？」

「住在一個朋友家中，他古道熱腸，幫了我很大的忙。府第就在內城北二街杏子巷，邵府。」燕霜喬想起邵繼宗，有些羞澀，終沒有說出他的名字。

「嗯，霜喬，你先回去歇著，我明早過去看你。」

三人剛邁出房門，江慈上前攀住素煙的手臂，笑道：「素煙姐姐，我想求您一事。」素煙忙道：「小慈，什麼事？我能幫你的一定幫。」

江慈扭捏了半天，將素煙拉到一邊，湊到她耳邊輕聲道：「素煙姐姐，您能不能替我帶一句話給三郎？」素煙一驚，江慈裝出一副嬌憨害羞模樣：「我……我自見到他一面後，心裡便無時無刻不在想他。您就告訴他，說我這小姑娘十分仰慕於他，只盼能再見他一面，若是他不答應，我便只有死在他面前。」素煙更是驚訝，欲待說話，江慈已紅著臉跑了開去。

三人自攬月樓出來，已是戲終人散，攬月樓前一片寂靜。

望著素煙乘坐的軟轎遠去，燕霜喬和江慈在湖邊慢慢地走著，心中百感交集，卻說不出一句話。

江慈明她心意，只是輕輕拉住她的手，燕霜喬覺她手心溫熱，心中一暖，側過頭朝她笑了一笑。江慈開心不已，笑道：「師姐，你別難過了，這麼大的喜事，你應該高興才是。」

燕霜喬點了點頭：「是，母親要是知道我與小姨相認，不知該有多高興，只可惜，她……」江慈見她就要掉下淚水，忙取出絲帕替她拭去，又將她抱住，輕聲哄著。

燕霜喬聽她像哄小孩子一般，哭笑不得，將她推開。

江慈涎著臉笑道：「師姐，你要怎麼感謝我？」燕霜喬橫了她一眼：「我為什麼要感謝你？」

「要不是我偷跑下山，你尋到這京城，又怎會與素煙姐姐相認，怎能親人重逢？」

燕霜喬伸手揪她：「你還好意思說，讓我白擔了這幾個月的心。還有，你叫我小姨什麼？姐姐是你能叫的麼？」江慈大笑著閃開，沿著湖邊和燕霜喬笑鬧：「我可是早就叫她姐姐的，這輩分可怎麼算！」

二人正笑鬧間，邵繼宗氣喘吁吁地趕了上來：「燕姑娘，江姑娘，我等候你們多時了！」

燕霜喬立住腳步，邵繼宗笑道：「時候不早了，早些回去歇著吧。」

燕霜喬見他並不問方才究竟發生何事，覺此人善解人意，心中更是感激。低低應了聲，拉過江慈，三人一路回了邵府。

亥時，夜寒風冷，月光卻更盛，映照得邵府的琉璃瓦瑟瑟閃亮。

燕霜喬心緒難定，輾轉反側，不能入睡。聽到身旁江慈的規律呼吸聲，側頭見她睡得正香，頰邊兩團紅暈，似嬌豔的海棠花般動人，不由輕輕撫上她的額頭，低低道：「小慈，真希望你永遠不要長大，不要看盡這人世間的悲歡離合才好。我明天會勸小姨，讓她和我們一起回鄧家寨，我們再也不要出來了。」

她聲音漸轉酸楚，卻聽到紗窗上傳來極輕的剝啄聲響。心中一驚，披衣下床，推開窗戶，只見月光下，一黑影靜靜地望著自己。

燕霜喬愣了一瞬，清醒過來，見這黑衣人望著自己的目光溫柔中略帶哀傷，並無敵意，便也不急著喚人，只輕聲道：「你是何人？」

那人取下頭上黑巾，就著皓月清輝和屋內燭光，燕霜喬將那清俊冷淡的眉目看得清楚，一種難言的感覺襲上心頭，片刻後恍然大悟，冷冷一笑：「人說女兒相貌隨父親，倒是不假。我倒恨自己，為何會有幾分與你相似！」易寒踏前一步，燕霜喬冷聲道：「有話到外面說，別驚醒了我師妹！」

易寒也不說話，忽然伸手點住燕霜喬穴道，抱起她躍上屋頂，一路踏簷過脊。不多時，在一處荒園中落下。他將燕霜喬放下，解開她的穴道。看了她良久，慢慢伸出手來，燕霜喬卻退後兩步：「不要碰我！」

易寒輕歎一聲，柔聲道：「你叫霜喬？」燕霜喬只是冷冷地看著他，並不言語。

易寒心中一痛，又問道：「你母親，葬在何處？」燕霜喬想起含恨而逝的母親，冷笑道：「你還有何顏面前去見她？」

易寒微微退了一小步，愴然道：「是，我愧對於她，確無顏面再去見她。只是，孩子，你……」燕霜喬側過臉去，不欲看到他痛苦的面容：「我不是你的孩子，我姓燕，母親也從未告訴過我，我的生身父親是誰。」

易寒默然良久，想起二十多年前的往事，覺人生光陰就如嫋嫋青煙，雖瞬間飄散，那煙痕卻始終繚繞於胸，未曾有片刻淡去。

他自嘲似地笑了笑，望向燕霜喬：「你說有話想問我，是什麼？」燕霜喬猛然轉頭：「我想問你，當年為何要累我外公外婆慘死，為何要害我母親家破人亡，為何要毀掉我小姨的一生！你身為華朝子民，為何要通敵賣國，為何要叛投桓國！」

易寒身形微晃，痛苦地閉上雙眼，良久方睜開眼，緩緩道：「你們皆指我通敵賣國，只是你們可知，我，本就是桓國人！」燕霜喬一驚，愣愣道：「你是桓國人！」

「是，孩子，你也是桓國人。我們身上流著的，是桓國高門望族的血。」易寒負手望向朗朗夜空，「我出身桓國武將世家，卻是外室所生，一直被家族排斥在外。為出人頭地，也為了報國效忠，十歲的時候，我答應了我父親一件事情。」

燕霜喬顫聲道：「什麼事情？」

「我答應你的祖父，以孤兒身分投入華朝蒼山門下，然後再以蒼山弟子身分投入華朝軍中，並於最關鍵的一役將軍情送回給我父親，讓他大獲全勝。」

易寒的聲音像一把利劍戳於燕霜喬的心頭，她不敢相信這個殘酷的事實。良久方搖頭道：「由此你泯滅良心，騙我母親，騙了外公，做出這等忘情負義的事情來？」

易寒低下頭去，長歎一聲：「我與你母親確是兩情相悅，我也時刻猶豫著該不該告訴她眞相。而戰事來得過快，我又不知她懷有身孕，待上到戰場，我父親派出暗使前來找我，我已然身不由己。只是累得你外公慘死，卻並非我之本意，我要盡忠盡孝，便只有負了你的母親。這二十多年來，我心中也未有一刻安寧。那日，得你小姨告知，你母親生下了你，我便一直在尋你們母女，今日能見你一面，實是……」

燕霜喬淚水洶湧而出，卻不願再多看面前之人一眼，轉身就走，易寒急急追上。

燕霜喬厲聲道：「我話已問完，你要說的也說了，今生今世，我不想再見到你！」易寒長歎一聲，伸手點住燕霜喬穴道，仍舊抱著她回到邵府，將她放於椅中。慢慢伸出手來，撫上她的頭，覺手下青絲如綢緞般順滑，彷彿連著二人的血脈，但那眉眼中透出的卻是痛恨與憎厭。

他心中劇痛，終低聲道：「你小姨身分複雜，你還是莫與她來往太多。帶上你師妹，早些回去吧，這京城，不是你該待的地方。」燕霜喬扭過頭去，易寒再看了她一陣，終拂開她的穴道，身形輕捷如電，消失在茫茫夜色之中。

燕霜喬呆呆坐於椅中，良久，淚水滾落，滴於裙袂之上，片刻後便洇濕一大片，宛如一朵盛開的墨菊。

易寒心潮激蕩難平，強自鎮定，在黑夜中疾速而行，隱入郭城西面一處宅子，良久地坐於院中，直至秋夜的寒霜慢慢爬上雙足，才長歎一聲，入屋安歇。

睡至寅時，他便醒轉，想起心事已了，任務已完成，也知女兒絕不會隨自己回桓國，這京城不可久待，須趁夜離開。遂換上黑色夜行衣，握起長劍，如貍貓般躍出宅子，於城中似鬼魅般穿行，不多時便到了城西的雙水橋。

此時尚未破曉，四周仍是一片黑暗，他在雙水橋頭佇立良久，終狠下心來，抹去一切往事，抬步下橋。剛邁出數步，他心中警覺，面色凝肅，長劍橫於胸前，望向黑暗之中步出的數人，雙眼一瞇，卻不說話。

裴琰負手而出，笑得如沐春風：「易堂主，我們又見面了！」

易寒心知中計，手中寒若秋水的長劍凜冽一閃，氣勢如雷。裴琰覺一股寒意迎面撲來，揉身輕縱，劍鋒自身側飛起，叮叮聲響，二人瞬息間已過了數招。

易寒一上來就是搏命招數，爲的是要與裴琰糾鬥成旁人無法插手的局勢，方不會被群起圍攻。裴琰知曉他心思，步步後退，試圖拉開與易寒的距離。易寒卻是圍著裴琰遊走，上百招下來，二人鬥得難分難解。

安澄等人圍於一側，深知插不上手。他久隨裴琰，處事老到，便分散各長風衛守住雙水橋四周，防那易寒脫逃。

易寒劍招突變，震起一片寒光，似幽蓮綻放於靜夜，又如石子投湖濺起圈圈漣漪。裴琰接招接得十分吃力，這柔和的劍氣綿延不絕，竟纏得他身形些微搖晃。

易寒知機不可失，一聲暴喝，身形拔起，踏上橋邊垂柳，借力一升，於空中連踏數步，躍至對岸。對岸尚有幾名長風衛把守，他劍氣自空中劈下，如閃電般震得這些人踉蹌後退。遂掠上屋頂，疾奔入黑暗之中。裴琰怒哼一聲緊跟其後，安澄等人卻被遠遠抛下。

易寒見只有裴琰一人跟上，心中略安，他知二人武功不相上下，兩個月前自己在長風山莊敗於他手，只因心神遭遇擾亂，並非技不如人。只要能擺脫長風衛的圍攻，與裴琰一人對敵，他並不懼怕。只是如何擺脫裴琰跟蹤，卻是棘手。

紛亂的號聲震破夜空，易寒知是安澄等人正調集人馬封鎖各處。他心中暗恨，卻仍保持高度鎮定，細心辨認各處人馬往來調動的聲音，身形在城中如一縷輕煙東飄西晃，不多久，便到了西南角城牆邊。裴琰怒喝一聲，長劍擲向欲縱身出城的易寒。易寒右足在城牆上一點，拔高丈許，長劍橫於背後，「叮」聲過後，裴琰擲來的長劍掉落於地。

易寒向上急攀，裴琰疾速追上。易寒見他兵刃已失，遂放下心來，躍出城牆，向郊外奔去，聽得裴琰仍在追趕，笑道：「裴相，改日我再到您相府做客！」裴琰也不說話，自腰間掏出數把匕首，不停擲出，易寒左躲右閃。不多時，二人一逃一追，奔入一片墳地之中。

裴琰忽然長喝：「易堂主，你就不顧你女兒性命了麼！」

易寒一驚，腳步頓住，緩緩轉過身來，目光如冰，冷冷看著追上前來的裴琰。

二人靜然對望，裴琰一笑：「易堂主，裴某只是想請你過府一敘，你何苦這般躲避！」

易寒冷冷笑道：「敢問裴相，你一人可能將我留下？」

裴琰搖頭道：「不能。」

「那就是了，今日我是一定要走的。至於我女兒，她若有絲毫損傷，裴相家大業大，親人也多，我日後一一拿來祭奠我女兒也是不遲。」易寒沉著臉道。

裴琰嘖嘖搖了搖頭：「看來易堂主的確是心狠之人，無怪當年拋棄燕小姐，害死燕將軍及夫人，又害了素大姐終身。」

夜風甚急，吹得林中樹葉簌簌作響。易寒沉默片刻，道：「裴相，你今日已不可能將我留下，我還是那句話，你若傷我女兒，我定要你全部親人性命相償！」說著，劍光一閃，劈下一截樹枝。

裴琰笑道：「易堂主，我也並非一定要取你性命，也不是要將你繩之以法，只是有個問題想問問你。」

易寒迎上裴琰目光：「裴相請問。」

「我想問問易堂主，金右郎金大人如今身在何處？」裴琰閒閒道。

易寒一愣，復又大笑：「裴相倒是聰明人，不過你可問得太晚了，眼下我也不知這金大人身在何處。」

裴琰輕哼一聲：「你們這招倒是毒辣得很，看來你家二皇子是絕不願貴國與我朝簽訂盟約，而想挑起戰事以重掌兵權。」

易寒見只裴琰一人跟蹤而來，也不懼怕，微笑道：「盟約若成，我家王爺便要交出兵權，他自不待見此情狀，便命我一把火燒了使臣館。只是累了裴相，倒是對不住裴相大人了。」

裴琰似是極爲惱怒，面色陰沉。

易寒見他身形立如青松，知他正意圖封鎖自己從各個方向逃逸。遂心念急轉，欲分散裴琰注意力，好趁機逸去，悠悠道：「我這事做得十分隱祕，不知裴相如何得知一切乃我所爲？」

裴琰冷冷道：「當今世上，要從使臣館內將一個大活人劫出，躍上數丈高的屋頂，翻牆過到衛城大街，還要避過使臣團、禁衛軍和光明司的耳目，這份功力便只有我、易堂主，和那蕭無瑕蕭教主方有。」

「裴相又何以認定是我易寒所爲，而非蕭教主所爲？他可也是一心想破壞這份盟約。」

裴琰面色漸轉平靜：「人是你劫的，火卻不是你放的。我詳細調閱了所有筆錄，發現自火起及至有人趕來救火，時間極爲短暫，且還有禁衛軍和司衛們巡防其間。你急著將金右郎大人帶走，自不可能放火，那麼便只有一個可能，就是使臣團內部有人與你配合，你方把人劫走，他便放了這一把火。在此之前，使臣團的人已飲下摻有迷藥的酒水，這也只可能是內部之人作案。蕭教主要支使這麼多桓國人替他辦事似乎不太可能，因此我便想到是易堂主大駕光臨，而你也確有這份動機。」

易寒哈哈一笑：「裴相果然聰明，易某佩服。於是你設下計策，引我出來，想逮我歸案！」

「不錯，有關年輕女子打探當年燕將軍後人一事，是我命人在京城及四周散播出去的。我知道你聽此傳言後，定會來京城一探究竟，想知道這名年輕女子究竟是不是你親生女兒。」

「那裴相又是如何找到我女兒的？」

「這可就是機緣湊巧了。我本也沒想到你女兒會於此時出現，我與素大姐說定，替她父親燕將軍翻案，要她根據眞實事蹟排演一齣戲曲，於百姓之中製造同情聲勢，再上書聖上，替燕將軍洗刷罪名。我知道你一定會去找素大姐，也知道她這齣戲你是非看不可。本欲找名年輕女子假扮你女兒，當堂認親，引你出現。不料，你親生女兒竟就在此時出現京城，倒省了我一番力氣。這是她自己送上門的，可怪不得我。」裴琰微笑道。

易寒仰面而笑，聲震山野，笑罷，臉一寒：「裴相，你果然行事狠辣，手段高超。只是，你縱知道這一切是我易寒所爲，又有何用？你今日既不能將我留下，更無從找到金右郎大人，又當如何洗刷你朝意圖破壞兩國盟約之罪名！」

裴琰一笑，意態悠閒，月色當空，易寒將他面上笑容看得清楚，那笑容竟似看著獵物在網中掙扎，極爲得意。易寒心呼不妙，又不知問題出在何處，正思忖間，裴琰猛擊雙掌，不遠處一座石墓軋軋作響，墓碑緩緩移動，火光漸盛，十餘人點燃火把自墓中走出。

易寒心一沉，見那十餘人中，桓國副使雷淵正陰沉著臉望向自己，方知又中了裴琰之計，暗恨不已。

裴琰面上笑得更是優雅，緩步走到那十餘人面前，依次介紹：「這位是雷副使，易堂主自是老相識，無需我再介紹。」說著，便解開雷淵的啞穴。

裴琰又道：「這位，是西茲國駐我華朝使臣，阿利斯大人；這位，是烏琉國駐我朝使臣越大人；這位，是韃靼使者鐵大人。」一一解開各人穴道，抱拳道：「爲防易堂主聽出各位聲息，這才多有得罪。只是，此事也關係到各國會否受戰火波及，才出此權宜之計，尙請各位使臣大人見諒，望諸位能爲我朝作個明證。」

三位使臣忙道：「裴相太客氣了，眞相大白於天下，我等定會據實作證。」

裴琰步到雷淵身前，微笑道：「雷副使，不知您還有何疑問？」

雷淵望向易寒，冷聲道：「易堂主沒將我燒死，還留了我一命，我倒是要萬分感激堂主。」易寒知事跡敗露，前功盡棄，卻也不甘被裴琰拿住，便力貫劍尖，盯著裴琰，只待他稍有鬆懈，突圍而出。

裴琰笑道：「我知道易堂主必然很不甘心，也心有疑惑，爲何我會算計易堂主定會逃至此處，而事先於此安排好一切？」

易寒卻已想通，冷冷道：「裴相水晶心肝，剔透玲瓏，無論是雙水橋畔，還是城中圍堵，路線都是算計過的，包括先前投擲匕首，爲的就是將我逼到此處。」

裴琰大笑：「正是，易堂主想得透徹。我不妨再告訴易堂主，我早算到這城中必有我朝之人和你接應，而且爲你劫人作案提供幫助。前幾日，京城之內嚴厲搜查各客棧，也是我命人所爲。唯有如此，方能逼你與其人聯繫，住到他爲你安排的宅子之中。你先前歇息的那兩個多時辰，我已將那宅院的來歷，屋主是誰，順藤摸瓜查得清清楚楚，只怕此時，我的手下已將此人拿住，逼問出了金右郎大人下落。」

易寒只覺嗖嗖涼氣自腳底湧上心頭，眼前這位華朝左相，年紀甚輕，卻手段凌辣，精明嚴密，心機似海，將自己似貓捉耗子般玩弄，著實令人不寒而慄。正思忖間，聽得腳步聲紛響，數十人自山腳奔來，火光大盛，易寒看清其中一人，面色大變。

火光下，燕霜喬鬢髮微亂，氣息微喘，被數名長風衛押著，眸中隱有淚花，望向易寒。

易寒心尖一疼，卻已將面前這位裴相看得通透，深知即使自己束手就擒，他也絕不會放過自己父女。念及此，厲聲喝道：「裴琰，你若有膽動我女兒，我要你的親人十倍以償！」

他牙咬舌尖，噴出一口鮮血，劍如蛟龍，劍光竟比先前盛了幾分。裴琰面色微變，手中忽閃一道寒光，短刃蕩起疾風，轟然一陣巨響，場邊諸人搖搖而晃，掩耳而避。只聽得易寒一聲大喝，猶如奔雷，再睜開眼，場中已不見了他身影，而裴琰面色蒼白，立於原地，單手撫胸，唇邊溢出一縷鮮血。

見長風衛欲待追去，裴琰喝道：「不用追了！」

紛擾既定，長風衛們自去安排各國使臣回到城中，裴琰則帶數人押著燕霜喬回到杏子巷的「邵府」。

望著床上被迷香迷暈過去的江慈，裴琰靜默片刻，轉向燕霜喬道：「你這師妹於我還有些用處，你若不想傷害她及你的小姨，就只有聽我安排。」

燕霜喬自寅時被「邵公子」喚出屋外，眼見江慈於睡夢之中被迷香迷暈，自己又被長風衛制住押出邵府，再見裴琰圍追易寒，恍然省悟，知道一切都在這裴相算計之中。

她望向床上酣睡的江慈，目光漸轉柔和，終低歎道：「我自會聽你命令行事。只是我很好奇，你是如何安排下這一切？」

裴琰目光自江慈身上挪開，淡淡道：「打從你到你外祖父墳前祭拜，便被我的人給盯上。後來，你入城四處打聽江慈的消息，手下回報，我便讓『明飛』假扮邵二公子撞傷於你，將你暗控起來。」

「你由此猜到了，我是易寒的女兒？」燕霜喬想起這幾日與那「邵繼宗」的相處，心中隱隱作痛。

「我也只是懷疑。我手底下人曾聽江慈自言自語，說她要回鄧家寨。再加上，自明飛試探出你是江慈的師姐後，我便飛鴿傳書派人在全國尋找鄧家寨，於陽州找到了認識江慈和你的鄧家寨人，也找到了你母親的墳墓。據墓上所刻姓名燕書柔，我便確定了你是易寒的女兒。」

「由此你故意帶小慈去聽戲，讓我們相會，只爲最終確認我是她的師姐，也就是燕書柔的女兒。然後，再想法子讓人帶我們去攬月樓聽戲，將易寒引出？」

「是。」裴琰笑道：「你是聰明人，也不用我多說。要你做甚，我一時半刻還沒想妥，但自會爲你安排一個好去處。」

燕霜喬苦笑一聲，裴琰續微笑道：「你若不想你師妹有何閃失，勞煩你寫封書信，讓她能安心留在我相府，好生住下。」

望著長風衛將燕霜喬押走，裴琰緩緩於床邊坐下。他凝望著江慈略帶潮紅的面頰、恬靜的睡容，手撫胸口，咳嗽數聲，輕輕替她將滑下的被子蓋好，大步出了房門。

此時天已破曉，裴琰立於院中，感覺胸口仍隱隱作痛，遂深深呼吸，運氣將內傷壓下。

腳步聲響，安澄奔了進來：「相爺，找到金右郎了！」

「說。」

「一路追查，那處宅子的主人是瑞豐行的東家薛遙。屬下帶人趕到薛家，薛遙服毒自盡，搶救不及，只在薛家別院密室找到了金大人。」

裴琰眉頭微皺：「將薛遙及瑞豐行的一切，給我查個清清楚楚。還有，金右郎可平安？」

「似是有些神智不清，但並無內外傷，估計是驚嚇過度，已請了大夫過去診治。」

裴琰點了點頭：「這薛遙背後的人到底是誰，咱們可得好好查一查。」

「相爺懷疑是哪邊的人馬？」

「難說。太子和莊王的人再膽大，也不敢去和桓國人勾結，萬一坐實了，這可是謀逆賣國的大罪。可易寒又為何一定要劫出金右郎交給薛遙？而這薛遙背後的人又是誰？我很有興趣知道。」

薛府別院廂房內，金右郎驚魂甫定。

裴琰進來，微笑上前說道：「金大人，讓您受驚，實是裴某之過。」又道：「金大人吃了這十日的苦，裴某也擔了十日的心，當真是寢食難安。幸將金大人救了出來，真是蒼天垂憐，令兩國百姓免於戰火之災。」

金右郎忙道：「多謝裴相！只是，不知究竟何人將金某劫至此處？」

裴琰歎了一聲：「說來話長，待金大人見到雷副使後，自會明白一切。」他在金右郎身旁坐定，銳利目光望得金右郎有些精神恍惚，「金大人，敢問一句，您被劫至此處後，可有什麼人來看過您？」

金右郎茫然點頭：「是有個蒙面人，來看過我數次。」

「他和您，都說了些什麼？」

金右郎似有些困惑不解，欲待不說，可又被裴琰的氣勢壓得心神漸崩，只得一五一十道來：「他問了一些我國宮廷舊事。問我，是否知曉十多年前那月落族送至我國的一名歌姬下落，還問當年我威平王被月落族變童刺殺前後的詳細經過。」

裴琰沉吟道：「金大人對這方面的事情，很熟知麼？」

「不瞞裴相，在下曾任我國內廷執筆處總管，我國宮廷史實皆由我經手記錄成冊，收入於室。」

裴琰微微點頭，扶起金右郎：「既然金大人無恙，就請隨我去面聖，以安眾心。兩國的盟約，也到了該簽訂的時候。」

兩國盟約簽訂得極爲順利。

裴琰查出縱火案劫人眞凶，雖未抓到易寒，卻證實了一切係他所爲，且又救出了金右郎。桓國人有苦自知，深明此事不宜聲張，畢竟牽涉自家複雜的宮廷鬥爭。至於回國後，當欲治那易寒的罪，藉以打擊二皇子一系，可奈何證據又不在己方手中，亦只能打落牙齒往肚裡吞。

而華朝爲求順利簽訂盟約，亦未就此事窮追猛打。雙方心照不宣，一致認定使臣館失火一案，乃馬夫不慎打翻馬槽油燈，引起大火，金右郎大人則於逃脫時不愼跌落河中，被人救起，十餘日後才甦醒歸來云云。

至於得曉眞相、站出作證的那三國使臣，裴琰早命禮部送上厚厚重禮。這些小國使臣，早因久慕華國繁華富庶，才願作使臣不遠萬里前來。如今，果因此事發了一筆橫財，自是悶聲收大禮，將眞相爛在肚中。

人已找到，眞相大白，這盟約便於當日上午順利簽訂。

皇帝極爲高興，待桓國使臣退去，狠狠誇讚了裴琰幾句。太子滿面春風，過來把著裴琰的手大爲誇獎。莊王初始有些不豫，隨即又想轉來，這朝堂之內一片讚頌之聲，就連素日持重的清流一派也多所讚譽之辭。

裴琰惶恐不已，連聲謙遜，直至皇帝下令退朝，諸臣才紛紛散去。

裴琰與靜王並肩出了乾清門，靜王笑道：「少君，今夜我在府中備酒，爲你慶賀。」

裴琰忙道：「王爺，今夜不行，我受了點內傷，不宜飲酒。且眼下也不宜慶賀，回頭我再與王爺細說。」

二人正說話間，衛昭素袍廣袖，飄然而來，向裴琰笑道：「恭賀少君，得破疑案，少君眞不愧爲朝中柱石，國之良臣。」

裴琰一笑：「三郎過譽，裴琰愧不敢當。」

衛昭斜睨了靜王一眼，也不行禮，當即步入乾清門。

靜王盯著他高眺俊逸的背影，輕聲道：「他和二哥必定極不服氣，怕只怕，他又受二哥指使，到父皇面前搬弄是非。」

裴琰微笑道：「這也是免不了的事。」

十三　一箭三鵰

江慈悠悠醒轉，眼見日頭高照，忙跳下床，卻不見了燕霜喬的身影。

她著好衣衫，嘴裡嘟囔道：「師姐也不叫醒我，害我又睡過頭。」推門而出，見那邵繼宗坐於院中，忙笑道：「邵公子，早！」邵繼宗忍俊不禁，指了指日頭：「確實還早，倒未日落西山。」

江慈有些不好意思，左右看了看：「我師姐呢？」邵繼宗步了過來，自懷中掏出一封書信，遞給江慈：「燕姑娘一大早被素大姐找去，似因她父親的事須得前往桓國一趟，事態緊急，不及向你辭行，便讓我將這封書信轉交於你。」

江慈拆開書信細閱，知師姐前去尋找易寒，心中有些失落，卻又有些暗暗慶幸——師姐終不受自己牽累，離開了京城，也終不會知曉自己中毒一事。只道，萬一自己毒發身亡，就會少一個傷心之人了。

江慈正胡思亂想間，邵繼宗又道：「江姑娘，相爺得知燕姑娘離去，已派人來接江姑娘回相府，人正在府外等著。」江慈萬般無奈，也知逃不出大閘蟹的手掌心，只得無精打采地隨長風衛回了相府。

此刻已是午時，她未進早飯，有些肚餓，回到西園不見崔亮，便草草弄了些飯菜。正待端起碗筷，裴琰步了進來。裴琰自昨夜忙至此時，既要跟蹤易寒，又要安排人手布控，還與易寒激鬥，上午又壓下內傷撐著上了朝堂。他有些肚餓，也覺有些疲勞。進屋後，也不多話，奪過江慈手中碗筷便吃。江慈橫了他一眼，只得再到廚房盛了碗飯過來。待她進到廂房，桌上本就不多的菜肴已所剩無幾。

這段時日以來，她被裴琰欺壓得著實厲害，本就憋了一肚子怨恨，而兩種毒藥同時在體內糾纏，更令她有如時刻被大石壓著。昨夜，親見師姐與素煙的悲歡離合，心中傷感。這一日，身體又有些不適，小腹冷痛……怨忿、憐傷、悲痛種種情緒夾在一處，又被裴琰這舉動一激，猛然迸發。

她將手中飯碗往桌上狠狠一頓，裴琰抬頭斜睨了她一眼，也不理她。江慈再也控制不住，猛然伸手將桌上碗筷統統掃落於地，「咯噹」聲響，滿地瓷片。

裴琰愣住，見江慈眸中含淚，狠狠盯著自己，又胸口劇烈起伏，似是氣憤到了極點，不由笑道：「誰惹你了？生這麼大氣。」江慈實在很想朝他那張可惡的笑臉狠狠揍上幾拳，可也知太異想天開，只得「啊」的大叫一聲，衝入房中，用力將門關上。倚住門框，緩緩坐落於地，痛哭失聲。

痛哭中，隱約聽見房門被敲響，她抱頭大叫：「死大閘蟹，沒臉貓，你們統統不是好人，都要遭報應的！」屋外敲門聲頓住，腳步聲遠去，江慈索性放聲大哭，雙眼哭得紅腫，又累又餓，倚在門邊睡了過去。院落中，裴琰立於窗下，透過紗窗靜靜看著江慈痛哭，輕輕搖了搖頭。江慈睡去，他拉開窗戶，輕巧地翻入房中，俯身將她抱了起來。看著她滿面淚痕，輕笑一聲，將她抱至床上，又替她蓋好被子，在床邊靜坐片刻，方出門而去。

江慈睡不到半個時辰便又醒轉，只覺雙眼腫得厲害，腹部疼痛卻有些減輕。她呆呆坐於床邊片刻，還是覺得肚餓，只得掙扎著下床。拉開房門，一股香氣飄入鼻中，轉頭望去，只見桌上擺了一桌極豐盛的菜肴。也顧不上細想，衝到桌邊，埋頭將肚子塡飽。

吃得心滿意足，心情慢慢好轉，也知這飯菜定是大閘蟹吩咐下人辦來的。江慈步出房門，見裴琰正躺於院中竹椅，曬著秋陽，面上蓋著一書卷。她脾氣發過就算，又想起還得求這人解毒，好漢不吃眼前虧，性命要緊。遂慢慢走到裴琰身前，卻又不知如何開口，只愣愣地站著。

裴琰移開蓋於臉上的書卷，看了江慈一眼，悠悠道：「吃飽了？」江慈輕哼一聲。

裴琰一笑：「既然吃飽了，就有力氣幹活。來，給我捶捶腿。」江慈猶豫片刻，甜甜一笑：「好。」搬過小板凳，坐於裴琰身旁，替他輕輕捶著雙腿。

這天風和日麗，午後秋陽曬得裴琰舒坦不已。他一夜未睡，且受了些輕傷，此時計策成功，盟約得成，放下心頭大事，又吃飽喝足，還有江慈替他輕捶雙腿，便逐漸放鬆下來，心中安定，沉沉睡了一覺。醒來，竟已是日暮時分。

裴琰睜開雙眼，見身邊江慈仍有一下沒一下地替自己捶著雙腿。曬了一下午太陽的她，面頰酡紅，額間細汗沁出。裴琰人才剛醒，似有一瞬間恍惚，片刻後才笑道：「我看你，算得上是最笨的丫鬟，哪有主子睡著了還替他捶腿的道理。」江慈耷拉著頭，輕道：「我又沒有眞的賣身爲奴，你爲什麼老把我當成你的丫鬟？」

裴琰眼睛半瞇：「你入了我這相府，還想出去麼？」江慈抬頭望向暮靄漸濃的天空：「就是籠子裡關著的鳥，仍然時刻想飛出去，何況是人？」又望向裴琰，低低道：「相爺，若是一直找不出那人，你真要將我關上一輩子麼？」「在我這相府待上一輩子，錦衣玉食的，不好麼？」裴琰緩緩問道。

江慈忽然笑道：「相爺想聽真話，還是假話？」

「自然是真話，我可是很少能聽到真心話的。」

江慈笑道：「那我就直說了，相爺莫怪。在我心中，這相府就好比一個大鳥籠。相爺就像這大鳥籠中最大的那隻鷹，一群子鳥圍著你團團轉，爭相討好於你，卻又沒有一隻鳥令你感到安心。這群鳥看似侍候著相爺，可實際上又是相爺累死累活地供著這群鳥吃喝用度。如果哪天相爺不在了，這鳥籠摔爛了，相府中這些鳥便會一哄而散，去尋找新的鳥籠了！」

裴琰還是頭一回聽到這般新奇的說法，愣了片刻，哈哈大笑。笑罷起身，舒展了一下雙臂，只覺神清氣爽，這一覺竟睡得前所未有舒暢。他轉頭向江慈笑道：「是你自己往我這鳥籠子鑽的，放不放你出去，可得看我心情好不好。」江慈忙問道：「那相爺要怎樣才會心情好呢？」

裴琰正要開口，突見崔亮與安澄並肩步入西園。

裴琰目光在崔亮身上掠過，遲疑一瞬，湊到江慈耳邊輕道：「你若能把子明服侍得舒舒服服，我就會心情好，說不定就會幫你解了這毒。」裴琰上回命江慈服侍崔亮，江慈尚未明白「服侍」二字含義，此刻見他唇邊一抹嘲諷笑意，猛然省悟，又氣又羞，說不出話來。

裴琰轉向崔亮笑道：「看來今日方書處事務不多，子明回來得倒早。」

崔亮微笑道：「我告假了幾日，程大人得知我受了點傷，也未安排我做太多事情。」

「子明傷勢剛好，確是不宜太過勞累，明日我再找子明說話，你早些歇著吧。」

崔亮忙道：「相爺客氣。」

裴琰再看了江慈一眼，便帶著安澄出了西園。

崔亮兩日未見江慈，見她滿面通紅，額頭還有細細汗珠，不由笑道：「小慈怎麼了？剛吃過辣椒了？」

江慈頓了頓腳，轉過身道：「我去做飯。」奔入廚房，將門緊緊關上。

安澄緊跟裴琰，邊走邊道：「查過了，瑞豐行是五年前入的京城，在全國一共有十五個分號。薛遙乃平州人，原籍只有一個姐姐，去年已經過世。薛遙在京共娶有一妻一妾，子女各二人，已經嚴刑審問過，沒問出什麼來。」

「瑞豐行在各地的分號，可曾命人去查封？」

「已經命人去查封，但京城的三家瑞豐行就……」

「晚了一步？」

「是，弟兄們趕到那三家商鋪時，已是人去屋空，帳冊、銀票、屋契均不翼而飛，就是先前自薛家正院搜出的一切田產、地契與銀票，算起來也僅千兩之數。」

裴琰冷笑道：「這幕後之人動作倒快，我們這邊抓人，他那邊就銷毀證據，轉移財產。瑞豐行定是此人錢銀的最大來源，再細查一番，任何蛛絲馬跡都不要放過。」

大管家裴陽迎面而來，躬腰道：「相爺，夫人讓您馬上過去一趟。」

裴琰向安澄道：「你先去吧，薛遙的家人先放了，讓人盯著，看能不能釣幾條魚出來。」走出兩步，又猛然回頭道：「對了，重點查一下瑞豐行與不知去向那三人之間的關係。」

「相爺懷疑，薛遙背後的人是星月教？」

「只怕我猜得八九不離十。」

裴琰面帶微笑，步入蝶園東閣，見裴夫人正執筆畫著一幅秋菊圖，上前行禮道：「孩兒給母親請安。」

裴夫人也不抬頭，片刻後淡淡道：「聽說盟約簽下了？」

「是。」

「使臣也找到了？」

「是。」

「把你辦事的全副過程跟我說說。」裴夫人纖腕運力，繪出數朵讓秋風微捲的綠菊。

裴琰一愣，只得將辦案過程一一講述，只略去了江慈之事。

裴夫人默默地聽著，也不說話，手中畫筆不停。待裴琰敘述完畢，她也落下最後一筆，取過印章，於畫作左上角處蓋上方印。她長久地凝望著那方印章，緩緩道：「你知道，你犯了什麼大錯麼？」

裴琰仔細想了想，不得其解，只得束手道：「孩兒愚鈍。」

裴夫人於銅盆中淨了手，細細擦乾，微喟道：「我來問你，當年扶助聖上登基的四大功臣，慶德王、董學士、薄公和你叔父，各是什麼樣的人？」

裴琰低頭答道：「慶德王精明善算，但稍欠度量；董學士儒雅端方，但過於迂腐；薄公驍勇善戰，但有些死腦筋；叔父他……」

裴夫人步至裴琰身邊，看了他片刻，道：「慶德王不過四十有五，便一病不起。你認爲，他這病，眞的是病麼？」

裴琰悚然一驚，未敢作答。

裴夫人悠悠道：「我們兩母子，還有什麼不敢說的？」

「母親是懷疑，慶德王挾功震主，過於勢大，皇上由此……」

「歷朝歷代，君王最忌的便是功高蓋主的臣子，尤忌手握軍政大權、精明能幹、野心勃勃的臣子。四大功臣之中，你叔父當年年輕氣盛，最先遭到清洗，被貶至幽州；慶德王這一死，玉間府八萬人馬立時被聖上逐步分化；董學士爲人迂腐，又自命清高，聖上才容了他，並冊其愛女爲太子妃；至於薄公……」

「薄公是效忠於皇上的，四大功臣之中，皇上對他最放得下心。」

裴夫人一笑：「倒也未必。薄公其人看似愚忠、死腦筋，我看這四人之中最聰明的倒是他。」

裴琰漸漸明白母親言中之意，手心隱有汗珠沁出。

裴夫人續道：「你身爲左相，兵部、禮部、工部這三部實權眼下都握於你手；你身爲劍鼎候，長風騎十萬人馬足可左右天下局勢；你支持靜王，他這浣衣局宮女所生的卑微皇子，由此便可與莊王分庭抗禮，平起平坐。皇上之前能容你，是想用你來牽制莊王和陶相一派，以保政局之衡；也想借長風騎牽制薄公，令他那十萬兵馬不敢輕舉妄動。可現如今，你鋒芒畢露，壓得莊王一派抬不起頭來，你說，皇上會怎麼想？」

裴琰打了個寒噤，一時無言。

「使臣一案，你步步爲營，算無遺策，卻只讓人覺你心機似海；你散布的謠言令那易寒步入陷阱，讓他在京城內無立足之處，讓他只能按你設計路線逃跑，這份心機，這份手腕，誰想了不會害怕？

「還有，我早和你說過，長風衛的眞正實力不到最關鍵時候不要顯露。可這次，你爲了抓易寒，長風衛傾營出動。按你所述，昨夜的京城，除開皇宮，全城盡在長風衛控制之下。你說，皇上會不會想，若有朝一日京城生事，你這長風衛可是比他的禁衛軍和光明司，還要令人害怕。」

裴琰垂頭道：「是孩兒考慮不周。」

「皇上的心機，還要勝過你幾分。他今日於朝堂之上盛讚你，已是對你起了戒心，他越誇你，便越是將你置於烈火之上。先不說太子與莊王一系，就是靜王，只怕也會對你有所嫉妒，日後必會對你設防。如若再有人於其間挑唆幾句，你說，皇上和諸朝臣會如何看你？」

裴琰心中一凜，低頭不語。

裴夫人瞄了他一眼，輕聲道：「我本已替你鋪好了一條路，可你如此行事，倒讓皇上更加懷疑你有滔天野心。唉，那夜倒是我莽撞了。」

她步到窗前，凝望滿園菊花，默然良久，緩緩道：「為今之計，你只有離開朝中一段時日才是上策。皇上若是要兵權，你就交出一部分吧。」

裴琰跪下叩頭：「孩兒謝母親教誨。」

裴夫人一笑，望向窗外漸黑的夜空，輕歎一聲，道：「我估計，這幾日待皇上布置妥當便會宣你單獨面聖，該怎麼應對，不用我再多說。不過你大可放心，他是不會對你下毒手的，你自己放機靈點就是。」

裴琰只是叩頭，並不說話。

裴夫人又道：「你離開朝中之前，先吩咐崔亮把那件事給辦了。你給崔亮配了個丫頭，是想收他的心吧？聽說那丫頭廚藝挺不錯，讓你都不回愼園用膳了，倒是難得。」

裴琰眉頭微蹙，不敢抬頭，低聲道：「我見子明似傾心於那丫頭，便把她放在西園服侍子明。」

「是麼？」裴夫人輕聲道：「若眞是如此，我倒也安心了。」

裴琰行了一禮，正要退出。

裴夫人忽道：「這個月二十五，是黃道吉日，我想替你將漱雲收了做偏房，你可有異議？」

裴琰腳步頓住，良久，方輕聲道：「孩兒一切聽憑母親做主。」

這夜的月光，亮得有些駭人，夜霧也濃得有些異樣。裴琰長久立於園中，任寒冷露水爬上雙眉，也不曾移動半分。漱雲握了件披風走到他身邊，柔聲道：「相爺，夜間風寒露重，添件衣裳吧。」

裴琰任漱雲替自己繫上披風，低頭看了她一眼，忽緊捏住她右臂。漱雲有一瞬間的慌亂，片刻後又慢慢鎮定，掛上柔媚的微笑仰頭望著裴琰。裴琰看得清楚，將她一推，便往外走。漱雲跟上幾步，見他大步出了慎園，嬌瘦身形不住搖晃，倒退兩步，摸著園中石凳坐落，眼角滑下數滴淚珠。

裴琰喝住隨從，一人在相府內慢慢走著，待月上中天，才發現已走至西園門口。值守的長風衛過來向他行禮，他將手微微一擺，輕輕推開西園木門。

園內，崔亮居住的偏房漆黑一片，似是已經睡下。江慈的廂房倒還透著一縷昏暗燭光。裴琰慢慢走到窗前，透過窗格縫隙向內望去，房中卻空無一人。他一愣，回頭望向崔亮居住的偏房，踏前兩步，又停了下來。

良久，他猛然轉身，卻和一人撞了個正著。

江慈端著盆水，被裴琰這一撞，渾身濕透，怒道：「相爺，深更半夜的，你遊魂啊！」裴琰卻不可自抑地笑了笑：「你深更半夜端著盆水，倒比我更遊魂。」

夜風拂來，江慈衣襟濕透，不由打了個噴嚏。裴琰覺有唾星濺到自己臉上，眉頭緊皺，將江慈一推：「真是沒規矩，不知道站遠些。」江慈見他滿面厭憎之色，氣道：「真要打起噴嚏來，誰能控制住，不信你打一個試試。」裴琰只是用袖擦面：「快去給我打盆水來。」

江慈無奈，只得再端過一盆水。見裴琰並無動作，知他是被人服侍慣了的，只得又擰了熱巾，胡亂在他臉上擦拭幾下，後將熱巾擲回盆中，回身便走。

這一耽擱，身上的濕意又重了幾分，她邊走邊接連打了幾個噴嚏，鼻息漸重。回到廂房，卻見裴琰跟了進來，惱道：「相爺，這是我的房間，我要換衣服，也要睡了，勞煩您出去。」裴琰一笑，走到榻上躺落下來，雙手枕於腦後，閉上雙眼，悠悠道：「這是我的府第，我想睡哪裡就睡哪裡。你換吧，我不看便是。」

江慈拿他沒有一點辦法，只得跑到另一邊的廂房，換過乾淨衣裳。也不回房，走到院中，坐於石凳之上，望向空中明月，想著心事——師姐這麼急去找易寒，也不知出了什麼事，得想辦法去見一趟素大姐，問問清楚。還得祈求素大姐將自己的話帶給了衛三郎，與他見上一面，設法拿到解藥才行。

正胡思亂想間，裴琰在她身邊坐落。江慈起身便走，裴琰卻拉住她左臂：「反正你也沒睡，隨我走走。」

二人在相府內慢慢走著，裴琰見江慈不停地打著呵欠，笑道：「你可真是又貪睡又好吃，要都像你這樣，我們這些做官的也不用上朝、不用辦事了。」

江慈默默走出數步，忽然回頭道：「相爺，我問你個問題。」

「什麼？」

「你每日和別人爭來鬥去，算來算去，活得不累麼？」

裴琰大笑，負手行於江慈身側，悠悠道：「這種爭來鬥去、算來算去的遊戲，又緊張又刺激，其中自有無窮樂趣，要是鬥贏了還可以帶給我無窮利益，我爲什麼要覺得累？我倒想看看，這世上還有什麼人能將我鬥倒！」江慈側頭望去，只見他俊目生輝，神清氣定，身形堅挺，之前隱有的一絲落寞與傷楚已然消失不見，了無痕跡。

夜深風寒，江慈隨裴琰於相府內再走了一陣，只覺寒意陣陣，又見裴琰不再說話，走到一迴廊時，終忍不住道：「相爺，時候不早了，您還是早些回去歇著吧，我實在是困了。」說著，回身便走。裴琰卻右足疾伸，江慈腳下一個趔趄，向前便撲，裴琰伸手將她抱住，輕笑道：「可別把門牙給摔掉了。」

江慈忍無可忍，回拳便打，裴琰一一擋住。見她滿面怒火，手中一緩，江慈憤怒的一拳便重重擊在他胸口。眼見裴琰撫住胸口，咳嗽數聲，嘴角還隱有血絲滲出，江慈不由愣住。不可置信地看了看自己的拳頭，就憑自己這份功力，能把這天下第一高手打成內傷麼？裴琰看著江慈呆然模樣，再咳數聲，忽地向後一倒。

江慈大驚，撲了過去，將他扶住，急道：「你怎麼了？」裴琰雙目緊閉，嘴角仍有鮮血滲出。江慈大力猛拍他面頰：「喂，你可別死啊，你死了，我怎麼辦？沒了解藥，我可怎麼活啊？」

她再慌片刻，見裴琰的臉已被自己拍得紅腫，這才想起要高聲喚人。聲未出喉，被一隻手捂住嘴唇，聲音便悶了回去。裴琰睜開眼，默然看了她片刻，撫了撫被她拍痛的臉，吸了一口涼氣，忽然撮指入唇，尖銳哨音驚破相府的寧靜，數十人從四面八方湧來。

江慈愣愣地站著，眼見一眾長風衛將裴琰扶住，眼見數人過來將自己雙臂反絞擒住，眼見裴琰目光閃爍地望了自己一眼，耳邊還聽到他咳嗽的聲音：「不要為難她，把她送回西園給子明，沒我的命令，任何人不得進西園。」說完這句話，便似暈了過去。

江慈頭腦一片迷糊，茫茫然中被長風衛押回西園。崔亮聽到動靜，披衣出來，見江慈被長風衛押進來，驚道：「怎麼了？」一長風衛躬腰道：「崔公子，江姑娘傷了相爺，相爺命我們將她送回給崔公子。」

崔亮忙道：「怎麼會傷著相爺的？傷得重不重？」

「相爺似是傷得頗重，具體情況我們不知道。」長風衛們行禮後，退了出去。

崔亮轉身望向江慈，見她正茫然地看著自己的右拳，忙拍了拍她面頰。江慈慢慢清醒，不停搖頭：「不，不是我，我怎麼可能傷得了他！」

「到底怎麼回事？」崔亮眉頭緊蹙。

江慈比劃了一下拳頭：「我就是這般揍他一拳，他便倒下了。可他武功天下第一啊，我怎麼能傷得了他。不對，他一定是有什麼陰謀詭計！」

崔亮正要細問，卻見江慈連打幾個噴嚏，又見她穿得有些單薄，忙道：「你快進屋歇著，我去看看相爺。」崔亮急匆匆趕到慎園，卻被擋了駕。守衛的長風衛說，裴相重傷靜養，任何人都不見，只得悶悶而歸。

崔亮深知江慈的一拳絕無可能將裴琰擊成重傷，第二日細細打聽，才知裴琰先前曾與武林中人交過手，似是受了此傷，當時便吐了血；而後江慈「行刺」於他，這才令他傷勢加重，臥床不起。

崔亮不知江慈昨夜爲何與裴琰激鬥起來，但這些時日以來，也看出了這二人之間很有些不對勁。細問江慈，她卻支支吾吾。崔亮覺她似有些心事，不免感到擔憂。

晚間，在園外偶遇安澄，聽他言及皇上得知裴相「遇刺」，龍顏震怒，只怕要將江姑娘治罪，崔亮心中更是憂慮。

〈番外〉燕霜喬被拘

風止雨息，猶有水珠自檐溝滴下。燕霜喬坐於窗前，透過紅菱花鏡見明飛自院門進來，靜默少頃，至繡架前坐下，拈起繡針。

繡綳素緞之上，數叢蘆荻，一行大雁，秋高水長，盡顯蕭瑟之意。

明飛在門口猶豫片刻，終是輕敲房門。屋內並無反應，他只得推門而入。燕霜喬背對他而坐。已值初冬，她卻仍是初見時那襲單薄藍衫。低頭刺繡，越顯她纖肩細腰，別有一份風流韻態。

明飛走近，輕聲道：「燕小姐。」燕霜喬埋頭刺繡。

明飛略顯尷尬，半晌方道：「燕小姐，是相爺派我來的。」燕霜喬仍不抬頭。

明飛只得道：「燕小姐，江姑娘她……」燕霜喬倏然轉過頭來，明淨的眼神竟逼得明飛不敢直視。

他略微移開視線，望向繡架，道：「江姑娘昨夜行刺相爺，將相爺擊成了重傷。」

燕霜喬本是左手托著素緞，右手的繡針還停在一隻大雁的左翼處。聞言，右手一顫，「啊」的一聲，殷紅鮮血於素緞上滴沁開來，竟像一隻大雁中箭後血灑碧空，卻仍哀鳴著跟隨同伴飛向南方。

明飛被這一滴鮮紅晃了一下眼——受傷的大雁，蕭瑟的蘆荻，如同自己當年離開月戎之時堂叔的那一箭，射落了南飛的大雁，也射斷了自己對故土的依戀。

忽覺眼前清香拂動，他忙退後兩步，燕霜喬竟逼近他面前，聲音前所未有的凌厲：「你們把我師妹怎麼樣了！」明飛覺有些狼狽，事先想好的話竟說不出口。眼見燕霜喬面上怒意勃發，再無半分素日溫婉靜雅之態，忙道：「燕小姐放心，相爺並無大礙，也未爲難江姑娘。她只是被禁足，不能出相府西園一步。」

燕霜喬先是輕吁了一口氣，轉而冷笑道：「裴琰又想威脅我做甚！」

「相爺想請燕姑娘再寫一封信。」明飛見她猜中，只得直述來意。

燕霜喬怒道：「裴琰想對我小姨怎麼樣！」

先前，明飛佯裝成迂腐的世家公子，與她數日相處，本以爲她心思簡單，儒弱好欺。此刻見她聰慧若此，方知她不過是缺少行走江湖的經驗，遂收起先前幾分輕視之心，道：「燕小姐，你放心，相爺絕不會傷害江姑娘和素大姐，只是想用一用她們。再說，燕小姐若不寫封信安下素大姐的心，只怕會對素大姐更不利。」

燕霜喬靜默良久，轉身至案前寫下一封書函，淡淡數句，囑咐小姨勿以自己爲念，自善其身。轉而想起自己受人欺騙，連累親人，心中難過不已。她再解下頸間紅絲條繩，放於信函之中，遞給明飛。

看著眼前這張曾在自己心底激起微瀾的俊秀面容，燕霜喬言語間刻意帶上了幾分譏諷之意：「邵公子。」明飛見她仍以「邵公子」相稱，接住信函的手當下凝於半空之中。恰好燕霜喬也未鬆手，二人便各握信函一端，四目對視。

她眼神如秋水澄澈，雖比他矮了半個頭，卻仍似居高臨下地望著他。他想挪開目光，又被這汪秋水吸引住，正恍惚之時，她已然輕聲道：「你這般演戲，不累嗎？」明飛面色微微發白，握住信函的手猛然收緊。燕霜喬手一鬆，明飛竟倒退了兩步。

燕霜喬仍然直視著明飛。她生性溫柔平和，即使再厭憎眼前虛偽小人，欲待痛斥他幾句，卻也說不出那等重話，終冷笑一聲：「如今我該叫你一聲『明公子』。明公子，演技超群，佩服！」明飛見她話語雖平和，卻流露一股剛烈之氣，竟不敢再看她，當即轉身出屋。

雨又開始下了起來，他匆匆步出宅院，也未與值守的長風衛弟兄打招呼，策馬在雨中疾奔。

四年前，他以南安府明氏之身入長風騎，浴血戰場，屢立戰功，得入長風衛。這些年，他有時甚至忘了自己是一個月戎人，總以爲自己是南安府明氏族人，是與長風衛們手足相倚的華朝英雄。卻在這一刻，冷雨浸膚，才發覺自己終不過是時刻戴著假面生存的暗人。

這般演戲，確實有些累了。

◆

這日秋風凜冽，還下起了細雨，崔亮正準備去方書處應卯，安澄匆匆進來言道，裴相請崔公子過去。

崔亮忙隨他過到愼園。步入正閣，裴琰正圍著輕裘，躺於搖椅中，面色有些許蒼白，見他進來，微笑道：「子明快請坐！」

「相爺好得倒快，可讓我擔了幾日的心。」崔亮細心看了裴琰幾眼，見他除卻面色蒼白一些，也無其他症狀，遂放下心來。

裴琰笑道：「我底子好，雖說當時傷得重，調養了這幾日，已好上許多。」

崔亮想起江慈，忙道：「相爺，小慈她……」

裴琰擺了擺手，微微皺眉：「我正爲這事頭疼。本想把她擊傷我的事瞞下，不知誰捅了出去，竟讓聖上得知，只怕……」

「我問過小慈，她似非有意傷了相爺。再說，以她的功力也傷不到相爺，相爺的傷應還是與武林中人比鬥所致。」

「子明說得極是。但外間只道她是我的下人，卻擊傷了主子，若不加以懲治，相府威嚴何存。我身爲朝廷重臣，她攻擊於我，便是攻擊朝廷，若不加以治罪，只怕也不好杜眾人之口。」

崔亮默然良久，輕聲道：「那，有沒有辦法救她？」

裴琰思忖片刻，道：「我只能盡力替她遮掩，望聖上不追究此事才好。」

「我代小慈拜謝相爺！」崔亮起身長揖道。

裴琰忙將他扶起，輕咳數聲，手撫胸口，道：「子明切莫如此多禮，這區區小事何足拜謝，我正有件事要請子明幫忙。」

一縷清冽的芳香自銅獸嘴中嫋嫋而出，沁人心脾。裴琰躺回搖椅上，眼睛半眯，看著默然不語的崔亮。

崔亮低頭盯著腳下錦氈，長久地沉默，室內僅聞裴琰偶爾的低咳聲。

窗外，雨聲漸大，秋風吹動未及關緊的窗，嗒嗒作響。裴琰又是一陣低咳，崔亮站起身，走到窗邊，慢慢將窗戶關緊，呆立片刻，坐回原處。

裴琰微笑道：「我也知道這事有極大的風險，但世上只有子明一人才能看懂那圖。雖說方書處規定，文吏進密室查文書的時間不得超過半炷香，但這點時間對子明而言要記住部分圖形應不成問題。我會讓程大人將子明提爲文吏，只要日積月累，進去的次數多了，自然可將整張圖的原樣加以繪出。」

崔亮歎了口氣：「原來太師祖當年所刻的這幅石雕『天下堪輿圖』，竟在方書處密室中。唉，他老人家爲了這幅圖丟了性命，實是……」

「當年，魚大師走遍華朝萬里河山，繪出天下地形地貌，勘出各地金銀銅礦，眞正是造福蒼生的壯舉。只可惜，他刻完圖後便被弘帝賜了鴆酒，你師祖又假死逃遁，以致這幅圖再也無人能識。若非當日我在街上偶遇子明，與你傾心交談，倒眞不知魚大師尚有傳人在世。」

崔亮面有猶豫之色：「圖，我自是識得，要記住圖樣將它繪出，再找出各礦藏地具體位置也不成問題。但半炷香的工夫也太短了些，只能記住很小的一部分，又不能有絲毫差錯，看來頗費時日。」

裴琰盯著他，緩緩道：「只要子明肯幫這個忙，一年半載，我也等得。」

崔亮呼吸漸重，終咬了咬牙，點頭道：「好，相爺待我實是恩重，我便以此回報相爺一片誠意。但，我有一個條件。」

裴琰面上露出欣悅之色，從躺椅上坐起：「子明請說。」

「我將圖的原樣繪出、找出各礦藏地具體位置後，仍是不想入朝爲官。相爺以後的事務，我更是不想參與其中。屆時，還望相爺放小慈和我一起離去。」崔亮抬頭望著裴琰，面上神情極爲嚴肅。

裴琰愣了一瞬，轉而哈哈大笑：「好，這是自然。子明對江姑娘一片情意，著實令人感動。我們就一言爲定，只要這事辦完，我便替子明和江姑娘辦一個風風光光的婚禮，再送二位離開京城。」

崔亮慢慢伸出右手：「相爺，我們就擊掌爲約，還望相爺屆時勿要反悔。」

裴琰忙站起來：「絕不反悔。」伸出右掌，二人擊掌爲誓，互視而笑。

崔亮有些激動，上前一步，正待說話，腳踢上凳腳，踉蹌著向前一撲。裴琰疾伸右手將他扶住，崔亮雙手撐住了裴琰右臂，方得站穩身形。

裴琰笑道：「子明可不要太激動了。」

崔亮面上一紅，忙後退兩步，作揖道：「相爺，小慈之事還望您多加遮掩。」

「子明放心，江姑娘天真可愛，我也捨不得將她治罪。只是這段時日可得委屈她在西園待著，子明自安心去方書處當差便是。」裴琰微笑道。

「多謝相爺，我還得去方書處應卯，先告退。」

「子明請便。」

從慎園至西園，得經過荷塘與一片楓樹林。裴琰也不撐傘，在細雨中慢慢走著，雨絲灑在狐裘之上，他也渾然不覺。又負手立於荷塘邊，看著那一池枯荷，良久才轉身步向西園。

江慈見崔亮離去，便將廚房收拾乾淨，趴於廊下竹椅上，雙手撐住面頰，望著濛濛細雨發呆。裴琰進來，她抬眼望了一下，又呆望著廊下被雨絲沁濕的青石臺階。

裴琰在她身邊坐下，側頭看了看她微微噘起的嘴唇，微笑道：「你打傷了我，怎麼見了我，也不表示一下歉意？」江慈冷笑一聲：「你少和我來這一套，傷沒傷到你，你自己心中有數。」

她又轉過頭望著裴琰：「相爺，你一定是在玩什麼陰謀詭計。不過，你能不能告訴我，你要對付的是誰？為什麼要利用我？」裴琰微笑道：「我可不是利用你，你確是傷到了我。」說著，手撫胸口，輕咳數聲。

江慈見他這番模樣，想像他以丞相之尊，在人前手撫胸口，人後卻精神抖擻，只覺他虛偽好笑至極，不由指著裴琰大笑。

她伏在椅背之上，椅腳本有些不正，這一笑笑得前仰後合，竹椅向旁一歪，倒在地上，腦袋正好重重磕上了廊下石柱，「哎呀」叫出聲來。裴琰也不扶她，嘖嘖道：「報應了吧，不知好歹的丫頭！」

江慈爬起，摸了摸額頭，似覺腫起一塊，忙跑到屋中，拿了跌打草藥塗上額頭，用力搓揉。裴琰進來一見，搖了搖頭：「說你笨就是笨，你越揉得重，明天就會越痛，得輕揉才是。」江慈白了他一眼，手中動作卻輕了幾分。

裴琰靜默地看著她，忽道：「你是不是很想離開我相府？」

江慈嘟囔道：「廢話。你這相府，除開崔大哥，沒一個好人，真要在你這待久了，只怕我怎麼死的都不知道。」裴琰笑了笑：「倒也是。我以前養過一隻西茲貓，牠也時刻跟著我，後來不知道怎麼回事，牠就死了。」

江慈聽他說起貓，想起了那隻沒臉貓，動作生生頓住——素煙姐姐，是否傳了口信給三郎呢？

裴琰慢慢走過來，倒了些跌打草藥放於手心，將右手覆上江慈額頭。江慈驚醒，欲待後退，卻被裴琰左手用力按住，耳邊聽得他道：「你安心在這裡待上一年半載，我自會放你走，還會風風光光地放你離開。只要你不出這西園，這條小命便保得住。」

江慈覺裴琰有些異樣，急欲掙脫箝制，頭猛然後仰，裴琰手上草藥便盡皆抹於她眼中，她「啊」的叫了一聲，眼睛火辣辣地疼痛，淚水奪眶而出。她眼前一片朦朧，不能視物，正待摸索著往廚房打水洗臉，踉蹌行出兩步，已被裴琰大力抱起。

裴琰將她抱至廚房，拿瓜瓢自水缸舀出一瓢水，江慈摸索著將眼睛洗淨，慢慢可以視物，卻仍感疼痛，拚命眨著眼睛。裴琰看她滿面是水，雙眼通紅，睫毛一上一下抖動，滑稽至極，不由哈哈大笑。

江慈怒火中燒，只覺這人竟是自己天生剋星，自遇到他後諸事不順，恨上心頭，惡向膽邊生，抓起案上瓜瓢大力便往裴琰潑去。

燈昏月上，崔亮才回到西園。甫進園門，聽見江慈在廚房哼著小曲，便走到廚房門口，笑道：「什麼事這麼開心？」

江慈揭開鍋蓋，向崔亮招了招手。

崔亮走過去一看，微微皺了皺眉：「這倒是新鮮菜式，沒見過將大閘蟹用水煮著吃的。」

江慈哈哈一笑：「我今天偏要做水煮大閘蟹！」她想起裴琰被自己淋得滿頭是水的模樣，更是笑得打跌。

崔亮不知她為何這般得意，搖了搖頭：「你上次不是吃大閘蟹吃出毛病了麼？怎麼還弄這道菜？」

十四　各懷鬼胎

裴琰的傷勢養了數日才見好轉，這日已是十月二十五，正是他納妾之日。

雖只是納妾，卻也是名震華朝的左相首次正式收納側室，又正值裴相聲勢煊赫之時，朝中官員爭相前來祝賀，不料皆被婉拒在府外。相府大管家言道，裴相傷勢雖有所好轉，仍不宜過度勞累，又只是納妾，便不宴請同僚，只是府內請了戲班子，稍稍慶賀一下。

裴琰不欲張揚，但到了黃昏時分，莊王、靜王與陶相竟一同登門，他聽稟，忙迎了出來。

莊王見裴琰面色有些蒼白，大笑道：「少君，你這傷來得不是時候，今夜可得委屈一下如夫人了。」

裴琰苦笑一聲，陶相湊過來笑道：「聽說，少君是被府中一名丫頭擊傷，是不是美人聽說你要納妾，爭風吃醋了？」

裴琰只笑不答，將三人迎入東花廳。此三位貴客前來，自得熱鬧一番，大管家裴陽吩咐下去，於東花廳正式擺設宴席，將原本搭在後園的戲臺移到正園。素煙親自上臺，相府內一片喜氣洋洋，著實熱鬧。

江慈於西園聽到絲竹之音不斷傳來，又聽崔亮說裴琰今日納妾，請了攬月樓的戲班子過來唱戲，坐立不安，恨不得插翅飛到正園和素煙見上一面才好。可也知道裴琰已下嚴令讓自己不得離開西園，更別說是去正園見到素煙了，心中著實恨得牙根癢癢，卻也無可奈何。

她呆呆坐於院中，想著心事。崔亮步了過來，坐於她身邊，細看她神色，微笑道：「是不是想去看戲？」

江慈點了點頭。

她忽然靈機一動，仰頭道：「崔大哥，你幫我一個忙，好不好？」

「好，你說。」

「你幫我去正園看看素煙姐姐，順便問問她，我師姐是不是有什麼很要緊的事，何以顧不上來見我一面便急於離開？」江慈仰頭道。

崔亮曾聽她說起燕霜喬之事，知她心中掛念師姐，又想及自己的心思，略有愧意，忙道：「好，我這就去幫你問問。」

江慈見崔亮離去，心中稍安，遂在院中坐了一陣。覺得有些冷，正待起身入屋，忽聽院中西北角的槐樹上傳來一陣貓叫聲。她心中大奇，相府內並未飼養貓犬等玩物，哪來的貓叫呢？她性喜小動物，在鄧家寨時便養了滿園的兔子和山羊，這時聽到竟有貓叫，頑皮心起，躡手躡腳朝院後走去。

她踮著腳尖屏住氣息走到槐樹下，捏起嗓子學了幾聲貓叫。用心一聽，樹頂之上隱隱傳來「喵喵」叫聲，心中一樂，挽起裙裾，便往樹上攀去。

這棵槐樹並不高，江慈幾下便攀到了枝椏處，就著院內昏暗燭火四處望了望，卻不見野貓的影子。又再捏著嗓子叫了數聲，不見回音，失望不已，於枝椏間坐了下來，嘟囔道：「沒抓到，不好玩。」正嘟囔間，忽覺腰間一麻，向後倒入一人懷中，正待張口，那人又點上了她的啞穴。江慈倒在他懷中，仰頭看見一雙如寶石般的眸子，反應過來，心中大喜，朝那人甜甜一笑。

衛昭見她機靈，給她解開啞穴，將她放於身邊，輕笑一聲：「咱們又在樹上見面了。」江慈笑道：「你怎麼進來的？相府可是守衛森嚴。」

衛昭略略放鬆身軀，靠上樹幹，低聲道：「我混在莊王爺侍從之中進的相府，只要進了相府，你這西園的守衛倒還發現不了我。」「那是，你是堂堂蕭教主，輕功絕頂，逃命的功夫更是一流。」江慈想起他當日將自己推落下樹，害自己重傷，還累她捲入這無窮風波之中，忍不住諷道。

衛昭也不氣惱，悠悠道：「說吧，你讓素大姐傳暗話於我，說要見我一面，所為何事？」江慈見他明知故問，瞪了他一眼：「給我解藥。」

衛昭看著她瞪得大大的雙眸，笑了起來，笑聲帶著一絲寒意：「我為什麼要給你解藥？一個月的時間可還沒到。」江慈平靜道：「你若是不給我解藥，我即刻將你就是星月教主之事告訴裴琰。」

「是麼？我眼下立刻就能結果了你的性命，死人可不會開口說話！」衛昭修長的手指帶著一縷殺氣，點上了江慈的咽喉，冷冷道。

江慈微微一笑：「我自然不怕，蕭教主想不想知道是何原因？」

「什麼原因？」衛昭手指仍點在她咽喉處，話語漸轉森冷。

江慈仍是微笑：「這話，可只能附耳說。」

衛昭有些好奇，便將頭側了過來：「說吧，本教主聽著。」

江慈早有準備，待他的頭一靠近，猛然張口咬上了他的右耳。

衛昭身子一僵，點在江慈喉間的手指便待用力。可心念一轉，她已咬住自己耳垂，縱能取她性命，但她臨死前雙齒一闔，自己這左耳便再也無法見人，若是被那人看到，可就後患無窮。更何況，自己還要利用她來施展大計，現下不能取她性命。

他心念電轉，無計可施。江慈見他並無動作，便也不急著咬下去。二人僵持片刻，衛昭忽然輕笑，收回點在江慈咽喉處的右手，悠悠道：「算你厲害。」江慈並不鬆口，喉間含混地說了句話，衛昭細心辨認，竟是

「彼此彼此」。

他覺耳垂被江慈含著，痲痲癢癢，心中好似被貓爪抓撓一般，竟是從未有過的感覺。微感不安，遂冷聲道：「你鬆口，我們說正事。」江慈仍不鬆口，又含混地說了句話，衛昭打起十分精神，才依稀聽懂。無奈之下，只得解開她穴道，江慈鬆口，得意一笑，自向右挪開身子些。

衛昭斜睨了她一眼：「說吧，你想怎麼樣？」江慈橫了他一眼：「你先說，你想怎麼樣？」

衛昭冷笑道：「不是你自己說，你這小姑娘十分仰慕於我，只盼著能再見我一面，若我不答應，你便只有死在我面前麼？我這人心善得很，不忍造下殺孽，便來見你一面了。」

江慈一哼：「你們這些人，我算是看透了，沒好處的事絕不會做，你才不會爲了我這小丫頭的命特意走一趟。說吧，你肯來與我見面，又是想好了什麼對付裴琰的計策，要用到我這小丫頭的？」

樹間光線極爲昏暗，江慈只見衛昭似是一愣，片刻後，他的臉慢慢向自己傾近，如雪般的肌膚透著一股森寒之意，但黑寶石般閃耀的眼眸又似燃著熊熊烈火。

江慈強自鎮定，身子慢慢後傾，口中道：「我想過了，你既留我一命，自是要用我來迷惑裴琰的視線，我願配合你行事。我也想快點將聽聲辨人這事了結，讓裴琰放我走。既然咱們目的相同，何不合作一番？」

衛昭上下打量了江慈幾眼：「小丫頭倒是不笨，倒也省了我一番唇舌。」接著仍冷笑道：「你聽著，裴琰正在追查三個人的下落，那三人是日前未至相府參加壽宴的官員。其中一人，我會製造一些他與我星月教有瓜葛的線索，然後想法子令他在裴琰和你面前出現，且說上幾句話。屆時，你只要故作震驚模樣，指出他的聲音就是你聽過那樹上之人的聲音，讓裴琰以爲他就是星月教主，如此就算大功告成。」

江慈想了一下，道：「裴琰眼下把我關在這西園，你怎有法子讓那人出現在我和他面前？」衛昭搖了搖頭：「說你聰明你又變笨了，有了那人的線索，裴琰自會帶你出去認人。」

江慈想了想，道：「你想的倒是好計策，可我有兩點，得問清楚了才能幫你。」

「說吧。」

江慈死死盯著衛昭：「第一，我要是幫了你，順利令裴琰上了當，可你若不給我解藥，或是又要再來殺我滅口，我怎麼辦？」衛昭靠回樹幹，慢條斯理道：「那，你說怎麼辦？」

江慈清了清嗓子，道：「你也給我聽著。我呢，這些天見了一些人，留了封信在某人手中。我對那人說了，若是我一命嗚呼或超過半年沒去見她，就讓她把那封信送到裴相手中。」衛昭冷聲道：「信中自然相告裴琰，誰才是眞正的樹上之人！」江慈得意地抱了抱拳：「蕭教主果然聰明。」

衛昭眼神一閃，半晌方從懷中摸出一只瓷瓶：「這裡面的解藥能解你體內一半毒素，你服下後性命能保。如若半年內不服另一半解藥，則頭髮會慢慢變白，肌膚起皺，身形佝僂。你若能替我辦到此事，我自會將剩下的一半解藥給你。」

江慈想了片刻，接過瓷瓶，掂了掂，笑道：「還眞是沒辦法，先保命重要。咱們是誰也威脅不了誰，有了那封信，我也不怕你不把解藥給我。你在朝中權勢薰天，偏還要當那勞什子星月教主，自是所圖事大，絕不會爲了我這麼一個小丫頭冒功虧一簣之風險。」

衛昭嘴角微微抽搐，冷冷道：「第二個問題呢？」

「第二個問題，你找來準備栽贓、轉移裴琰視線的那個人，是什麼樣的人？是清官還是貪官？」

衛昭秀眉微蹙：「你問這個做甚？你照我的吩咐便是，管他是清官還是貪官！」江慈撇了撇嘴：「那可不行，我得問清楚，萬一是個青天大老爺，我可不幹。」

衛昭哂笑道：「迂腐！是你自己的小命重要，還是那人的命重要！」江慈怒道：「在你們這些人眼裡，當然是自己性命最重要，視平民百姓如草芥。可在平民百姓眼裡，你們這些權貴的性命可比那草芥都不如！」

衛昭有些惱怒，瞬息平靜下來，冷笑道：「那人嘛，用八個字來形容，就是：殺人如麻，造孽無數。」

「此話怎講？」

「他叫姚定邦，是兵部左侍郎，曾任薄公手下大將。此人攻城掠地，少留活口，殺人無數，綽號『姚判官』。他相貌俊雅，性喜獵色，好錢財，貪婪無比，還頗有些見不得光的不良嗜好。你說，這樣的人，該不該死？」

衛昭話說得雲淡風輕，一雙鳳目卻灼灼有神地盯著江慈，又將她鬢邊一綹長髮慢慢纏於自己修長指間。隨著最後一句話語，猛然用力一扯，江慈吃痛，「啊」聲尚未出口，又被他掐住咽喉。江慈怒道：「你放手！」

衛昭冷若寒冰的手指鎖住江慈咽喉，低頭凝望著她。江慈仰頭而望，清晰看到他長長睫羽下的雙眸。那眸光冰冷如劍，夾雜著痛恨、狂躁與殘酷。衛昭手指慢慢用力，江慈喉間疼痛，正難受間，院門輕輕開啓的聲音傳來。

衛昭倏然收手，迅速戴上一張人皮面具，貼到江慈耳邊輕道：「姚定邦出現之前，我會想法子傳信給你，到時你就照我們約定的去說。」

江慈撫著咽喉，側頭間見崔亮進園子裡來，忙點了點頭：「我知道了，你放心吧，只要你不食言……」身邊一空，已不見了衛昭的身影。江慈知他已借夜色掩護離去，又混回莊王爺的侍從之中，暗讚此人神通廣大。遙見崔亮進屋，待喉嚨舒服了些，便從樹上滑落於地。

崔亮在屋內找了一圈，未見江慈，正有些奇怪。江慈忙奔進來，笑道：「崔大哥，你回來了，有沒有見著素煙姐姐？」

崔亮點了點頭：「見著了，她說你師姐那日去得急，來不及見你一面。她要你安心在這相府住下，別胡亂跑到別處去，你師姐辦完事自會來接你。」

江慈已見著衛昭，便也未將素煙的話放在心上。她搬過一把躺椅，笑道：「崔大哥，反正夜長無事，你給我講講故事好不好？」

崔亮笑道：「怎麼突然想聽故事了？我可不擅長這個。」

「我整天悶在這西園，好無聊。也不一定要說故事，你對這朝中人事十分熟悉，不如給我講講這些當官的吧，哪些是好官，哪些是貪官，都給我講講。好不好？」江慈邊說邊沏過一壺清茶，又搬過竹椅坐於崔亮身邊，仰頭而笑。

崔亮見她滿面純真，心中暗歎，微笑道：「行，左右無事，我就當一回說書人吧。」

莊王與靜王在朝中雖爭得你死我活、頭破血流，但下了朝仍是一副兄友弟恭、其樂融融的模樣。裴相與陶相在朝會上雖針鋒相對、你爭我奪，但下朝後也還是一副同僚友好、協力同心的假象。既然非身處朝會，加上今夜是裴相納妾之喜，又有素煙這八面玲瓏的戲曲大家作陪，這酒便喝得十分熱鬧，笑聲陣陣。

待到亥時，莊王和陶相都有了幾分醉意；靜王向來自持，也面上帶紅；素煙更是斜歪在椅中，醉眼朦朧地望著裴琰。只裴琰推說傷勢未好，未曾飲酒，尚保持著清醒。

推杯換盞後，賓主盡歡，靜王轉頭間見裴琰使了個眼色，心中會意，笑道：「雖說這酒喝得痛快，但少君的如夫人可等得有些不耐煩了，我們這些人還是識趣一些，把少君還給如夫人吧。」

莊王大笑，掃了一眼廳中廳外的侍從，站起身來：「三弟說得極是，時候不早，我們也該告辭了。」

裴琰連聲「豈敢」，將眾人送出府門。莊王等人的車駕過來，莊王與陶相登上馬車，靜王亦正要步下臺階，裴琰忽道：「對了，王爺，您上次讓我找的那套高唐先生批註的《漱玉集》，我可尋到了。」

靜王大喜：「太好了，我可是找了數年都沒找著，快快快，借來讓我一觀。」

裴琰轉頭吩咐裴陽：「去，到書閣將這套書冊取來給王爺。」

莊王登上馬車，笑道：「三弟，你就在這等吧，我們先走一步。」

靜王忙躬腰道：「二哥慢走。」

望著莊王等人的車隊遠去，裴琰與靜王相視一笑。裴琰引路，將靜王帶至慎園書閣二樓，待侍女們奉上香茶，裴琰便將門關上。

靜王微笑道：「少君，老實交代，你這傷，是眞傷還是假傷？」

裴琰微笑道：「傷哪還有假？倒是我有生以來第一次傷得這麼重。」說著，輕咳幾聲。

靜王在椅中坐定，慢慢呷著茶，掃了眼書閣，道：「這裡倒是個韜光養晦的好地方。」

裴琰微笑道：「王爺說得在理，怕只怕，我想在這裡韜光養晦，偏有些人不讓我省心。」

「願聞其詳。」

裴琰站起身，推開南面窗戶，望向蒼穹中的幾點寒星、一彎冷月：「王爺，這幾日我不在朝中，聽說兵部向西北王朗部緊急撥了一批軍糧，又命高成的人馬向東移了三百里，南安府的駐軍和玉間府的部分駐軍進行換防。您說，我在這裡能睡得安心麼？只怕，王爺這幾日也睡不安穩吧！」

靜王默然片刻，緩緩道：「少君倒是頭一次將話說得這麼明。」

裴琰一笑，關上窗戶，坐回靜王身邊，微笑道：「王爺，那套高唐先生批註的《漱玉集》，我倒眞是找著了。」

「哦！」

裴琰走至書閣西北角，移開格門，取出一套陳舊的《漱玉集》。靜王忙接過來細看，撫上書冊笑道：「確是高唐先生手筆。」

裴琰右手輕撫書頁：「高唐先生當年雖是文壇泰斗，治學名人，批註令人傾服，可若非這《漱玉集》本身即為驚世之作，亦不可能如此聞名於世。」

靜王點頭道：「少君說得極是。」抬起頭，直望裴琰，「少君有話請直說。」

裴琰輕撩衣襬，於靜王對面坐下，平靜道：「王爺若願做《漱玉集》，我便願做高唐先生。」

靜王緩緩道：「我們本就是一條船上的人，朝中之人，包括父皇，誰不將你看成是我的人。」

裴琰一笑：「可如今，只怕王爺有所動搖了吧？」

靜王目光閃爍，裴琰直視著他：「王爺，咱們打開天窗說亮話，朝中局勢你比誰都清楚，我只怕是要離開一段時日。敢問王爺，劉子玉進京，可是王爺之意？」

靜王有些尷尬：「子玉進京，是正常的年考述職，少君多心了。」

裴琰靠上椅背，悠悠道：「劉子玉其人，雖精明能幹，民望極高，但他有兩大死穴。」

「少君請說。」

「劉子玉出自河西劉氏，確為名門望族，但河西劉氏當年可是與文康太子交往過密。」

靜王心中暗驚，並不言語。

「第二點，劉子玉的妻舅為薄公手下大將，薄公一直以效忠皇上而令皇上另眼看待，但他若在立嗣問題上有了一定的傾向，皇上還會那般信任他麼？」

靜王木然不語。

裴琰續道：「我理解王爺的心思。劉子玉乃河西名士，又多年宦海沉浮，是朝中中立派的中堅力量。王爺此時選擇他，一來是想向皇上表明您並無非分之想，二來是想拉攏清流與中間一派的力量。但王爺可曾想過，清流一派深受儒學影響，效忠於皇權正道。您再費盡心機拉攏於他們，他們仍然只視您為靜王爺。在他們眼中，眞正的主子還是那有著明詔典冊的皇位繼承人。誰有了那一紙詔書，誰在他們眼中就是皇權正統的繼承者。太子固然再不受皇上喜愛，可到目前爲止，他還是名正言順的太子，又有董大學士護著，您說，清流一派會支持您麼？」

靜王默然良久，輕聲道：「倒是我考慮不周，少君莫怪。」

裴琰忙道：「豈敢，正如王爺所說，你我本是一條船上之人，今日這一番話都是爲王爺考慮。」頓了頓，又道：「王爺，現今形勢是，樹欲靜而風不止，您想韜光養晦，以退爲進，可莊王爺會讓您如願麼？刑部正在追查南安府科考案，若是一路查過來，王爺能養得安心麼！」不待靜王作答，又道：「還有最重要的一個人，王爺得多提防些。」

靜王不由前傾身子：「少君請說。」

裴琰一字一句道：「就是衛昭，衛三郎！」

靜王面露憎色：「他不過就是個弄臣，二哥利用他在父皇面前進進讒言，給我們使使絆子，軍政大事卻還輪不到他說話！」

裴琰搖頭道：「王爺錯矣！」

「請少君賜教。」

「王爺，一個能令皇上任命其爲光明司指揮使，又放心將整座皇城安危交於其手的人，會只是個單純進讒使壞的人麼？王爺切莫被他弄臣外表所迷惑，此人非但不是弄臣，搞不好還會是個當世之梟雄！」

靜王暗驚，半晌後點了點頭：「我倒眞差點被他的弄臣表象所迷惑，總以爲他只不過是父皇寵信的一個……，倒沒細想過二哥若是無他支持，父皇絕不會放心將高成提爲大將。」

「不錯，皇上本來對我全力支持王爺視而不見，任你我聯手對抗莊王爺和陶相，爲的也是制約莊王爺生母高貴妃與河西高氏一族的勢力。但隨著我們逐漸勢大，皇上又將高成提爲大將，實是制約我長風騎的無奈之舉。可若非衛三郎與高成關係甚密，只怕皇上也下不了這個決心。」

「嗯，衛昭與高成關係極好，父皇不但不……，反而將高成提爲大將，交了五萬人馬在其手上，這其中，不知衛昭下了什麼功夫。」

「還有，王爺，您眞的認爲南安府科考一案，是那魯秀才迂腐愚鈍，無意中捅出的婁子麼？」

「少君之意是……」靜王驚疑道。

「據我所知，八月科考期間，皇上曾派衛昭去了一趟南安府。」

「哦！」靜王猛然站了起來，愣了片刻，又慢慢坐落椅中，面上神色陰晴不定。

裴琰笑了笑：「八月十二武林大會，我從長風山莊下來後，去了一趟南安府，細細瞭解當日舉子火燒貢院的詳情，這件事的背後只怕和衛昭脫不了干係。」

「父皇派衛昭去南安府做甚？」靜王疑道。

「這就不得而知。但南安府爲您和我的重地，南安府若是有事，不但我脫不了干係，只怕王爺也……」

靜王咬牙道：「我正爲這事頭痛，恨只恨我舅父不成器，非但幫不了忙，反而只會拖累於我。」

裴琰歎道：「是啊，文妃娘娘雖然也被冊爲貴妃，但比起莊王的生母和其背後的高族勢力，王爺還是有些吃虧啊。」

靜王心中暗恨，自出生以來，那糾纏於胸──出身寒素、生母爲浣衣局宮女的自卑感，與身爲皇子的天之驕子自傲感夾雜在一起，讓他忍不住露出激憤之色。

裴琰低頭飲了口茶，又抬頭微笑道：「王爺，眼下局勢很清楚。太子庸碌無爲，皇上隱有廢立之心，但與您爭這個位置的莊王爺，他背後可是有衛昭、陶相、高族這三大勢力鼎力支持，而清流一派及薄公又居於中問，唯皇命是從。敢問王爺，您的背後有誰在支持您？」
靜王站起身，長揖道：「望少君恕我魯莽之舉，日後，還需少君多多輔佐於我！」
裴琰忙站起身，回禮道：「王爺這般信任於我，愧不敢當。裴琰自當殫精竭慮，爲王爺做一馬前卒，鞠躬盡瘁，共圖大業。」
二人同時起身，相視一笑。
靜王把住裴琰雙臂，笑道：「聽少君這一席話，眞令我茅塞頓開，對朝中局勢有了更清晰的瞭解。只是，不知少君現如今將做何打算？如若眞要離開朝中一段時日，又有何妙計？」
裴琰轉身拿起那套《漱玉集》，微笑道：「當年，高唐先生批註此作，其論點再精妙，再旁徵博引、發人深省，仍是圍繞著這《漱玉集》而爲之。」頓了頓，又道：「我無論在朝在野，無論爲官爲民，長風騎十萬人馬日後無論是誰統領，這輔佐王爺的心也是始終不變的。」
靜王面上露出感動之色。
裴琰又道：「至於皇上這番布置之後會如何動我，君心難測，我不便推斷。但我自有計策回到朝中，只屆時須得王爺鼎力相助。」
「那是自然。」
裴琰捧起《漱玉集》，遞至靜王眼前：「這套《漱玉集》，還請王爺笑納。」
靜王忙推道：「此乃文中瑰寶，豈敢要少君割愛，能借來一觀，足矣。」
裴琰道：「王爺，我這副身家性命都是王爺的，日後唯王爺之命是從，區區一套《漱玉集》，自然更要獻給王爺，以證誠心。」
靜王接過《漱玉集》，手撫書冊，片刻後笑道：「好好好，今日得少君贈書明心，本王就厚顏承受這份重禮。日後待本王尋到相匹配的珍寶，自會回贈少君！」

裴琰將靜王送出府門，慢慢悠悠地步回書閣，於窗前佇立良久。回轉過身，攤開宣紙，濃墨飽蘸，從容舒緩地在紙上書下三個大字——漱玉集，他長久地凝望著這三個字，笑了一笑，放下筆，緩步走出書閣。

第四章 功高震主

裴夫人悠然道：「你身為左相，兵部、禮部、工部這三部實權皆握於你手；你身為劍鼎候，長風騎十萬人馬足可左右天下局勢；你支持靜王，由此令他可與皇兄莊王分庭抗禮。皇上之前能容你，是想用你牽制朝中派系，以保政局平衡。可如今，你鋒芒畢露，壓得其他勢力抬不起頭來，你說，皇上會怎麼想？」裴琰打了個寒噤，一時無言。

十五　胸有丘壑

雖已是秋末冬初，但這日陽光明媚，耀目的光輝倒似天地間正釋放著最後的秋色，趕在嚴冬來臨之前，灑下最後一絲暖意。黃昏時分，仍是暖意融融，江慈哼著小曲，蹲在院角自己開墾的那片花圃中，一手握著花鋤，一手撥弄著泥土。

她自衛昭手上拿到了一半解藥，免了部分性命之憂，又由崔亮口中確定了那姚定邦確爲奸惡殘暴之流，便下定決心替衛昭行移花接木、混淆視聽之計。這兩日，想到既能從衛昭手上拿到解藥，又能令裴琰放過自己，心情實是愉悅。

裴琰進園，她斜睨了一眼，也不理他，自顧自地忙著。裴琰負手慢慢走過來，俯身看了看，眉頭微蹙：「你的花樣倒是多，也不嫌噁心！」江慈抓起一把有數條蚯蚓蠕動的泥土，送至裴琰面前，笑道：「相爺，你釣不釣魚，這倒是好魚餌。」

裴琰蹲落下來：「我現如今在家養傷，哪能出去釣魚。」江慈忽地眼睛一亮，忍不住抓上裴琰的右臂：「相爺，府內不是有荷塘麼？裡面一定有魚，我們去釣魚，可好？」

裴琰急忙將她沾滿泥土的手甩落，耳中聽她說到荷塘二字，愣了一瞬，笑道：「哪有在自家園子裡釣魚的，改天我帶你去映月湖釣魚。」

「自家園子爲什麼不能釣魚？那荷塘用來做甚？難道就是看看麼？或是醉酒後去躺一下、吹吹風麼？」

裴琰笑容斂去，站起身來：「子明還沒回來麼？聽說他這兩日未去方書處當差，是不是身子不適？」「不知道，昨天早上見他還好好的，但晚上好似很晚才回來，我都睡下了，今天一大早他又出去了。」

裴琰面有不悅：「我命你服侍於他，原來你就是這樣服侍的，連他去了哪裡都不知道。」江慈直起身，覺蹲得太久，腿有些痲木，眼前也有些許眩暈，一手捶著大腿，一手揉著太陽穴，嘟囔道：「你又不放我出西園，我怎知他去了哪裡？再說了，他若是一夜未歸，難道我就要一夜不眠麼？」

裴琰正待再說，卻見她沾著泥土的手在額頭搓揉，弄得滿頭是泥，便笑著搖了搖頭。轉過身，正見崔亮走進園裡來。

崔亮見裴琰站於院中，似是一怔，旋即笑道：「相爺傷勢看來大好了。」裴琰與他並肩步入房中：「好得差不多了，皇上還宣我明日進宮，這麼多日未曾上朝，也閒得慌。」

「相爺是忙慣了的人，閒下來自是有些不習慣。」「看來我真是個勞碌命了！」二人相視而笑。

裴琰笑道：「子明這兩日去哪裡了？」崔亮神祕一笑，將門關上，坐於裴琰身邊，替他沏了杯茶，壓低聲音道：「這兩日，我想法子進了一趟密室，看到了那幅石刻圖。」

「哦！」裴琰身子微微前傾。

「圖，確是太師祖的原跡，但內中有些圖形似與師父所授有些微不同。我怕有錯，便選了京城附近的地形細看了一下，記住部分圖形，這兩日去了紅楓山實地驗對一番。」

「看子明胸有成竹的模樣，定是驗對無誤了。」

「正是。」崔亮微笑道：「我已有八九分把握能將圖的原樣繪出，並找到各地礦藏位置。相爺大可放心，只要再去一兩趟，最後確定各種圖符，定能無誤。」裴琰笑得極爲愉悅：「子明天縱奇才，我向來是信得過的。」

二人正說話間，江慈猛然推開房門，探頭道：「崔大哥，你晚上想吃什麼？吃醋溜魚還是豆腐煮魚頭？」見裴琰欲待張口，她又笑道：「相爺定是不在我們這裡吃的了，我也沒備相爺的分。」

裴琰一噎，崔亮見江慈額頭上滿是泥土，忍俊不禁，走過來左手扶住她的面頰，右手握住衣袖細細地替她擦去泥土，柔聲道：「你做甚我都吃，只是別太累著了，那片花圃留著明年春天再弄，何苦這會兒弄得滿身是泥。」江慈笑道：「反正閒得慌，沒事幹，翻弄翻弄。」一抬眼，見裴琰面色陰沉，忙掙開崔亮的手，跑了出去。

崔亮回轉過身，見裴琰望著自己，有些尷尬，自嘲似地笑了笑：「相爺，小慈她，我……」裴琰微笑：「子明勞累了兩日，早些歇著，我還有事。」

「相爺慢走。」崔亮將裴琰送出西園，回轉身來，慢慢走到廚房門口，長久地凝望著廚房內那靈動的身影，默然不語。江慈轉身看見他，笑道：「崔大哥，這裡煙薰子氣重，你還是回房去吧。」

崔亮走到她身邊，替她將散落下來的一綹秀髮攏到耳後，輕聲道：「小慈。」

「嗯。」

「以後，做甚事不要太任性了，該忍的時候還是要多忍忍。」

「好。」江慈邊往鍋裡加水，邊點頭道：「我知道的，如今就是借我十個膽，我也不敢到處亂跑了。等師姐回來，我會老老實實和她回去的。」

「那就好。」崔亮笑了笑，終未再說話。他步出廚房，望著暮靄漸濃的天空，輕輕歎了口氣。

晚秋入夜風寒露重，天空中數點孤星，越顯冷寂。

城門即將下鑰之時，一頂青絲錦簾軟轎悠悠晃晃被四名轎夫抬出了南門。

守城衛士望著那頂軟轎遠去，一人笑道：「紅綃閣的姑娘們生意倒是好，這個時候還有出城去陪恩客的。」其餘的人哄然大笑：「小六子，等會兒換班後，咱們也去紅綃閣，叫上玉兒，替你暖暖被子！」那衛士直搖頭：「不行不行，這個月的俸祿早用光了，昨晚又手氣臭，輸了個精光，我還是回家找自己老婆暖被子好了。」笑鬧聲中，城門轟然關上，「嗒」的一聲，落下大閘。

夜霧輕湧，京城內一片寂靜，僅聞偶然傳來的更梆聲。

天上一彎弦月泠泠然，寒風輕吹，萬籟寂無聲。

鐵蹄聲踏破霜夜寧靜，一匹駿馬披星戴月，疾馳至南門口。馬上之人丟下令牌，睡眼朦朧的值夜軍士慌不迭地打開城門，馬上之人怒喝一聲，奔如流星，如閃電般消失在濛濛夜色之中。

京城南面二三十里地正是紅楓山，山多紅楓。時值深秋，寒風吹得林間楓葉颯颯作響，又是荒雞時分，黑濛濛一片。

崔亮在向南的官道上疾行，寒霧讓他的眉間略顯銀白，呼出來的熱氣瞬間消散在寒風之中。

他回頭向北望去，低低道：「相爺，你所謀事大，我實不敢捲入其中。崔亮這條賤命，只想留著走遍天下，遊歷江湖，就不陪你玩這危險的遊戲了。」怔立片刻，心頭忽飄過一個淡淡的影子，歎了口氣，低低喚了聲「小慈……」，又輕歎一聲，回轉身子，繼續前行。

北風呼捲過他的耳邊，隱隱送來鐵蹄之聲。崔亮面色微變，深吸了口氣，閃入官道邊的楓樹林，攀上一棵楓樹，將身形隱入黑暗之中，透過樹枝，望向下方官道。

蹄音如雨，踏破夜空的寧靜，玉花驄熟悉的嘶鳴聲越來越近，裴琰的輕喝聲清晰可聞。崔亮面色黯然，屏住呼吸，就連眼睛也只敢睜開一條小縫。玉花驄自官道上疾馳而過，崔亮略略放鬆，卻仍不敢動彈，心中歎服裴琰心機過人，竟還是猜到自己要從這紅楓山南下，星夜追截。看來，只有在這林間躲上一陣了。

時間一點一點流逝，崔亮躺於枝椏間，仰頭望向天空冷月寒星，感受著寒冷的夜風拂過面頰，眼前一時是師父臨終前的殷殷囑咐，一時是裴琰俊雅的笑容，一時又是江慈無邪的笑容，心情複雜難言。

蹄聲再起，他側頭瞇眼望去，朦朧夜色中，玉花驄慢慢自官道上走過，馬上之人看不清面容，但從身形來看，似無精打采，全無來時的急怒，透露著沮喪之意。

崔亮看著這一人一騎自山腳而過，慢慢消失在京城方向，心呼僥倖，卻仍有些警覺。又再於樹上小憩一陣，睜開眼，估算著已是日旦時分，裴琰應早已回到京城，方滑下樹來。

他拍了拍身上樹屑，再望向京城方向，默然片刻，負起行囊，向南而行。再行數里，已到了窯灣。此處是個三叉路口，向南共有兩條大道，三叉口的東面，是瀟水河的一條支流「柳葉江」，有如一彎柳葉包住紅楓山，形成一江灣，故名窯灣。三叉路口西面的山峰上，建有一座離亭，具體年代並不可考，只知匾上之字乃前代大儒高唐先生所題——望京亭。木亭依峰而立，如臨淵而飛的孤鷹，超然絕然。

崔亮於三叉路口猶豫片刻，提步朝渡口走去。他深知只要在這渡口想辦法躲到天色微亮，找到船隻，放水南下，便可脫離險境。可才剛邁出幾步，便心中一驚，停住腳步，望向道邊樹下的那個黑影。

裴琰負手從樹下慢慢走出，微笑道：「子明要走，爲何不與我直說，也好讓我備酒爲子明餞行。」

崔亮眼神微暗，沉默一瞬，輕聲道：「累相爺久候，還將玉花驄讓他人騎走，實是抱歉。」

裴琰笑道：「只要能與子明再見一面，便是千匹玉花驄，我也捨得！」他抬頭望向半山腰的望京亭，「不如我們到那處登高迎風，我也有幾句話，要在子明離開之前，一吐爲快。」

「相爺請。」崔亮微微側身，跟在裴琰背後，登上了那望京亭。

裴琰負手立於亭中，仰望浩瀚天幕，素日含笑的面容平靜無波。

崔亮立於其身側，遙望空濛夜色，聽著山間楓濤吟嘯，只想抖落渾身塵埃，融入這一片空明之中。可身邊之人恰似一道枷鎖，兩年來禁錮了他的腳步，在這霜夜又急追而至，終讓自己功虧一簣，陷入滔天風波之中。

崔亮暗歎一聲，低聲道：「相爺，我志不在京城，您又何苦費盡心機將我留下！」

裴琰轉身直視崔亮：「子明又何嘗不是費盡心機利用江姑娘做幌子，將我騙過。若不是安澄機靈，見子明去了紅綃閣，覺得有些不對勁，細細查過回稟，我與子明豈不是再也無法相見！」

「相爺又是如何得知我一定會走這紅楓山？」

「子明故布疑陣，這兩日都來紅楓山勘查地形，想的就是讓我一旦發覺你離開，認爲你必不會走此方向。又特意讓紅綃閣的軟轎轉去西南，安澄都險些上了子明的當。」

崔亮苦笑一聲：「還是相爺對我看得透徹。」

裴琰歎道：「子明啊子明，你又何苦如此？我待你確是一片至誠，我裴琰這些年廣攬人才，禮賢下士，其中有當代鴻儒、名家大師，卻都未曾有一人令我像對子明這般用心的。」

崔亮忍不住冷笑：「相爺兩年來派人時刻盯梢於我，確是用心。但您無非看中我是魚大師的傳人，識得那『天下堪輿圖』，爲的是讓我將圖原樣繪出，爲相爺實現胸中抱負而攪動這九州風雷，改變這天下大勢！」

裴琰微微瞇眼：「子明確是深知我心。只是我與子明說句實話，要得到天下堪輿圖，找出各地礦藏的，並不是我，而是我的叔父。」

「當年的震北侯爺裴子放！」

「不錯。」裴琰歎道：「子明，就算眼前真是我想得到這圖，你又何苦這般逃避，倒像是我要將你殺了滅口似的！」

崔亮搖了搖頭：「我倒不是怕相爺殺人滅口，實是這圖關係重大，崔亮不敢輕易使之重現世間，以免連累蒼生百姓，帶起無窮戰火。」

裴琰沉默片刻，道：「倒也不像子明說得這般嚴重。」

崔亮冷笑一聲：「相爺，今日咱們話說得透亮，不用再像過去兩年那般惺惺作態，遮遮掩掩。敢問相爺，裴老侯爺處心積慮要這天下堪輿圖，又有何用？他一被貶幽州的廢號侯爺，求的竟是天下的地形地貌圖，是這華朝的各地礦藏，難道不是為相爺異日宏圖偉業所求麼？」

崔亮漸漸有些激動：「相爺，天下若有戰事，誰據地形之利，誰就能占據先機。如今華朝政局平穩，並無戰事，這圖要來何用！還有，那各地的金銀銅礦更是關係重大，金銀之礦自不必說，相爺曾主理戶部，這銅關係到百姓民生，您最清楚不過。開銅礦，鑄錢幣，如若銅錢流通之數失去平衡，財貨流通混亂，則會禍害百姓，還會危及庫銀甚至軍餉，最終危害國家根基。敢問相爺，您或者裴老侯爺能利用鑄錢之便，將銅玩成銀子或者銀子又玩成銅錢，從中牟取暴利，但最終受害的又是誰呢？」

裴琰緩緩道：「子明也太小看我了，我豈是謀這等小利之人？」

「不錯，相爺可能志不在謀這等小利，您謀的是大利，是這天下。可我崔亮，想的是不願這天下生變，不願百姓因我而受苦。」崔亮越說越是急促：「單就開礦一事來說，自古以來，採礦便為朝廷所嚴控。如為公採，用的都是重刑囚犯，如若私採，則更要殺人滅口。師父當年便和我說過，一礦萬魂，一窟累骨。我只要想到，在那圖上每找出一處礦藏便要造下千萬殺孽，又怎能下得了筆！」

裴琰沉默不語。

崔亮稍稍平定情緒，歎道：「我只後悔當日不該與相爺聊得投機，洩露師承來歷，以致兩年來都處於相爺的暗控下，離不了這京城。唉，真是虛擲了這兩年的光陰！」

「因此子明才假意傾心於江姑娘，讓我放鬆警惕。又假裝受我之迫，答應繪出天下堪輿圖。待我撤去監視你的人之後，便星夜逃離京城？」

崔亮想起江慈，心中有愧，低聲道：「我也是無奈之舉，相爺這兩年盯我盯得厲害，我離不了京城。眼見相爺所謀之局越來越近，危機就在眼前，才行此無奈之舉。只是有愧於小慈，這心裡……」

霧漸濃，天際也開始露出一絲灰白。

二人沉默不語，天地間一片靜穆，僅餘秋風湧過楓林之聲。裴琰望向遠處隱見輪廓的京城，終緩緩道：

「子明，今日你話說得夠坦誠，我也不再有絲毫顧慮。你說你不願再見戰火，可你這段時日在方書處，以你之聰敏，整理朝中奏章時，心裡必定清楚，月落族與我朝之間的矛盾日漸激烈，其立國是遲早的事，這場戰事怕是免不了；待數年後，定幽一帶桐楓河上游堰壩建好，趁桓國饑荒，與該國一戰、將其收伏也是勢在必行；至於南境的岳藩，如皇上決心撤藩，也必要用兵十萬以上。未來十年內，這三場戰事關係到天下走勢，實非你我之力所能阻。」

崔亮心中暗歎，也望向了北面，此時登高臨遠，那巍巍京城在微微的晨光下如同星野棋盤。他苦笑道：「相爺說的是事實，崔亮不敢否認。但這是必然之勢，卻非你我故意挑起戰事，我們也只能聽天由命，只希望戰事能不擴大，平民百姓能少吃些苦。」

「錯！」裴琰猛然轉身，凌厲的眼神直望入崔亮心底，「我來問子明，如若我華朝國力強大至四海來朝、百國稱臣，軍隊能所向披靡、橫掃天下，我朝的正道文化能懾服狄夷、各族歸心，這三場戰事還用得著打麼？

「若我朝國力強大，軍容鼎盛，莫說月落族，桓國早就稱臣，岳藩又怎會要挾朝廷這麼多年，在朝廷與烏琉國之間進退自如！

「若我華朝內政清明，崇儒推正，月落族就不用一直屈辱地向我朝進獻歌姬孌童，自也不會激化其族內矛盾，不會有星月教作亂，更遑論會有月落立國之憂。

「若我華朝能德被萬民，令四海歸心，南北各民族之間能和睦相處，又何需上百年來一直陳兵數十萬於北境，致使國力為零星戰事所累，外強中乾，以致賦稅日重，百姓負累漸深！」

崔亮靜靜聽著，神情漸轉複雜。

裴琰踏前一步，指向遠處的京城：「可笑，這城內之人，包括那至高無上的人，沒人能看到這一點。即使看到了這一點，他們想的卻都是保住手中這點既得的利益、保住他們眼下坐著的那個位置。

「皇上當年的皇位來得不明不白，為保皇權，多年來，他玩的是平衡掣肘之術。用岳藩制約慶德王，又用慶德王制約高氏一族，再往北又是薄公，薄公過去又是桓國。而這些勢力呢，各有各的打算，鬥得不亦樂乎。有誰想過，要是皇權一統，兵權集於帝君一身，桓國何足為慮？月落一族這癬疥之患又何必延續這麼多年？岳藩又何至於呈尾大不掉之勢？

「子明說，不願見因開礦而累及人命。但子明可知，這些年，戶部那窩子蛀蟲把持著各地銅礦，又在製錢時玩弄著花樣，他們一時令銅價貴過製錢，一時令製錢貴過銅價，收錢熔銅，又賣給朝廷；或是熔銅製錢時多層刮皮，從中牟取暴利。各方勢力平素爭得你死我活，但在這其中卻是難得的默契，只瞞著皇上一人，可也許皇上亦心知肚明，他為了平衡各方勢力，睜隻眼閉隻眼罷了。可苦了的是誰？還是億萬百姓，危害的還是朝廷根基。

「若是朝廷有足夠的銅礦開採，控制好銅料的供應，又無各方勢力你爭我奪，銅錢流通順暢，銀貨平衡，百姓安居樂業，因開礦而死的那些區區重刑囚犯又有何惜？

「子明說，不願見天下燃起戰火。子明又怎斷定，我要得這天下堪輿圖，就一定是要挑起戰火？若是在收月落、平桓國、撤岳藩之戰事中得以占據地利，而儘早結束戰事，減少軍隊傷亡和百姓苦痛，又何樂而不為？打造一支強大的軍隊，令有異心者不敢輕易作亂，減少戰事的可能，又何樂而不為？

「正如子明所說，天下堪輿圖能帶來禍事、危及人命，但它也能穩定這天下、讓百姓得益，端看得到它的人如何使用罷了。就像我長風騎十萬人馬，你說它能掀起九州風雷，但它同樣也能平定天下亂局，至少現如今它能制著薄公那十萬兵馬不敢輕舉妄動，壓著桓國鐵騎不敢南下攻城掠地！

「子明若是將我裴琰看得如那貪婪殘暴之流，這圖，你自然拚死也不會讓我得到，但子明若能明我裴琰胸中壯志，就會知道那圖落在我手中，比起荒廢在方書處密室，或是落在他人手中要強上千倍萬倍！」

晨曦隱現，霧卻越濃，將遠處整座京城籠於其中，迷濛縹緲。

天際，不知名的鳥兒飛過，劃破沉沉白霧，留下一道淺淺灰影，又隱於濃霧之中。

崔亮看著那飛鳥遠去，聽著楓濤的聲音，心潮起伏，終退後兩步，長揖道：「相爺志向遠大，胸懷天下，是崔亮小看了相爺，望相爺見諒！」

裴琰忙上前俯身將崔亮扶起，微笑道：「子明切莫如此說，怪只怪，這些話我從來不敢宣之於口，更不曾對子明交心，以致子明誤會於我。」裴琰鬆開崔亮，輕歎一聲：「更怪我心機太過，既無法將心中眞實所想坦誠告之子明，又不願放子明離去，無奈之下才出此下策，派人監視於子明，致使你對我誤會漸深，分歧漸大，而成今夜這等局面！」

見崔亮低頭不語，裴琰又道：「子明，這兩年來，你一定把我裴琰看成是冷酷無情、玩弄權術之流。但子明可知，冷酷、擅權並非我的本心。官場本是修羅場，戰場更是生死一線間，我不心狠，別人就要對我狠。一直以來，我面對的是你死我活的鬥爭，但凡我手段平凡一些，心機淺一點，早就被吃得骨頭都不剩了。

「就拿這次使臣館一案來說，別人看我心機似海、凌辣狠毒，可我若破不了這案，一來戰火重燃，累及百姓；二來我自己相位難保，朝廷勢力重新布局，又將會有多少人頭落地，多少百姓遭殃！可破了這案子，我又爲自己惹來了禍端。皇上猜忌於我，這些時日，駐軍頻繁調動，針對的就是我。子明你說，當此形勢下，我爲求自保，爲求實現胸中抱負，而用上一些手段和計謀，這也有錯麼！」

崔亮見裴琰漸轉激動，其清俊的眉眼間也帶上了一分寥落與隱痛，低歎道：「相爺，天下局勢有時非您一人之力所能左右，您何不放下這一切，過另一種生活呢？」

裴琰苦笑著搖頭：「我能放下麼？只怕放下的那一天，也就是我命喪黃泉之時！」

他繼又轉向崔亮，語帶摯誠：「子明，你只道我挾制於你，爲的是求那天下堪輿圖，錯矣！你的才華，絕不是一幅天下堪輿圖所能衡量的。子明，設想有朝一日，我能實現胸中抱負，建立一個皇權一統的強大國度。

「你若執掌國子監，必可助我推行儒學正道，作育英才，樹百代之典範，立萬世之師表。你若執掌戶部，可幫我令天下銀錢暢通，百姓生計能求。你若執掌工部，可爲我興修水利，治理水患，令海晏河清；還可挖渠引水，將華朝之水引至桓國境內，讓桓國百姓也受益，解其數百年來乾旱之苦，令兩國眞正息兵修好。

「你的才能，絕不僅僅在於這一幅天下堪輿圖，更不僅僅是我裴琰的謀士和清客。我是要讓你做治世之能臣、定邦之偉才，是與我裴琰一起創立一個大一統的皇朝，立下不世功勛！」

崔亮默默地聽著，唇邊帶著一抹苦笑，長久地凝望著眼前濃濃晨霧。裴琰也不再說話，只是望向濃霧籠罩下的千里平原，萬里河山。二人靜靜地站著，衣袂在寒風中揚起，颯颯輕響。

曙光漸亮，山腳下也隱隱傳來人聲，崔亮悚然驚醒。挪動了一下有些麻木的雙腿，走到裴琰身前，長揖道：「相爺，今日得與您傾心交談，崔亮實是慚愧，本應以這寒素無用之身報相爺一片至誠，但實是師父臨終前有遺命，令我不得捲入朝堂之爭，不得踏入官場，崔亮不敢有違師父遺命，望相爺能體諒我的苦衷。」

裴琰倒退一步，面上有失望之色。他將崔亮扶起，良久地把著他的右臂，終歎道：「我今日之言足以被誅九族，卻仍留不住子明，唉，看來是天意使然。罷罷罷，子明既志不在此，強留無益，倒還顯得我裴琰是心胸狹窄之徒。子明你就離去吧，你放心，我不會再派人追蹤於你，也不會再因爲你而脅迫江姑娘，她所中之毒，我會替她解去的。」

江慈這日醒得較早，著好衣衫，推門而出，未見崔亮像素日一樣在院中練功，覺得有些奇怪。轉念想到只怕是崔大哥這幾日當差太忙，恐還未醒，洗漱過後奔到廚房，便忙了開來。

西園廚房雖小，用度卻不差，想是裴琰下過命令，大廚房的人每日都會送來極好的菜蔬瓜果。江慈細細選了些上好的瑤柱，配上一些瘦肉，熬了一鍋濃香的瑤柱瘦肉粥。

可等粥熬好，還是不見崔亮起床。江慈忙去敲門，不見回應，推門進去，房中空無一人，知崔亮定是早早出得門去，只得獨自吃粥。吃完粥，她猛然想起昨日替崔亮洗衣裳時，見他有件袍子裂了縫，便到他屋中取了出來。

此時晨霧已散，秋陽普照，江慈坐於院中，埋頭補著衣裳，待看到一雙黑色軟靴出現在眼前，才抬起頭。見崔亮正靜靜地望著自己，笑道：「崔大哥，一大早去哪裡了？吃過早飯沒有？鍋裡還有粥，我去幫你盛。」

她將袍子放下，剛邁出步子，崔亮將她拉住，低聲道：「小慈，我自己去盛，你坐著。」江慈一笑，輕輕掙脫右臂，奔到廚房盛了碗粥出來。崔亮接過，二人坐於院中，崔亮慢慢吃著粥，看向低頭補著衣服的江慈，漸漸有些難以下嚥。

晨陽漸升，透過藤蘿架照在江慈的身上，她白玉般的臉龐上睫羽撲閃，唇邊微帶笑意，酒窩隱現。微風拂過，一片樹葉落在她肩頭，她恍若未覺，仍是低眉凝眸，靜靜補著衣裳。崔亮伸出手來，將落葉拈去，江慈抬頭朝他笑了一笑，又低下頭看著手中針線。

崔亮心中憐惜愧疚漸濃，低聲道：「小慈。」

「嗯。」

「我問你個問題。」

「好。」江慈手中動作不停，並不抬頭。

崔亮猶豫一瞬，道：「你，怕不怕死？」

江慈笑道：「當然怕，世上之人誰不怕死啊！」

崔亮默然片刻，笑了笑：「我是說，如果你知道自己快要死的時候，你會不會恐懼不安，或者食不下嚥，或者哭天搶地？」

「不會。」

「爲什麼？」

「因爲沒用。」江慈縫好最後一針，細細打了個線結，咬斷絲線，側頭道：「既然要死，再怎麼怕都沒用的。該吃就吃，該睡就睡，想笑的時候絕不要哭，想哭的時候呢也不要憋著，就像我……」她話語頓住，笑著將補好的衣衫輕輕疊好。

崔亮不敢看向這張純淨美好的笑臉，他仰起頭深深呼吸，再低下頭，快速將碗中的粥喝盡，笑道：「小慈，我和相爺說好了，明日帶你去紅楓山遊玩。」

江慈大喜：「眞的！相爺同意了！」

崔亮站起身，拍了拍她的頭頂，微笑道：「崔大哥什麼時候騙過你，自然是眞的。我還要去方書處，你多歇著，不要太勞累了。」

十六　以退為進

裴琰步入延暉殿，皇帝正與剛到京的岳藩世子岳景隆說著話。岳景隆身量較高，眉目俊秀，神采奕奕，一長串頌德謝恩的話說得流暢自如。

皇帝似是心情極好，放聲大笑：「岳卿有子如此，朕心甚悅。」

裴琰上前叩頭，皇帝笑道：「裴卿傷勢好了？快快平身！」

裴琰站起，向岳世子笑著點了點頭。這岳世子是蒼山記名弟子，算半個武林人士，二人也稱得上舊交。

皇帝喝了口茶，笑道：「朕與你們的父親都是故交，如今看著你們這些小輩成棟梁之才，實是欣喜。」

裴琰見岳世子笑得極為恭謹，想他也明白皇帝這話說得言不由衷——那慶德王一死，與桓國盟約得以簽下，只怕岳藩就是皇帝下一個要對付的目標。此番，皇帝宣世子進京，頗有些挾制岳王的意思。

皇帝似想起了什麼趣事，步過來拉住岳世子的手笑道：「朕想起來了，當年你母妃和玉……，容國夫人同時有了身孕，當時還約定要結為姻親，倒都生了兒子，未能如願。」岳世子只是陪笑。稍頃，皇帝鬆開他的手：「景隆就先退下吧，改日隨朕去行宮圍獵。」

看著岳世子退出延暉殿，皇帝笑意漸斂，坐回椅中：「少君傷勢可痊癒了？朕擔了十來日的心。以後這些拚殺的事讓手下去做，不要親身冒險，你母親可只你這一個兒子。」

裴琰忙躬身道：「令聖心憂慮，臣惶恐。臣受的是內傷，還得費些時日調養，不然恐有廢功之虞。」

皇帝過來抓住了裴琰的右手，片刻後，眉頭微蹙：「易寒將少君傷成這樣，不愧是桓國劍神，日後若與桓國沙場對陣，他倒是個棘手人物。」

「是，這次未能將易寒捉拿歸案，是臣辦事不力，請皇上責罰。」裴琰跪下叩頭。

皇帝笑了笑，將他拉起：「何罪之有？你破了案，令盟約順利簽下，朕本要下旨褒你入龍圖閣，倒讓你這一傷耽擱了。那日簽訂盟約時見你傷得並不重，怎麼被府中一個丫鬟給襲擊，內傷加重了？」

裴琰面上一紅，似是不敢作答，皇帝看得清楚，面容一肅：「那丫鬟敢刺傷朝廷重臣，以僕襲主，罪不可逭，非得治罪不可。」

裴琰急道：「皇上，不關她的事，是臣……」

皇帝哈哈大笑，看著他尷尬模樣：「人不風流枉少年！不過，你也老大不小了，該娶個正妻來約束府中這些姬妾丫鬟，若再出幾回這些爭風吃醋的事情，豈不讓人笑話你這個朝廷重臣！」

裴琰只低頭稱是，皇帝笑道：「朕本來還想賜你幾個月落歌姬的，如此看來，倒是不必要了。對了，岳世子有個妹妹，比你小上五歲，是王妃親生，去年剛冊了貞婉郡主。你回去問問你母親意見，若是合意，朕就下旨給你賜婚。」

裴琰心中一咯噔，跪下叩頭道：「皇上隆恩，臣萬死不足以報。只是岳藩遠在西南，貞婉郡主是王妃的掌上明珠，若讓她遠嫁京城，別鄉離親，臣於心不忍。」

皇帝點頭道：「倒是朕考慮得不太周詳，就先放放吧。」

裴琰略略鬆了口氣，站起身來，道：「皇上，臣自幼練功都是用長風山莊後的寶清泉水洗筋練骨，是以這回內傷得再借寶清泉水的藥力方能痊癒。臣冒死奏請皇上，允臣辭去左相一職，回長風山莊靜養。」

皇帝眉頭一皺：「養傷固然要緊，但也無需辭去左相一職。」

「皇上，左相掌管兵部、禮部、工部三部，臣這內傷若要痊癒，至少須得半年時間，而這三部政務繁雜，不能無人主理，請皇上三思。」

皇帝沉吟道：「你說的倒是實情，禮部和工部事情不多，主要還在兵部，不能一日無人主理。這樣吧，這個左相你也不用辭，兵部的事情，讓董大學士先替你理著；至於禮部和工部，就讓這兩部尚書自己拿主意，直接上奏於朕便是。待你傷癒回朝，朕再做安排。」

裴琰忙叩頭道：「謝皇上，臣只望儘快養好內傷，早日返回京城，以報皇上隆恩！」又道：「皇上，長風騎以往軍務快報都是直遞給臣，臣療傷期間，不宜再處理長風騎的軍務。」

皇帝微笑道：「朕已命劉子玉爲內閣行走，讓長風騎的軍情快報都送至他手中吧。」皇帝走了過來，沉默良久，方道：「十一月初十，是武林大會選拔新盟主的日子，又是在你長風山莊舉行。」

「是，皇上，臣請辭回山莊靜養，正要去觀禮此次武林大會。」

皇帝點了點頭：「少君甚知朕心。」沉默一陣，又道：「上次議的，辦得差不多了吧？」

「回皇上，副將位置以上的各門派弟子，臣都讓他們休假備選武林盟主；副將以下級別的，臣也准他們休假觀禮。」

「嗯，辦得很好。你上次的調整策略，朕會讓董學士在這段時間內照著施行。武林大會的事兒，該怎麼辦，你都清楚？」

裴琰躬腰道：「臣自會竭盡全力，令此屆武林大會推舉出合意人選，不負皇上所望。」

皇帝笑著拍了拍裴琰的手：「你也要悠著點，內傷未癒，有什麼事讓手下去辦，千萬不要自己出手，萬一有個閃失，朕可對不起你死去的父親，你見機行事吧。」

「是。」裴琰見皇帝不再說話，行禮道：「臣告退。」

皇帝點點頭：「去吧，把傷養好，半年之後，朕要見到一個生龍活虎的少君。」

皇帝望著裴琰退出殿外，聽聞內閣傳來輕微的聲音，笑了笑，隨即轉身步入。見龍榻上露出一角白袍，和聲道：「你什麼時候進來的，也不讓人稟奏一聲？」

白袍人靠在紫綾錦被上，見皇帝進來也不起身，只斜睨了一眼，唇角含笑。皇帝寬去外袍，走到榻邊坐下，掀開被子，伸手進去摸了摸，皺眉道：「怎麼總是任性，那『冰魄丹』雖能提高你的內力，可也不能這樣急於求成。」

白袍人右手食指勾起披落肩頭的烏髮，輕聲道：「裴琰武功日益精進，我若不練好些，將來萬一有個什麼事可怎麼保護皇上？」

皇帝清俊的面上浮起愉悅的笑容，漸感唇乾舌燥，沉沉的慾望漂浮在屋中，令他有些把持不住。他將白袍人攬入懷中，自那俊秀絕美的面容上輕撫而下，聲音也有了些許沙啞：「還是你好，知道疼朕！」

白袍人身子微微仰起，素袍自肩頭滑下，皇帝被那白玉般的光華炫得有些頭暈，忍不住將素袍扯落，讓那柔軟姣好的身子緊貼在自己胸前，喃喃道：「你也大了，朕再捨不得，也得放你出去了。」

殿內流動著曖昧難言的氣息，皇帝眼神漸漸有些迷離，覺紫綾錦被上繡的黃色菊花開得竟似格外妖嬈。他撫上那緊緻光滑的肌膚，自脖頸而下，滑過背部，握住那柔韌的腰，喘道：「要是你永遠都不長大多好，永遠像進宮時那樣……」

他猛然俯身咬上那精緻的耳垂，身下之人痛哼一聲，身軀一僵，低頭望著龍榻前方一盆「綠玉青絲」，眼神如一把利刃，似要將那綠菊割落粉碎成泥；清冷的手指在波浪般的起伏中緊攥著綾被，似要將那一份噴薄欲出的仇恨與隱痛，緊緊收回心底深處……

皇帝躺回被中，任身邊之人替自己輕捏著雙肩，閉上眼睛，輕聲道：「而今眼下，禁衛軍，朕也收回來了。京城左右無事，你就出京，給朕盯著裴琰，武林大會那裡，朕有些不放心。」隨即緩慢悠長地吐了口氣，睜開雙眼，看著面前這張帶上些許潮紅的面容，微微而笑，「你不是很想出去玩一段時間麼？朕就再放你出去幾個月，只是……」手指在那白玉般的肌膚上緩緩劃過：「別玩得太瘋了，也別把心玩野了……」

翌日天公作美，麗陽普照。

江慈一早起來便心情愉悅，又心知肚明衛昭不會再來殺己滅口，原準備以本來面目穿上漂亮衣裙出府遊玩，崔亮卻不放心，仍讓她稍改妝容，換上小廝服飾。又見安澄派了數十名暗衛相隨，這才帶江慈出了相府，往紅楓山而去。

江慈出西園之時，想起前日所挖出、裝在瓷瓶中的蚯蚓，釣魚之癮登時發作，便與崔亮一說。崔亮知紅楓山間有一平湖，倒是個釣魚的好去處，也來了興致，二人便將釣魚所需物事帶齊，騎馬奔至紅楓山腳，由望京亭而上，不多時便到了湖邊。

微風送爽，陽光熙暖，江慈站於湖邊大石上，呼吸著山野間的清新氣息。慢慢舒展雙臂，雙眼微眯，只覺此時是入京以來最爲輕鬆愜意的時刻。

崔亮凝望著她面上歡悅神情，將魚餌慢慢投下，笑道：「你剛才不是說，你釣魚的本領是鄧家寨數一數二的麼？要不咱們比試比試？」

江慈側頭笑道：「我不單釣魚厲害，捉蝦摸蟹也不在話下。鄧家寨有條小溪，溪裡有很多螃蟹，把那些石頭翻開，一抓一個準……」目光望向自遠處走來的一群人，話語逐漸低落，嘴唇微微嘟起：「眞不該說螃蟹，把這隻大閘蟹給引來了。」

崔亮回頭，不由笑道：「相爺怎麼也來了！」

裴琰一襲淡青色紗袍，俊面含笑，帶著一大群隨從，悠悠走近，道：「我明日就要回長風山莊，今日無事，聽安澄說，子明出來釣魚，來湊個熱鬧。」

他瞄了江慈一眼，未再說話。隨從們搬過籐椅，舖上軟墊，又有人奉上香茶，替裴琰將香餌裝上釣鉤，裴琰揮手令眾隨從退入林中，大剌剌地在椅中坐下，將釣線投入水中。

江慈見他所坐位置離自己極近，遂提起釣竿轉到崔亮另一側坐下，將釣線投入水中，專心地望著湖面。

不多時，湖面水泡微冒，崔亮的釣線一沉，江慈看得清楚，連拍崔亮的肩頭：「有了，有了！」崔亮微微一笑，待那釣線再沉幾分，猛然起手，釣上來一尾三寸來長的小鯽魚。

江慈眉開眼笑，將小鯽魚從釣鉤上取下，放入竹簍中。回身間瞟了一下那邊的裴琰，只見他意態悠閒，靠在籐椅中，釣竿斜斜地放著，雙眼微瞇，不像釣魚，倒似來這山野間曬太陽。她微哼一聲，坐回原處。

將近午時，江慈與崔亮二人收穫頗豐，眼見竹簍將滿，江慈笑道：「崔大哥，我們今天中午在這山上烤魚吃，可好？」

「也好，反正現下回城也過了午飯時分，我倒是很久沒吃過烤魚，正有些嘴饞。」崔亮轉頭道：「相爺沒事的話，和我們一起吧。」

裴琰慢慢收起釣竿，取下了一尾小魚：「那得看江姑娘手藝如何。」

江慈微惱，向崔亮道：「我去揀些柴禾來。」將釣竿一放，向林間奔去。

望著她的身影消失在林邊，崔亮方將視線收回，轉頭見裴琰亦望著同一方向，輕聲道：「相爺，您還是將小慈放了吧。我自會……」

裴琰收回目光，微笑道：「不是我不想放她，實是那星月教主一日不除，她便仍有性命之憂。毒我可以替她解，也不會再讓她服侍你，但人，是不能放的。」

崔亮輕歎一聲，不再說話。裴琰再將釣線投入湖中，道：「我還要謝謝子明，你說的那『沉脈草』果然靈效，能讓我的眞氣有一個時辰的衰退，讓皇上眞以爲我受了嚴重的內傷。」

「皇上准了相爺的辭呈？」

「他倒是想准，可又怕無人制著莊王，便放了我半年的假。也好，我正有些累，想回長風山莊休養一段時日，只是許多事得拜託子明了。」

崔亮沉默片刻，輕聲道：「相爺放心，各處奏章，我會留意的。」

二人正說話間，對岸的林子裡傳來一陣歌聲。抬眼望去，只見江慈正爬上一棵大樹，伸手去摘樹上的果子。她的歌聲宛轉清亮，悠揚明淨，越過了湖面，於山野之間迴響：「天連水，水接天；霧鎖山，山披霧；雪髮曾紅顏，紅顏不堪老；白頭曾年少，少年定白首；識人間如戲，歲月如夢；莫若乘風歸去，看青山隱隱，流水迢迢，江海寄餘生。」

裴琰與崔亮望著樹間那道靈巧的身影，聽著這如山泉水般純淨的歌聲，俱各沉默。良久，裴琰道：「我明日回長風山莊，江姑娘得我和一起回去才行。」

崔亮猛然轉頭，望著裴琰。

裴琰微笑道：「一來我收到消息，星月教主可能會去武林大會，得快點讓江姑娘聽聲認人，把這事給了結，她才無性命之憂；二來，她所中之毒，解藥得用長風山莊後方的寶清泉水送服，方才有效。」

崔亮曾聽聞長風山莊獨門毒藥的厲害，倒也非裴琰胡說，遂輕聲道：「我替小慈謝過相爺。」

「這事，是我錯在先，不該脅迫她服侍於你。子明放心，解毒認人之後，她若是想回京城，我自會將她帶回來；她若是想回鄧家寨，我也會放她走的。」

說話間，江慈一手抱著把枯枝，一手用衣襟兜住些野果沿著湖邊走了回來。

裴琰望著她漸漸走近的身影，微笑道：「子明這回肯爲了江姑娘回來，倒是出乎我意料。」

崔亮怔怔地望著江慈，良久方輕聲道：「是我有愧於她，我枉稱男子漢大丈夫，其實，無論心地、處世和胸襟，都及不上她。」

裴琰點了點頭：「我也未曾想到，她竟從未在你面前洩露絲毫風聲，讓我眞以爲子明是心狠之人，不顧她的性命而偷偷溜走。」

「那日我藉機探了一下你的脈，知你並沒有受傷。我以爲，她一無關緊要的鄉野丫頭，你不會眞取她性命，我走後，你自會將她放了。」崔亮目光凝在漸行漸近的江慈身上，「她不但未露絲毫風聲，還活得這般自在豁達。她心地慈善，純真潔淨，比我們這些七尺男兒還要強上幾分。」

說話間，崔亮收起釣竿，又取下一條鯽魚。一鬆手，眼見那魚在草地上翻騰著躍回湖中，緩緩道：「相爺，希望你說話算話。你看，有些魚雖上了鉤，要是拚死一躍，還是能回到水中的。」

江慈邊唱邊行，走到崔亮身邊，將枯枝丟下，從衣襟兜中選了幾個好點的果子，遞給崔亮：「崔大哥，先吃點青果，填填肚子。」崔亮笑著接過，咬了一口，連聲道：「嗯，好甜！」

江慈再選了個紅點的果子，正要送入口中，卻見裴琰笑得極爲和悅，望著自己。她猶豫了一下，終慢慢走至裴琰身前，將手中野果遞了出去。裴琰看了她片刻，並不伸手。

江慈微惱：「知道相爺身子金貴，嫌我的果子不乾淨，不吃拉倒。」正待收手，裴琰卻右臂輕舒，將她衣襟中的野果悉數攬過，拈起一枚送入口中，那股清甜香脆讓他眼睛一瞇，片刻後向江慈一笑：「謝了！」

當夜，風雲驟變，北風凜冽，下起了入冬以來最大的一場雨。

寒風夾著雨點嘩嘩而下，擊打在窗前簷下。崔亮整晚無法安睡，到了子時三刻，索性披衣出門，站於廊下，長久凝望著江慈居住的廂房，聽著撲天蓋地的雨聲，直至雙腳有些麻木，方才返房。

江慈天未亮便被喚醒，迷迷糊糊中，崔亮撐著油傘將她送上馬車。暴雨斜飛，淋濕了衣裙下襬，覺有些寒冷。鑽入車廂，卻見裴琰輕擁狐裘，手中握著書卷，倚於軟榻之上，正似笑非笑地望著自己。

江慈正待回頭喚崔亮上車，馬夫長喝一聲，車輪滾動，她忙站穩身形，急道：「崔大哥還沒上來！」

車內陳設精美，還放了一個小炭爐，裴琰靠在軟墊上，懶洋洋地道：「子明不和我們一起。去，給我沏杯茶來。」

江慈忍不住瞪了他一眼，卻仍將小銅壺放上了炭爐，待水燒開，斟了杯茶，遞至裴琰身前。

裴琰的目光自書卷後方移開，抬眼看了看她：「你不知道，要先將茶盅燙熱，將茶過一道，第二道再給主子奉上麼？」

江慈無奈，只得又照他的話做了一遍。

裴琰伸手接過茶盅，瞥了一眼江慈，見她似是衣衫單薄，裙襬又被雨淋濕，跪於炭爐邊，身子仍有些發抖，嘴唇也有些蒼白，不由眉頭微皺，遂拍了拍身邊軟榻：「過來。」江慈搖了搖頭，忍不住問道：「相爺，我們這是去哪？」

「你坐這裡，我就告訴你。」

江慈好奇心起，爬起身子坐於他身邊。裴琰猛然坐起，俯身將她被雨淋濕的裙襬撕落，江慈大驚，急忙捂住露出來的小腿，怒道：「你做甚！」

裴琰一笑，右手擊向她額頭，江慈忙伸手格擋，他再將手一撥，江慈被撥得身形後仰，倒於榻上。暈頭轉向間，「呼」的一聲，眼前全黑，似是被什麼東西罩住身軀。她手忙腳亂地掀開面上之物，定睛細看，才發現竟是裴琰先前擁在身上的狐裘。

眼見裴琰嘴角隱帶捉弄的笑容，而自己的裙襬又被他撕落，小腿部分裸露在外，江慈遂躍下軟榻，將狐裘重重地擲向裴琰，轉身便欲拉開車門。

裴琰抓起身邊茶盅輕輕擲出，正中江慈右膝，她腿一軟，跪於地氈之上。心中羞怒難言，緊咬著下唇，死死地斜望著裴琰。

裴琰唇邊笑意漸漸斂去，冷聲道：「眞是不知好歹的丫頭！」見江慈仍是跪著，遂擲下手中書卷，俯身將她拖起。江慈欲待掙扎，卻被他按住腰間穴道，抱到榻上。裴琰拉過一床錦被蓋於江慈身上，又用狐裘將她圍住，見她仍滿面羞惱地望著自己，冷冷一笑：「你若是病了，誰幫我去認人！」

江慈心中一凜：「難道，衛昭已經布好了局，大鬧蟹就要帶自己去見那個姚定邦了麼？可又不見衛昭給自己傳個信啊，她又怎麼會知道誰就是那姚定邦呢？」想到這事，神情便有些怔忡，裴琰不再理她，自顧自地看著書。

江慈覺身子漸漸暖和，她本是在睡夢中被喚醒的，馬車搖晃間，漸感有些困倦，忍不住打了個呵欠，不多時，便迷迷糊糊睡了過去。

裴琰將手中書卷慢慢放下，望著江慈漸轉紅潤的面頰，笑了笑，替她將滑下的狐裘拉上，攏在她的肩頭。又敲了敲車壁，一名侍從掀開車簾，裴琰輕聲道：「去，讓人送幾套女子衣物過來。」

江慈睡到辰時末才醒轉，睜開雙眼，見裴琰仍在看書，而自己身邊擺著幾套衣裳。明他之意，卻又不好當著他的面換衫，索性閉上雙眼，假裝仍未睡醒。

過得片刻，她聽到裴琰敲了敲車壁，馬車停穩，他似是躍下了馬車，將車門緊緊關上。車外人聲漸低，她趕緊手忙腳亂地換過衣裙，躍下榻來。才剛在馬車另一側的軟凳上坐定，裴琰隨即上車，瞄了她一眼，馬車重新向前行進。

裴琰躺回榻上，看了眼腳邊的狐裘，又看了看江慈，面色陰沉，將狐裘拎起，欲丟出車窗。

江慈忙撲過來將狐裘搶到手中：「這麼好的狐裘，丟掉做甚？」

「髒了。」

江慈一噎，控制住心中的氣惱，面上笑意盈盈：「相爺，反正你不要了，送給我可好？」裴琰並不抬頭，輕「嗯」一聲。

江慈笑著坐下，輕輕撫著狐裘，嘴裡念道：「這麼上好的狐裘，丟掉太可惜了。黃嬸家中的大黑狗要下狗崽了，我將這狐裘帶回去，墊在狗窩裡，給小狗崽們取取暖，再好不過了。」裴琰手一顫，這書便再也看不進去，冷聲道：「給我倒杯茶。」

江慈想好了對付這隻大閘蟹的招數，一揚頭便道：「我又不是你家的奴才，爲什麼老是指使我做事？讓你的丫鬟們倒好了。」

「你沒見這車裡沒別人麼？何況，這次我也沒帶丫鬟。」

江慈面上裝得甚爲氣惱：「那也不代表我就得服侍你，那解藥大不了我不要，反正賤命一條，我受你欺負也受夠了，你也別想我替你聽聲認人，咱們一拍兩散。」裴琰放下手中書卷，坐到江慈身邊，面上似笑非笑：「你膽子倒是大了不少，那你想怎麼樣？」

江慈慢慢向後挪移，口中道：「我服侍你可以，你不得欺負我，也不得把我當奴才般指使。」裴琰再靠近她幾分，悠悠道：「什麼叫做服侍，什麼叫做欺負，我倒是不懂，江姑娘可得教教我。」

江慈退無可退，眼見那可惡的笑臉越來越近，遂運力推向裴琰前胸。裴琰右手插入她雙臂之間，左右輕點她腕上寸半之處。江慈頓時失力，雙臂垂下，身子失去平衡，「啊」的一聲向前一撲，撲入了裴琰懷中。裴琰伸出右手將她摟住，大笑道：「原來這就是江姑娘所說的服侍之法，倒是新鮮。」

江慈急欲掙離他的懷抱，可雙臂失力，裴琰又不知是有意還是無意，右手竟按住她的腰腧穴，讓她使不出一絲力氣，只得無力地伏在他懷中，鼻中聞到一股若有若無的氣息，漸感頭暈，情急之下，淚水奪眶而出。

裴琰笑得極爲得意，他得離京城，甫卸重任，又有這有趣的「小玩意」讓自己時不時調弄一下，只覺此時竟是這段時日以來最爲開心放鬆的時刻，一時捨不得鬆開手，直至感到胸前之人淚水沁濕了自己的衣衫，才漸收笑聲，放開江慈。

馬車似是碰撞了路中的石子，輕輕震了一下，江慈長長睫毛上掛著的淚水啪啪掉落。裴琰笑容漸斂，解開江慈手臂穴道，見她仍低頭垂淚，遲疑了一下，輕聲道：「好了，逗你玩的，我也沒眞把你當丫鬟，你不願做，不做便是。」說著，轉身爲自己沏了杯茶，見江慈仍在抽噎，便將茶盅遞至她面前：「喝口茶，此去長風山莊，有好幾天的路程，不要鬥氣了。」

江慈抬頭訝道：「我們是去長風山莊麼？去那做甚？」裴琰見她淚跡未乾，偏面上一副好奇神色，笑道：「你不是喜歡看熱鬧麼？十一月初十武林大會，選拔新任盟主，我帶你去趕這場盛會。」

見江慈仍有些許氣惱，裴琰拉了拉她的手臂：「來，給我捶捶腿。」頓了頓，道：「我付你工錢便是。」

江慈不動，裴琰只得又道：「那你說，要怎樣才肯服侍我？」

江慈想了想，微笑道：「你曾是武林盟主，你給我講講武林中的趣事，我就給你捶腿。」

這一路在風雨中走得甚急，除開下車如廁休息，其餘時間都是在馬車上度過，連午膳也是侍從備好了送上馬車。所幸裴琰口才甚好，所講武林趣事聽得江慈極爲過癮，並不覺路程枯燥難熬。直到夜色深沉，一行人趕到了清河鎮。

裴氏在清河鎮上有間大宅，早有侍從打馬趕到這裡安排好了一切。此時暴雨初歇，二人躍下馬車，寒風撲面，令江慈打了個寒噤。裴琰反手推開車門，取出狐裘，手一揚，正罩在江慈肩頭，狐裘又長又大，江慈縮於其中，她膚白如雪，五官精緻，倒像個瓷娃娃般。

江慈跟在裴琰背後入了大門，見宅內繡戶珠簾，明軒高敞，梅花擁屋，雖是初冬，也頗雅致動人，不由嘖嘖搖頭：「不知搜刮了多少民脂民膏，連個別院都修得這般奢侈！」裴琰回頭微笑道：「你可錯了，我裴氏一族，家產雖厚，卻非貪賄所得。」

江慈心中自是不信，腹誹了幾句，跟著他步入正院暖閣。歇得片刻，熱騰騰的飯菜便流水似地擺上了桌。

二人用過晚膳，裴琰看了近一個時辰的密件，又有這宅子中留守的侍女們進來侍候他洗漱。

江慈不知今晚自己要歇在何處，拉住一名侍女問道：「這位姐姐，請問……」那侍女恭謹一笑，並不回答，擺脫江慈的手，和其餘幾人齊齊退了出去。

見屋內只剩自己與這大閘蟹，大閘蟹臉上笑得又極為曖昧，江慈心中打鼓，慢慢朝屋外退去，笑道：「相爺早些歇著，我出去了。」裴琰邊寬去外袍，邊走過來，將門關上，「啪」的一聲將橫門放落。

江慈面上微微變色，強笑道：「相爺，那個，你，我……」裴琰笑著伸手敲了敲她的頭頂：「這別院的防衛不及相府，你若是睡在別處，我怕那蕭教主收到風聲，會過來將你殺了滅口。只有和我睡在一個屋子，你才能保得小命。」

江慈自是不能說出「蕭教主」早已和自己達成友好合作協議，肯定不會來殺己滅口，只得勉強一笑：「相爺考慮得周全。」裴琰指了指大床邊的一張錦榻：「你睡那裡吧。」

江慈從未和男子在一間屋內同睡，何況還是這隻十分可惡的大閘蟹，這覺便睡得有些不安穩。大半個時辰過去，仍在榻上翻來覆去，飯後又飲茶太多，漸覺內急。

她知大閘蟹的床後小間定有如廁之物，但要她在這夜深人靜之時，去一個大男人睡的床後如廁，打死也不幹。憋了一陣，漸有些憋不住，好不容易聽到裴琰的呼吸聲漸轉平緩悠長，估算著他已然睡著，遂悄悄掀被下了榻。

江慈屏住氣息，躡手躡腳地走到門邊，以極輕極慢之姿移開門閂，將門打開一條小縫，擠了出去。再輕手輕腳地穿過正屋，打開大門，鑽入院中。她不知茅廁在何方，院中也僅餘一盞昏暗的氣死風燈在廊下飄搖，看不大清路徑。思忖片刻，終忍不住跑到假山後方蹲了下來。

這夜十分寒冷，北風陣陣，江慈僅著一件夾襖，被風一吹，再站起身來便覺有些禁受不住，連打兩個噴嚏，心呼要糟，若被人發現自己竟跑到院中小解，這醜可丟大了。

聽得屋內裴琰似是輕喝了一聲「誰！」江慈身子一僵，腦中卻靈光一閃，「啊」地大叫，往廊下跑去。

隨著她的驚呼聲，裴琰如穿雲之燕，撞破窗格自屋內躍出。他右臂急展，將江慈護於背後，江慈渾身顫慄，叫道：「是他，他來殺我滅口了！」

裴琰面色微變，撮指入唇，尖銳的哨音未落，院外急湧入數十名長風衛，安澄當先奔入。裴琰冷聲道：「蕭無瑕出現了，給我將這附近仔細地搜一遍！」

江慈雙手環胸，躲於裴琰背後，凍得瑟瑟直抖，不禁跺了幾下腳。裴琰回轉過身，抱起她，踢開房門，將她放到床上，又在她身上蓋上厚厚的被子，皺眉道：「你沒事跑出去做甚？」

江慈雙頰微紅，又隱隱感到被中尙有他的體溫餘熱，還有一股很好聞的氣息，便說不出話來。裴琰伸手摸了摸她的額頭：「可別是嚇壞了。」遂高聲道：「來人，去請大夫過來！」窗外數人齊應聲「是」。

江慈忙擺手，道：「不用了，我沒病。」抬眼見裴琰僅著貼身裡衣站於床前，輕呼一聲，忙轉過臉去。裴琰一笑，慢悠悠地掀開被子，躺於江慈身邊。

江慈大驚，急忙鑽出被子，便要跳落下床，卻被裴琰一拉，倒在了他身上。她急道：「你……你要做甚！」裴琰大笑，將被子反轉包住江慈，又將她壓回床內。低頭看著她驚怒羞急的模樣，慢悠悠道：「你說我要做甚？」

江慈見他的手輕輕撫上自己面頰，嚇得小臉煞白。裴琰心中莫名歡暢，笑倒在江慈身上。江慈急忙用手去推裴琰，卻怎麼也推不動。裴琰笑得一陣，直起身來，正容道：「看來蕭無瑕定是要來殺你滅口的，從今而後，你須得在我身邊三步之內，再遠，我就護不了你周全。」

江慈急道：「那我若是要上茅房，要沐浴，也得在你三步之內麼？」「那是自然。」裴琰一本正經地道，再度掀開了被子，「從此刻開始，你只能和我睡一張床，我得好好保護你這條小命才行。」

江慈後悔不已，欲待說出那蕭無瑕並未現身，純粹是自己爲掩飾小解的醜事編造而出，可這話又無論如何說不出口，只得眼睜睜看著裴琰大搖大擺睡回被中。她萬般無奈，又絕不願與這隻大閘蟹同床共枕，只能縮著坐於床內一角，心中不停暗咒，直到屋外長風衛稟道已請來大夫，才鬆了一口氣。

裴琰放下紗帳，江慈伸出右手，大夫細細把脈，起身道：「這位夫……」他話語頓住，據脈象來看，帳內明顯是位姑娘，可眼前這位公子又僅著貼身白綢裡衣，曖昧難言，猶豫半晌方道：「這位夫人是受了些風寒，又被驚嚇，寒入經脈，須得服些藥發散寒氣才行。」裴琰點了點頭，侍從引了大夫出去。

過得半個時辰，侍女們端著一碗藥進來，江慈皺著眉頭喝下，重新縮回床角。侍女們退去，安澄又在屋外求稟，裴琰披上外衣出屋。

江慈隱隱聽到安澄細細回稟，說如何如何搜索，又如何如何布防。裴琰又吩咐，要調哪處的人馬過來，要如何搜索這附近百餘里處。想到自己一句謊言便將整個長風衛攪得人仰馬翻，江慈不由有些小小的得意。不多時，藥性發作，她漸感有些困倦，本就驚擾了大半夜，睡意襲上，倚在床角睡了過去。

裴琰推門入屋，走至床前，望著倚於床角熟睡的江慈，笑了一笑。他俯身將江慈放正躺平，取過錦枕墊於她腦後，替她蓋好被子，自己走到旁邊的榻上躺落。

翌日清晨，用完早膳直至登上馬車，江慈一言不發，腦中不停回想昨夜自己究竟是如何睡著的，到底是不是整夜和大閘蟹同睡一床？偷眼見裴琰總是似笑非笑地望著自己，忙將視線轉了開去。

這日北風更甚，雨倒是下得小了些。裴琰命手下拿來暖手的爐子，江慈披著狐裘，抱著暖爐，圍著錦被，與他共處一榻，偶爾說說話，倒也未再有衝突。只覺這隻大閘蟹心情極好，不再隨意支使自己。

到了夜晚，裴琰仍命江慈與他同睡一床，美其名曰保護於她。江慈自又是縮於床角，前半夜聽著裴琰的呼吸聲，心中直悔不該作繭自縛，弄至這般尷尬境地；後半夜則迷糊睡去，早上醒來才發現自己竟是擁被高臥。

十七　假戲真做

如此日行夜宿，兩日後便到了洪州，天氣也漸漸好轉，空中透出些薄薄的陽光。

裴氏在洪州有處極有名的園子，名爲「文儀」。裴琰一行剛剛入園，洪州太守不知從何處收到風聲，知道左相回鄉休養，路經洪州，便投了帖子前來拜見。

裴琰命隨從將他帶入東花廳，與這位楊太守和顏悅色地說了些官面話。楊太守興奮不已，便道要請裴相到翠光湖一遊，順便欣賞洪州逢五、十之日才有的「雜耍盛會」。

江慈曾聽人言道洪州的雜耍是華朝一絕，有些心癢，眼見裴琰端杯沉吟不答，忍不住低咳了一聲。裴琰轉頭看了她一眼，面上波瀾不興，再思索片刻，點頭道：「楊太守一片盛情，本相倒也不好推卻，那就請太守前面帶路。」

江慈暗喜，見裴琰回轉過頭上下掃了自己一眼，明他意思，忙奔入內室換了小廝服飾，又匆忙奔了出來。

裴琰正負手立於園門口，楊太守等一干人不明他爲何停步不前，盡皆垂手侍立。後見江慈奔出，裴琰微微一笑，這才當先向前行去。

洪州乃華朝有名的魚米之鄉，物產豐庶，民多商賈。這翠光湖位於洪州城南，因山間遍植翠竹，山腳湖面波光粼粼而得名。

這日是十一月初五，正是洪州城每逢五、十之日的「雜耍盛會」。雖坐於馬車之中，江慈仍能感覺到城裡的繁華熱鬧氣象。見她不時掀開車簾望向車外，裴琰微笑道：「你這麼愛玩，以前怎麼在鄧家寨待了十幾年都沒下山？」

江慈笑道：「也不是沒下山玩過，以前師父也帶我走了一些地方。師父去世後，師姐看我看得緊，鄧家寨的大嬸們又愛告密，我溜了幾次，都沒到山腳就被師姐逮回去了。」裴琰低頭飲茶，沉默片刻，抬頭微笑道：「你倒是挺怕你師姐的。」

江慈笑容漸斂，輕聲道：「我也不是怕她，相爺不知道，師姐她很可憐的。柔姨那時病了兩年，瘦得跟枯柴似的，後來實在拖不過，去世了，師姐有半年都沒說話。她本來就話少，只在我面前還能露露笑臉，我不願她不高興我這次偷跑下山，我也只不過想玩一玩，再帶些新奇玩意回去給她，逗她笑一笑，哪知道……」裴琰掀開車簾，側頭望向窗外，口中道：「要是星月教主的事情了結了，我又給你解了毒，你是想回鄧家寨，還是繼續在外遊玩，又或是……」

江慈大喜，坐到裴琰面前：「相爺肯給我解藥了！」裴琰微微一笑：「你還沒回答我的問題。」

江慈側頭想了想，笑道：「相爺莫怪我臉皮厚，要是眞無性命之憂了，我還得賴在相爺府中一段時間。」

裴琰笑容漸濃：「我相府雖然家大業大，但你這般好吃，只怕多住一段時日，我會被你給吃窮了。」江慈惱道：「虧你還是堂堂相爺，這般小氣，你放心，我不會住太久的。師姐留了信，讓我在相府等她，只要她回來，我就和她一起回鄧家寨，以後再也不會叨擾相爺。」

正說話間，馬車停穩，江慈當先跳了下去。她將車門打開，伸手欲讓裴琰就手下車，裴琰面容微寒，左手籠於袖中，食指輕輕點上她臂間穴道。江慈手一痠，垂落下來，眼見裴琰行出數步，忙揉著右臂，跟了上去。

「流霞閣」建於華朝初年，爲當時的開國功臣宣遠侯何志玄出資修建。其背靠小幽山，西臨翠光湖，夏有芙蓉遍目，秋有黃菊滿山，實爲洪州第一攬勝觀景之處。

閣中擺著十餘張矮几，楊太守將裴琰引至首位上盤膝坐下，江慈則撫著痠麻的右臂在裴琰背後跪落，不明這隻大閘蟹為何突然翻臉，要點自己的右臂穴道。見他俊面含笑，對洪州一眾官員說著漂亮至極的官面話，不由暗暗對著他的背脊骨比劃了一下拳頭。

楊太守介紹過一眾官員，陪笑道：「相爺，聽聞相爺肯賞面來觀這『雜耍大會』，宣遠侯府的小郡主說要前來與相爺敘敘舊，下官也有個女兒，與小郡主甚是交好，頑劣不堪，嚷著要前來一湊熱鬧，相爺您看……」

裴琰微笑道：「本相也很久未見何家妹子，她與令千金要一同觀賞雜耍，本相極願作陪。」

江慈曾聽人言道，世代襲爵、定居洪州的宣遠侯府有一位小郡主，自幼拜在青山派門下，習得一身好武藝。又性情潑辣，在洪州城呼風喚雨，無人敢惹，聽得她與裴琰竟是舊識，還要公開出席這等官宴，不由有幾分好奇。裴琰回頭努努嘴，讓江慈坐前來將酒斟上。她嘟著嘴伸出右臂，裴琰一笑，右手彈出一粒花生米，解開了她的穴道。

腳步聲響，數名女子由閣後轉出，其中一人嬌笑道：「裴家哥哥倒是自在，怎麼到了洪州也不來看我！」江慈轉頭望去，只見當先一名女子，年約十七八歲，眉彩飛舞，英氣勃勃；她背後一名女子，年紀相當，腰肢婀娜，略略垂首，偶爾抬頭暗窺裴琰，秋水盈盈，脈脈生波。

裴琰笑道：「我在京城也聽說了，青泠妹子打遍洪州無敵手，因而不敢到侯府拜見妹子，以免被打得起不了床！」

何青泠笑聲極為爽朗：「裴家哥哥又拿我說笑。你可是武林盟主，我再大膽，也不敢和你動手的。」說著，踢了踢跪於裴琰身邊的江慈，江慈只得轉到裴琰另一邊跪落。

何青泠於裴琰身邊坐下，又拉著背後那名女子笑道：「裴哥哥，這位是楊太守的千金，也是我的金蘭姐妹，更是這洪州城有名的才女。」

裴琰微微欠身：「素聞楊小姐詩才之名，裴琰正想向小姐討教一二。」

楊小姐滿面含羞，低聲道：「相爺客氣了。」遲疑再三，終是掙脫何青泠左手，帶著兩名丫鬟低頭行至楊太守的背後坐下。

何青泠笑道：「裴哥哥這是回長風山莊麼？我正準備明日上長風山莊與師父師姐們會合，倒巧，可以和裴哥哥一道。」

「好是好，恐怕有些不便。」

何青泠一愣：「有何不便？」

裴琰微笑著與洪州守備舉杯共飲，放下酒盞，湊近低聲道：「我此次是代表朝廷去觀禮的，若是與妹子一道，武林同道們會以爲朝廷支持你們青山派奪這武林盟主，可就不太好了。」

何青泠冷冷一笑：「他們愛猜疑，就讓他們去猜吧。我們青山派這回是一定要將這武林盟主位置搶過來的，讓那些嚼舌頭的人看看，青山派的女子要勝過男兒數分！」

裴琰點頭道：「妹子英豪全然不遜於七尺男兒，我自是知道。只是不知貴派，這回推舉了何人競選這個盟主位置？」

何青泠隱有不悅：「還能有誰！師父不願出面，自是只有大師姐了！」

「青山寒劍簡瑩？她的武功是不錯，但也不見得就強過妹子，可惜妹子入門晚於妳師姐，不然定可以去奪這盟主之位。」

何青泠更加不爽：「師父偏心於她，我有什麼辦法！」

裴琰笑道：「我倒是有個法子，妹子若是肯聽我一言，也有希望去奪回這個盟主的。」

「哦？」何青泠坐近一些，低聲道：「裴哥哥快教教我。」

江慈跪於裴琰右側，看著二人低頭細語，又見閣前高臺上雜耍尚未開演，眼前空有滿案美食，也不能下手，未免有些鬱悶。忽覺衣襟被人扯動，回頭一看，是名十五六歲的俏麗丫鬟。

江慈不明這楊小姐的丫鬟找自己有何事，欲待不理，那丫鬟猛然伸手揪了一下她的右臂。江慈差點痛呼出聲，瞪了她一眼，只得悄悄隨她出了正閣。

二人行至閣後迴廊，江慈揉著右臂，怒道：「小丫頭，你掐我做甚！」那俏丫鬟盈盈一笑，靠近江慈身軀：「這位小哥，你可別氣，我是見你長得俊，才忍不住掐你的。」

江慈這才恍然省覺自己是小廝裝扮，心中好笑，輕咳一聲，雙手抱於胸前，靠上木窗，右足足跟輕敲地面，冷冷道：「這位姑娘，咱們素不相識，有什麼話就快說吧。本公子忙得很，咱家相爺可是一時都少不了我的。」那俏丫鬟笑得更是嫵媚，右臂攀上江慈肩頭，低低道：「不愧是相爺府中出來的，公子真是一表人才，談吐不凡。」

江慈越覺好笑，肩頭又有些癢，不由向後退了兩步。那丫鬟正低頭說話，始料未及，右手搭空，險些摔了一跤。江慈伸手將她扶住，順帶在她腰上摸了一把，笑咪咪道：「妹子要站穩了，可別摔掉了門牙。」

閣內，裴琰忍不住微微而笑，何青泠將他面上俊雅笑容看得清楚，一時便有些走神。

江慈自閣後進來，仍跪於裴琰背後。裴琰側頭看了她一眼：「說了讓你不要離我三步之內，把我的話當耳邊風了？」江慈但笑不語，唇邊酒窩越深，笑得一陣，不可自抑地伏在案几上。

裴琰正待說話，閣前搭好的高臺上鑼鼓齊響，一隊數十人的雜耍團於熱烈掌聲中登上高臺。

江慈目光頓時被吸引過去，忙坐直身子。只見高臺之上，十餘人在疊羅漢，最上一名童女，身若無骨，倒撐在一名少年手中，做著各式各樣的驚險動作，江慈看得興起，忍不住隨眾人一起鼓掌。疊羅漢演罷，臺上更是精彩紛呈，有吐祥火的，有滾繡球的，還有耍柘板、橫空過軟索的。江慈看得眉開眼笑，一時忘了替裴琰斟酒布菜。

何青泠見裴琰自行斟酒，自己夾菜，又見江慈坐於一旁專注觀看雜耍，忍不住道：「裴哥哥，你相府的規矩可得立一立了。」裴琰一笑：「妹子不守侯府的規矩，倒來管我相府的規矩。等妹子當上武林盟主，我自當聽從妹子之言。」

一輪大雜耍演罷，先前那名表演的童女再度登場。只見她梳了兩個童丫髻，額間一點紅痣，面如粉團，甚是可愛。她倒翻上數條架起的板凳，板凳有些搖晃，江慈不免替她擔心，卻見她身如柳葉，柔若蠶絲，牢牢地黏在最上面一條板凳之上。臺前一名漢子不停地將瓷碗拋向那女童，女童單手倒撐，雙足和另一隻手不停接過拋上來的瓷碗，摞成一疊。

隨著她接住的瓷碗越來越多，臺前閣內的喝彩聲也越來越響。卻聽「鐺啷」之聲，那女童一只瓷碗未曾接穩，身子失去平衡，跌落於地，瓷碗滾滿高臺。眾人一片惋惜之聲，臺前漢子面色一變，上臺踢了那女童數腳，仍舊喝令她重新登上凳梯。女童淚光盈盈，抽噎著重新上臺，再度接住那中年漢子拋來的瓷碗。

江慈見這女童不過七八歲年紀，練功練至這等水平，可想吃了不少苦頭。那漢子先前踢她數腳極為用力，有一腳踹在面部，隱見其右頰高高腫起，憐惜之心大盛。一陣勁風吹過，板凳搖晃，眾人皆輕呼出聲。那女童似是受驚，身子歪斜，再度跌落於地。眼見那漢子罵罵咧咧地衝上前去對她一陣拳打腳踢，江慈終忍不住拉了拉裴琰的衣袖。

裴琰轉過頭來，江慈猶豫了一下，貼到他耳邊輕聲道：「相爺，你能不能說句話，救救她？」「我為什麼要救她？」裴琰微笑道：「她學藝不精，表演失敗，就該責打，怨不得她師父。正如你，若是學武用功些，也不至於到今日這種地步。」

江慈又羞又怒，只覺這人心硬如鐵。耳邊聽得那女童猶自哭號，在臺上滾來滾去，狀極痛苦，倏然站起身，怒視裴琰：「相爺妹子多，這個何家小姐也是，那個楊家小姐也是。只是不知，臺上這位若也是相爺的妹子，相爺倒管是不管！」她憤怒之下話音極大，滿堂賓客齊齊將目光投向她。一旁的何青泠與那楊小姐更是愣然張嘴，說不出話來。裴琰愣了一瞬，旋即大笑。

江慈瞪了他一眼，身形疾閃，躍出正閣，縱上高臺，將那女童護在背後，向那中年漢子怒目而視：「不准再打她！」中年漢子眼見這小廝自閣內躍出，顯是某位大官的隨從，得罪不得，便尷尬地笑著退了下去。江慈返身牽住那女童的手，見她滿面驚惶之色，微笑道：「你別怕，我會想辦法不讓他再打你。」

閣內，何青泠看著臺上的江慈，又看著笑得意味深長的裴琰，恍然省悟，心中有些不舒服，輕聲道：「裴哥哥，一年不見，你可變了。」裴琰看著江慈牽著那女童走入閣中，淡淡道：「是麼！」

江慈牽著女童走至裴琰背後，也不看他，逕自從案上端了碟糕點，拈了一塊，送至女童口邊，柔聲道：「快吃吧。」女童張口接過，朝江慈甜甜一笑，又低下頭去。

江慈心中高興，轉身又去拿案上菜肴。女童卻突然抬頭，右手一翻，手中匕首寒氣凜冽，帶著森森殺意直刺向正朝案几俯身的江慈。

江慈正拿案上瓷碟，忽被裴琰大力一拉，撲倒在他膝上，但右臂劇痛，已被匕首割傷。女童面色一變，右腕用力，再度朝江慈刺下。裴琰抱住江慈向後仰倒，右足疾踢，女童手上匕首於空中轉向，擲向江慈背心。

裴琰右足依然踢向女童手腕，右手運力彈向空中匕首，匕首如流星般飛向閣上橫梁，深沒入木梁之中，猶自勁顫不絕。女童身軀一擰，避過裴琰右足，見已不能取江慈性命，急向閣外飛縱。安澄等人早自閣外湧入，將那女童圍個水泄不通。

女童呵呵一笑，聲音竟忽然變得如同成人。她再從腰後拔出一把短刃，身形快捷如風，攻得長風衛們有些散亂。安澄怒喝一聲，刀光如迅雷疾電，往女童劈去。女童橫移兩步，舉刃相擋，刀刃交鋒，激響過後，女童口角溢血，倒退數步，坐於地上。

裴琰正撕開江慈右臂衣袖，側頭看了一眼，冷聲道：「留活口！」

安澄刀抱胸前，帶著數名長風衛緩步逼近。女童仍是夷然無懼的神色，仰頭而笑。安澄久經陣仗，知有些不妥，眼見寒光微閃，身形忙疾速後翻。只見那寒光竟是從女童口中射出，一篷銀色細雨在閣中爆開，數名長風衛躲避不及，中針倒地。女童身形快捷靈活，泥鰍般自數名長風衛防守之隙竄向閣外，安澄落地後迅即追出。閣外中年漢子大笑著擲出軟索，女童伸手接住，二人一扯一帶，捲上湖邊垂柳，幾個騰縱，便消失在茫茫夜色之中。

這番變故來得突然，從女童下手刺殺江慈至其逃走，不過幾句話的工夫，閣內眾人目瞪口呆，半晌才回過神來。楊太守見出了這等事，嚇得雙腳直哆嗦，強自鎮定吩咐手下去請大夫，又急急調來兵士將流霞閣團團護住，將那些雜耍藝人統統鎖起。

裴琰推開江慈，站起身來。江慈捂著右臂，滿面痛苦之色。裴琰也不理會楊太守惶恐告罪，當自大步出閣，安澄等人急急跟上。裴琰並不回頭，道：「將在場之人給我仔細地查一遍。」說著，躍上馬車，見江慈齜牙咧嘴站於車旁，眉頭微皺，便探手揪住江慈衣襟，將她拎上車。車夫勁喝，疾馳而去。

翠光湖畔，一隻小船泊於岸邊，一黑衣人斜躺船篷之上，遙望著閣前閣內發生的一切。看著裴琰的車騎消失在夜色之中，輕笑道：「有些意思。」

回到文儀園，踏入房中，裴琰回頭見江慈滿面痛苦之色，右臂傷口處仍有鮮血滴下，返身自櫃中取出傷藥，猛地扯過江慈手臂，將她按於床邊坐定，不顧她連聲哀號，將傷藥敷上，撕落她身上衣襟包紮起來。

江慈痛極，但見裴琰面帶冷笑，呼痛聲便慢慢低落，只是眸中淚水仍忍不住滴落。正待說話，卻聽肚內傳來「咕嚕」響聲，不由面上微紅。裴琰搖了搖頭，一臉鄙夷，出門而去。不多時，數名侍女捧著菜肴進房，江慈知是大閘蟹所吩咐，略覺赧然，便欲下床。

一名侍女上來行禮道：「江姑娘，相爺吩咐，不讓姑娘下床，由奴婢來服侍您用膳。」說著，握起銀箸，夾起一筷清炒三絲，送至江慈面前。江慈大窘，忙道：「姐姐，我自己來。」下意識伸出右手，卻扯動臂上傷口，嘴角輕咧。

那侍女急忙跪落於地：「江姑娘，相爺吩咐，奴婢不敢有違，還請江姑娘體恤奴婢，以免奴婢受責罰。」江慈無奈，只得任這名侍女餵自己用飯，心中暗怪大閘蟹治下太嚴，沒有一絲人情味。

外室，裴琰端坐於椅中，聽著趕回來的安澄細細稟報。

「已經全城布控，但翠光湖附近山巒較多，小幽山過去便是瀟水河，估計刺客已經水遁逃離。雜耍團的人也審問過了，這對師徒是數日前上門自薦表演的，團長見他二人技藝高超，便留了下來。」

裴琰喝了口茶，道：「安澄，你有沒有聽過『柔骨姬』和『攔江客』的名號？」

「屬下也是這般猜想，那女童面相雖似孩童，但那份腰功絕非三五年可以練成，顯是成年侏儒裝扮而成。那漢子的軟索功更是江湖一絕，此二人應該就是『恨天堂』的殺手柔骨姬和攔江客。只是恨天堂素來與我們長風山莊井水不犯河水，多年來行暗殺之事，也不敢碰與我們相關之人，這回衝著江姑娘而來，實是有些蹊蹺。況且，那柔骨姬爲何不在臺上動手，非要於閣內再動手，屬下也有些不解。」

裴琰笑了笑：「她在臺上動作再快，也沒把握快過我手中竹筷。」

「原來相爺早看出她不對勁，看來她是隨江姑娘走到相爺的背後，才找到出手機會。不愧爲恨天堂第一殺手，居然能在相爺的眼皮下動手傷人。」裴琰抬眼看了看安澄，安澄心中暗凜，垂下頭，不敢再說。

裴琰道：「你派人與恨天堂接上頭，看看左堂主是要銀子還是什麼，務必將何人收買了此二人殺小丫頭，查個清清楚楚。」

「屬下猜測，只怕與那蕭無瑕脫不了干係，旁人自無必要來殺江姑娘。」

「是蕭無瑕無疑，但何人才是眞正的蕭無瑕，看看恨天堂那裡有沒有線索。武林大會轉眼即至，蕭無瑕若要插上一手，擾亂咱們的計畫，聖上那裡，我不好交代。」裴琰頓了頓，又道：「楊太守那裡，你也派人查一查。這何青泠雖是我們放出風聲引來的，但柔骨姬和攔江客又如何得知楊太守預備請我去看雜耍，這其中肯定有線索留下。」

安澄應聲「是」，正待轉身，室內忽傳來江慈一聲驚呼。

裴琰自椅中躍起，衝入內室，只見江慈正急急下床。見裴琰冷著臉衝進來，那幾名侍女霎時唬得跪地磕頭。裴琰擺了擺手，眾人退出房去。

他微笑著負手一步步朝江慈走近，江慈被他逼得退回床邊，嘻嘻笑道：「相爺，那個……我求您件事，好不好？」裴琰悠悠道：「你受了傷還這麼不安分，說吧，小丫頭又要玩什麼新花樣？」

原來江慈方才用飯，想起先前楊小姐的丫鬟與自己所說之話、所託之事，這才驚呼出聲。聽裴琰此話，頓時想起當時情景，忘了手臂疼痛，「哈」的一聲，笑倒於床上。笑得片刻，她想起，拿人錢財，終還是得替人辦事。忙欲起身，剛挺腰抬頭，卻見裴琰向自己俯下身來，她腰肢一軟，重新倒回床上。

裴琰雙手撐於床上，環住江慈，笑得俊目生輝、溫然優雅。眼見那笑臉越來越近，江慈忽聽到自己劇烈的心跳聲，面頰也無端有些發燒。正迷糊間，裴琰呵呵笑著，將手探入她胸前衣襟。

江慈腦中「轟」的一聲大作，全身發軟，迷糊中想著要揍這大閘蟹一拳還是踢上一腳時，裴琰已從她胸前摸出一個繡囊，用手掂了掂，笑道：「你借我的名義私自受賄，說吧，該如何處置？」

半晌都不見江慈回答，裴琰低頭，只見她滿面通紅，怔怔不語。

裴琰從未見過江慈這般模樣，用手拍了拍她面頰：「你不是受人之託，要力勸我往小幽山的碧鷗亭一遊麼？怎麼，收了人家的銀子，不替人家辦事了？」江慈面上更紅，喃喃道：「原來相爺都聽到了。」

裴琰笑道：「你不但私自收受賄賂，還調戲了人家的丫鬟，實是有損我相府清譽。按相府規矩，得將你的褲子脫了，責打二十大棍。」說著聲音揚高：「來人！」江慈大急：「人家大小姐仰慕於你，不過借我這奴才之口，好求得與你偶遇的機會，又不是求官求祿，怎稱得上是賄賂！」說著，猛然伸手將裴琰一推，卻忘了自己右臂有傷，痛呼出聲。

裴琰翻過身，倒於床上，哈哈大笑。江慈怒極，伸出右足，狠狠地踹向他。裴琰笑著躲過，江慈又伸左足，裴琰左手將她雙腿按住，右手撐頭側望著江慈，悠悠然笑道：「不想被打二十大棍也可以，你得答應我一個條件。」

「什麼條件？」

裴琰左手撫上江慈面頰，笑道：「你這一受傷，不但壞了人家楊小姐的好事，更壞了相爺我的一段情緣，你得以身相賠才是。」江慈羞怒難堪，猛然躍起，衝著裴琰就是拳打腳踢，裴琰隻手從容擋下，口中仍是調笑。

江慈怒火中燒，只是亂踢亂打，眼見她右臂傷口處隱有鮮血沁出，裴琰笑聲漸低，手輕輕點出，令江慈向後仰倒，裴琰伸手將其抱住，放回床上。見她滿面恨色，微笑道：「和你說笑的，你就當真了，真是受不得一點激。」

江慈冷哼一聲，扭過頭去，胸膛劇烈起伏，顯是氣惱難平。裴琰拉過錦被，蓋於她身上，卻又忍不住在她面上摸了一下：「你就是想以身相賠，憑你這山野丫頭，相爺我還看不上眼。」說完，大笑著出房而去。

江慈腦中一片混亂，羞慚、氣惱、尷尬、憤怒種種情緒堵在胸口，良久無法平息。聽得裴琰在外間走動，又吩咐了安澄一些事，再聽得他推門進來，忙將頭扭向床內。

裴琰微笑著坐到床邊，伸手解開她穴道，在她身邊躺下，雙手枕於腦後，也不說話。江慈覺他離自己極近，忙向床內挪去。

裴琰躺得片刻，忽道：「小丫頭，問你句話。」

江慈再向內縮了縮，輕哼一聲。

裴琰側頭看著她，微笑道：「你就眞沒看出，那女童是故意表演失敗，引你出手相救的？」江慈嘟囔道：「她扮得那麼逼眞，我怎麼看得出？」她靠上床角，見裴琰眼中滿是嘲笑之意，不服氣道：「相爺若是早看出來了，爲何還讓我受傷？」

裴琰並不回答，片刻後輕笑道：「看你下次還敢不敢多管閒事，濫充好人。」江慈微笑道：「下次若還有這種閒事，我自然還是要管的。」「哦！」裴琰饒有興趣地望著她。

江慈放鬆了一下身子，道：「相爺，畢竟這世上殺手並非隨時隨地都有，我若不是和相爺牽扯在一塊兒，只怕一輩子都不會碰上這種人。若眞是一個七八歲女童受到那種欺負，我是一定要管一管的。」

「是麼？」

「相爺，你看慣了殺戮與血腥，便看誰都是刺客，看事事皆陰謀詭計。但我們平民百姓，只要過好自己的日子就行了，沒那麼多彎彎繞繞的。」江慈抱膝坐於床角，輕聲道。

「你還眞是冥頑不靈，只怕丟了這條小命，都不知悔改。」裴琰神情頗不以爲然，「你發善心，人家蕭無瑕可不會對你發善心。」

江慈一驚：「相爺是說，是那蕭……蕭無瑕派人做的？」

裴琰轉頭望著她：「你有時聰明，有時怎麼這麼笨！除開他，還有誰會來取你這條小命！」

江慈怔怔不語，眞是衛昭派人來刺殺自己的麼？可他已與自己達成協議，又數次放過自己性命，顯是爲了將裴琰引入歧途，又怎會再派人來殺自己呢？如若不是衛昭，自己也沒得罪過其他人，更不用說這般江湖殺手了，又會是誰要取自己這條小命呢？

裴琰見江慈愣怔，伸出手指彈了彈她的額頭。江慈驚醒過來，捂著疼痛的額頭怒目相視：「相爺，你雖武功高強，也不用時刻欺負我這麼個小丫頭！我是打你不過，可兔子逼急了，也會咬人的。」裴琰呵呵笑道：「我可沒欺負你，你算算，我一共救過你幾次了？」

江慈垂頭不語，這大閘蟹雖然可惡，也確實救過自己這條小命數次，若沒有他，只怕自己早就一命嗚呼，去拍閻王爺的馬屁了。當初在長風山莊被他打成重傷，那也只能怨衛昭，怪不得他；之後他雖給自己服了毒藥，但眼下看來他有意爲自己解毒，如此算來，他倒也不算過分欺負自己。

她腦中一陣胡思亂想，臂上傷口處卻隱隱作痛，不由眉頭緊皺，撫著傷口輕哼了幾聲。

裴琰哂笑道：「沒出息！這麼點小傷，就哼成這樣。」江慈哼道：「我痛得很，哼哼不行麼？我又不需要像相爺一樣做戲給人家看，也不怕人家看笑話，我想哼就哼，你若不愛聽，就不要睡這裡，走開好了。」

裴琰慢慢地閉上眼睛，低聲輕道：「睡吧，再有一天，就可以回到長風山莊，我帶你去山莊後的寶清泉治治你的傷口。」

十八　微波狂瀾

長風山莊位於南安府西郊，背靠寶林山，石秀泉清，風景極佳。

這日黃昏時分，一行人終趕至長風山莊。用過晚飯，裴琰命管家岑五將正院所有婢僕都遣出，便帶著江慈穿過正院的後園，沿著一條青石小徑上了寶林山北麓。

夜色深沉，弦月隱於烏雲之後，山路上一片漆黑。裴琰行來從容自如，江慈卻覺有些不能視物。周遭寒氣森森，她有些害怕，緊追數步，揪住裴琰的衣袖。裴琰側頭看了看她，將她的手拂落，大步向上而行。

江慈暗咒了幾句，眼見他越走越遠，心中漸漸有些打鼓。正惶恐時，裴琰卻又回轉而來，將她的左手拽住，大力拖著她向山上行去。江慈覺手腕生疼，咬住下唇，緊隨裴琰，不敢停下腳步。

二人登上北麓山腰，裴琰拖著江慈轉過一處山坳，江慈忽覺面上微暖，迎面而來的風似乎要熱了幾分。再行得片刻，眼前漸亮，只見左側是一處石壁，石壁上鑿了十餘個小洞，內置長明燈。二人的右側則是山谷，幽深靜謐。

裴琰放開江慈，帶著她沿石徑而行，再轉過兩個彎道，江慈不由發出「哇」的驚歎。只見前方石壁上，一股清泉突突而出，泉水白騰騰一片，熱氣盈盈，顯是溫泉。泉水注入石壁下方石潭之中，石潭上方白霧蒸蒸，襯著潭邊石壁之上數盞長明燈，朦朧縹緲，如同仙境。

江慈讚歎著走上前去，將手伸入石潭之中，雙眸睜大：「眞舒服。」

裴琰微笑道：「這裡是我以前練功的地方，也是長風山莊的祕地，你還是第一個來到這裡的外人。」

江慈用手輕撩著泉水，笑道：「爲什麼要到這裡練功？」

「這寶清泉水有益於人體筋骨，我自兩歲起便靠這泉水洗筋練骨，三歲開始練吐納，五歲練劍，七歲眞氣便有小成，全是在這裡練出來的。有好幾年光景，我都是一個人住在這潭邊的草廬中，未曾下山。」裴琰邊說，邊脫去外袍。

手撫泉水溫熱透骨，江慈忽想起相府壽宴那夜，裴琰醉酒後在荷塘邊說過的話，一時無語。半晌，方輕聲道：「原來要練出你那麼好的武功，要吃這麼多苦，若是我，早就不練了。」

裴琰手中動作稍停，旋即嗤笑道：「要是我像你這麼好吃懶動，只怕早已屍骨無存了。」說著，將衣物一一脫下。

江慈只顧低頭看著水面：「我看，你若是個沒有武功的人，可能還能活得久些。如今當了這個相爺，睡也睡不安，吃也吃不香，更時刻擔心有人行刺於你，這樣有何趣味！」

「小丫頭懂什麼，你若是生在我長風山莊，一樣得這般練功。」

江慈笑道：「我天生懶人，即使生在長風山莊，也不會練功的。」

裴琰大笑：「眞若如此，可就由不得你了。」說著，騰身而縱，躍入潭中。「嘩」聲響起，水花四濺，江慈驚呼著急急避開。待抹去面上水珠，才見裴琰上身赤裸，站於潭中，她莫名一陣心慌，轉身便跑。

裴琰右手猛擊水面，白色水珠夾著勁風擊中江慈膝彎，江慈「唉唷」一聲跪於潭邊。她不敢轉頭看向裴琰，只得低頭怒道：「虧你是堂堂相爺，怎麼這般不知羞恥！」

裴琰移步至江慈身邊，攀上潭沿，悠悠道：「這裡是我家，我在自己家裡寬衣解帶，怎麼叫不知羞恥？下來一起泡吧。」

江慈怒道：「打死我也不下去。」遂緊緊閉上了眼睛。

裴琰側頭看了看，笑了笑，轉過身靠上潭沿，背對著江慈，長吐一口氣，將整個身子浸入潭中。

江慈聽得背後動靜，知裴琰已沉入水中，便欲起身，可先前讓水珠擊中的地方痠痛無力，竟無法站起。好不容易靠著左臂之力移開數尺，卻忽然想起水中的裴琰半晌都無動靜，便停了下來。

再等一陣，仍未聽見裴琰自水中鑽出，江慈不由有些心慌。她也知裴琰這等內力高深之人可在水中憋氣甚久，但要憋上這麼一炷香的工夫，卻有些令人難以置信。她漸感害怕，終忍不住轉身爬回先前裴琰入水之處。

潭面水霧繚繞，白茫茫一片，看不清水下景況，江慈輕聲喚道：「相爺！」不見回應。她再提高聲音：「相爺！」山間傳來回音，她心跳加快，猶豫再三，咬牙跳入水中。

她一時驚慌，忘了自己膝彎穴道被制，入水後蹬不上腿，雙手扒拉幾下，直往水底沉去。迷糊中嗆進了幾口水，心呼我命休矣，忽覺腰間讓一雙手摟住，身子又慢慢上浮，口鼻冒出水面，劇烈咳嗽之下，吐出數口水來。裴琰拍上江慈後背，大笑道：「這可是你自己入水的，怪不得我。」江慈趴在潭邊，繼續吐著喉中泉水，只覺嗆得難受，又覺被欺辱得厲害，默然垂淚。

裴琰笑聲漸歇，只是輕拍著她的後背。江慈覺一股眞氣透過背部穴道綿綿而入，胸口漸感舒坦，膝彎處的穴道也被解開。

她猛然轉身，拂開裴琰的手，直盯著裴琰，冷冷道：「相爺，在你的眼中，我可能只是一個任你欺負、任你羞辱的山野丫頭。可在我的眼中，你雖是堂堂相爺，也不比我這山野丫頭好多少，你實是可憐可悲又可恥！」裴琰面上笑容僵住，片刻後退後兩步，背靠潭沿，悠悠道：「你倒說說，我有何可憐，有何可悲，又為何可恥？你若說得有理，我以後便不再欺負你。」

江慈索性將那被水浸得重重的外襖脫去，擰乾頭髮，平靜地望著裴琰：「你以前曾說過，你為一個虛無的目標活了二十多年，到頭來卻發現這個目標是假的，豈不可憐？你人前風光，人後卻付出了沉重代價，滿口假話，滿心算計，豈不可悲？你打傷了我，還將我禁於相府之中，又逼我服下毒藥。眼下我一片好心，入水來救你，你卻戲弄於我，豈不可恥！」

裴琰嘴角輕勾，放平身軀，躺於水面上，淡淡道：「我說你笨就是笨，萬事只看表面。」江慈一揚頭：「難道我說錯了麼？」

裴琰閉上雙眼，聲音空幽得如同浮在水面：「首先，我雖是為一個虛無的目標活了二十多年，但至少有個目標，讓我有活下去的動力。即便如今發現這目標是假的，我亦隨即確立了新的目標，因此，我並不可憐。

「其次，在你眼中，我好似活得很辛苦，但我自己並不覺得。練功雖苦，但也有無窮的樂趣。尤其是當擊敗一個個對手、縱橫天下無敵手的時候，那種快感是你這種懶蟲永遠無法體會的。再說，我的武功高、地位高，便可以保護我的家人，養活我的手下，還可指揮千軍萬馬，擊退桓國的軍隊，間接保護了成千上萬的老百姓。當年，我的武功若是差一些，成郡早被桓國攻占，他們一旦南下，長驅直入，擊敗我朝，只怕你在鄧家寨的小日子也過得不安寧，因此，我並不可悲。」

江慈愣愣地聽著，慢慢鬆開手中長髮，輕聲道：「那你為什麼老是欺負我，我又不是你的下人，又沒得罪過你。」裴琰睜開雙眼，斜睨了江慈一下，又旋即閉上，身子慢慢向旁漂移，隱入了白霧之中。

江慈正感納悶，霧氣之後傳來裴琰的聲音：「這寶清泉水有療傷奇效，你的傷口若在這泉水中泡上一個時辰，必能癒合，不再疼痛。」江慈細細想著他這句話，良久，低聲嘟囔：「有話就直說嘛，偏繞這麼些彎彎道道，我又不是你肚裡的蛔蟲，怎麼知道你是為了我好。」便朝潭的西面挪移，待移到一處大石邊，方將右臂衣袖高高捋起，側身浸入水中。

濃濃水霧中，裴琰將頭沉入泉水，片刻後又浮出水面。幾起幾落，游至水潭的東面，悄悄上岸，躺於大石之上，望向頭頂黑色蒼穹，片刻後，慢慢闔上了雙眸。

溫泉舒適透骨，江慈覺全身毛孔漸漸放開，筋絡通暢，傷口處痲痲癢癢，痛感漸失，心中不由暗讚這寶清泉水神奇至極。迷迷糊糊中，她倚在石邊打了個盹，似還做了個夢。夢中，師父對她微笑，還輕撫她的額頭，替她將散落的髮絲輕輕攏起。

鳥叫聲傳來，江慈猛然驚醒，轉頭望去，見裴琰衣著整齊坐於潭邊，他身前一堆篝火，火光騰躍。篝火邊支起的樹枝架上，正架著她先前脫下的外襖。

見裴琰似笑非笑地望著自己，江慈急忙沉入水中，裴琰大笑道：「你也沒什麼好讓本相看的，快出來吧，再泡下去，小心皮膚起皺，像個老太婆。」江慈不知他說的是眞是假，只得慢慢爬上岸，內衫緊貼於身，羞澀難當，嗔道：「你轉過身去。」裴琰一笑，用樹枝挑起江慈的外襖，輕輕拋起，正罩於江慈身上，江慈忙用手攏住，慢慢走到火堆邊坐落。

裴琰見她滿面通紅，面容比海棠花還要嬌豔幾分，愣了一瞬，低頭挑了挑火堆，道：「怎麼樣？傷口好多了吧。」江慈輕「嗯」一聲，低頭不語。

裴琰嘖嘖搖了搖頭：「看來這好人眞是不能做，你既不知好歹，我還是做回我的惡人，繼續欺負你好了。」江慈抬頭，急道：「我知道你是一片好意，多謝你了。」

裴琰將火挑得更旺些，道：「你想怎麼謝我？說來聽聽。」江慈面頰更紅，縮了縮身子：「先前是我錯怪了你，說你可憐可悲可恥，你……你別往心裡去。」

裴琰將火枝一挑，數點火星濺向江慈，江慈本能之下向後微仰，耳中聽得裴琰笑道：「我並不可憐，也不可悲，這欺負人的可恥行徑嘛，倒是還有幾分！」江慈避開火星，坐直身子，微笑道：「相爺愛欺負人，爲何不去欺負那個何家妹子，或是那個楊家小姐？偏在她們面前一本正經，人模狗樣的。」

裴琰猛然坐到江慈身邊，身軀向她倒了過來，口中笑道：「那我就先拿你練一練欺負人的本事，回頭再去欺負她們。」江慈就地一滾，仍被裴琰壓住半邊身子，她心頭劇跳，睁大雙眼看著裴琰近在咫尺的賊笑，急道：「相……相爺，那個，我……」

頭頂蒼穹漆黑如墨，僅餘幾點寒星若隱若現，周遭霧氣繚繞，如夢如幻。江慈眼見裴琰俯下頭來，他面上調弄的笑容似淡了幾分，那眼神帶著幾分專注和探究，令她心頭微顫。溫熱的鼻息撲近，又讓她有些迷糊，本能之下將頭一偏，裴琰濕潤的唇已貼上了她的右頰。

時間似有一刻停頓，江慈瞪大雙眼，心窩劇跳，彷彿就要蹦出胸腔，這巨大的衝擊令她無法承受，濕透的內衫貼在身上，更令她感到強烈壓迫，終忍不住咳嗽數聲。

裴琰抬起頭來，笑容有些僵硬，身子瞬即由江慈身上滾落，躺於地上喘氣大笑道：「看你嚇成這樣！怎麼，怕我真的欺負你啊？放心吧，你這山野丫頭送給相爺我欺負，我都看不上眼！」

江慈覺胸口難受，伸出手來不停拍打自己胸膛，又去揪濕透的內衫。

裴琰笑聲漸歇，深吸幾口氣，站起身來，見江慈模樣，冷冷道：「真是沒出息的丫頭！相爺我累了，要去草廬睡一陣。」說著，轉身朝石潭右方、小山巒上的草廬行去，走出兩步，回頭道：「相爺我要睡覺，不喜人打擾，你一個人乖乖待在這裡，不要又膽小害怕來騷擾我。」說著，隱入了黑暗之中。

良久，江慈喘息漸止，覺心跳不再劇烈得那般令人害怕，才慢慢坐起身，喃喃道：「總欺負我，算什麼英雄好漢。總有一天，我也要欺負你一回，你等著瞧！」她驚惶甫過，怒氣湧生，猛然脫下身上濕衫，掛於火堆邊。又奮力踢了踢火堆，抬頭朝草廬方向大叫：「死大閘蟹，你卑鄙無恥，總有一天，我江慈要讓你永世不得翻身！」

草廬中，裴琰坐於竹榻上，慢慢伸出右手，撫過自己的嘴唇，又慢慢閉上了雙眼。

江慈將濕衫一一烤乾，重新束好衣裙，呆呆坐於火堆邊，望著霧氣繚繞的水面。良久，心中莫名一酸，將頭埋於膝間。

腳步聲輕輕響起，在她身邊停住，她默默地轉過身去。

裴琰低頭望著江慈的背影，冷聲道：「起來！難道你想在這裡待上一整夜麼？」江慈沉默，並不起身。

裴琰猛然俯身拽住她的左腕，將她拖起，往先前來路大步走去。

江慈被他拖得踉蹌而行，怒道：「我又不是你的奴才，你不要管我！」裴琰鬆手，並不回頭：「你要待在這裡也可以，到時有猛虎或野狼什麼的來欺負你，你可不要怪我！」說著，大步向山下走去。

江慈想起他的話，終有些害怕。猶豫片刻，快步跟上，卻又不敢隔他太近，只是運起輕功，緊緊跟在他背後三四步處。裴琰負手而行，聽得背後腳步聲，撇撇嘴，微微搖了搖頭。

這一夜，江慈怎麼也無法安睡，在床上翻來覆去。直至黎明時分，聽得外間裴琰起床，聽得院中「嗖嗖」輕響，知他正在練劍，忍不住披衣下床，推開窗戶，向外望去。

此時裴琰僅著貼身勁衣，白色身影在院中迴旋騰挪，手中長劍快如閃電，動似光影，宛如旭日噴發，又似電閃雷鳴，龍吟不絕。江慈再對這大閘蟹不滿，也不禁低低讚了一聲。

裴琰手中動作微滯，旋即右足蹬上前方大樹，身形在空中如鯉魚勁躍，轉騰間，手中長劍射出，寒光乍閃，朝江慈射來。江慈嚇了一跳，「啊」地閉上雙眼，卻聽得「噗」聲過後，「嗡嗡」之聲不絕。良久，慢慢睜眼，只見長劍沒入身前窗櫺之中，猶自輕顫。

裴琰施施然走至窗下，拔出長劍，看著江慈有些蒼白的小臉，語氣帶上了幾分輕蔑與不屑：「沒出息的丫頭！」江慈冷冷道：「相爺倒是有出息，天天來嚇我這個沒出息的小丫頭！」說著，猛然轉身，重重地將窗戶關上。

裴琰下了嚴令，正院不許任何婢僕進入，也不讓任何人服侍他，只是每日辰時由一男僕將新鮮的菜蔬，自正院西側角門送入。這一日三餐的重任，便全落在江慈身上。

江慈惱得半日，便想轉來，知自己越是氣惱，這大閘蟹越是得意，索性不去理他，倒還更好。她便放鬆心情，在正院的小廚房中哼著小曲，做上幾個可口的菜肴，自然先填飽了自己的肚皮，再端入正房。

裴琰連著兩日都待於東閣，細看安澄準時送來的密件。也總於江慈將飯菜擺好上桌之時，提步而出，一人默默坐於桌前吃飯。江慈則遠遠站開，兩人極少說話，偶爾目光相觸，江慈便轉過頭去。

這日用過午膳，裴琰正躺於榻上小憩。安澄入閣，躬身行至裴琰身前，低聲道：「相爺，恨天堂那裡，有回信了。」

裴琰並不睜眼，只道：「說。」

「總共花了一萬兩銀子，買了左堂主一句話。他說：『花錢買江姑娘一命的，手上沾著上萬條人命。』」

裴琰坐起，與安澄對望一眼，緩緩道：「看來是他無疑了。」

「是，相爺。那姚定邦容貌俊美，身手高強，素來爲薄公所寵。他自夫人壽宴那日起便失蹤，至今未見露面，當年借與桓國作戰名義，縱容手下洗劫了數個州縣，死傷上萬，後來若不是薄公替他壓下此事，只怕罪責難逃。這種種線索都表明，他極有可能就是那星月教主。」

裴琰端起榻旁茶盞，慢慢飲著，面色有些凝重，沉吟道：「若眞是姚定邦，可有些棘手。」

「也不知薄公知不知他眞實身分。」

「薄公就是知道，只怕也是順手推舟。他巴不得西北烽火燃起，好從中漁利。」

「若薄公知道眞相，咱們要動姚定邦，可有些麻煩。」

裴琰站起身，於室內走了數個來回，停在窗前，望向院中。

薄薄的冬陽灑遍整個院落，江慈正坐於銀杏樹下，低頭剝著瓜子，她每剝一粒，便將瓜子彈向空中，然後仰頭張嘴去接。若是接住，便喜笑顏開，偶爾未接住，也會樂得前仰後合。

裴琰靜靜看著，忽然眉頭微蹙，面上閃過一絲疑惑，負在背後的雙手也隱隱收緊。

安澄見裴琰半晌都不說話，輕聲喚道：「相爺！」

裴琰猛然回頭，「哦」了一聲，走至椅中坐下，再想片刻，道：「此次選拔武林盟主，薄公軍中也有將領參選，只怕那姚定邦會興風作浪。若是被他的人奪去這盟主之位，控制了西北軍的武林弟子，東西夾擊，我長風騎便有危險。今日起，各門派人士將陸續到齊，你傳令下去，注意一切可疑的人物，任何蛛絲馬跡都不要放過。」

「是，相爺。」

「何青泠的動向，你也要跟緊，到時咱們得幫她一把。」

「是，她沒閒著，看來是按咱們的計畫行事。」

裴琰微笑道：「這個妹子，做事倒是深合我意。」又側頭看了看院中樹下笑靨如花的江慈，微笑有些凝住，終冷笑一聲，道：「你先下去吧，按原計畫行事。」

江慈坐於樹下，將瓜子拋向半空，正待仰頭接住，眼前忽出現裴琰的面容。她一驚，瓜子便落在眼睛上，忙甩甩頭，眼睛眨了數下。

裴琰大笑：「你也太好吃了吧，眼睛也要來湊熱鬧。」江慈揉了揉眼睛，怒道：「好吃有什麼不好？比你亂欺負人要好上百倍！」

裴琰在她身邊坐落，奪過她手中瓜子，江慈瞪了他一眼，站起身，默默抬步。裴琰猛伸右手，將江慈一拽，江慈沒有提防，向後跌倒，頭重重撞上銀杏樹幹，「啊」的一聲，又迅速爬起，依舊朝屋內行去。

裴琰將手中瓜子丟下，再將江慈拽倒，江慈再度爬起。裴琰面色漸冷，再拽數次，江慈髮辮散亂，仍是猛然倒地，又默然爬起。裴琰手中動作稍緩，江慈踉蹌數步，跑入房中，「砰」的一聲將房門緊緊關上。

冬陽曬在裴琰臉上，讓他的目光有些閃爍。良久，他站起身來，走至西廂房門前，聽了片刻，輕笑道：

「小丫頭這回倒是沒哭。」

他將手貼上門板，運力一震，推門而入，只見床上被子高高隆起。他在床邊坐下，拍了拍被子，被中之人並不動彈，等得片刻，他再拍了拍，江慈仍是動都不動。裴琰放鬆身子，向後躺倒，壓在江慈身上，悠悠道：「安澄說，在後山發現了大野豬，我得去放鬆放鬆筋骨。」江慈微微動了動，裴琰直往屋外行去，剛步至院中，江慈便追了出來。裴琰得意一笑，江慈面上微紅，卻仍跟在他背後。

江慈跟著裴琰在後山轉了一圈，未見野豬蹤跡，只打了兩隻野雞，未免有些掃興，眼見天色將晚，埋怨道：「安澄騙人，哪有野豬！」裴琰帶著她往山下而行，悠悠道：「那是因爲，野豬知道有個比牠更好吃的上了山，嚇得躲起來了。」

江慈一手拎著一隻野雞，左右看了看，笑道：「倒也不算白跑一趟，相爺，我晚上弄個叫化雞給你吃，好不好？」「好。」裴琰微笑道：「可別烤糊了。」江慈嚥了嚥口水，猶豫片刻，道：「相爺，那個……叫化雞得配正宗的花雕酒，才夠味。」裴琰輕咳一聲：「那就讓人送點花雕酒進來。」江慈大喜，衝到裴琰前頭，直跑下山。

暮靄中，她那如瀑黑髮在風中揚起落下，裴琰腳步漸漸放緩。

夜色漸黑，裴琰聞到濃烈香氣，遂放下手中密報，自房中步出。見院中樹下已擺了一張案几，案旁一盆炭火映得江慈面如桃花，她正低頭將架在炭火上的泥雞取下，丟於案几上，又跺著腳用手去摸耳垂，顯是燙著了手指。

裴琰將她的手扳落看了看，嘖嘖道：「你若是學武用功些，何至於被燙了手！」他轉身取過案上花雕酒，倒了些於手心，拉過江慈的手，放於手中揉了數下，江慈齜牙咧嘴，直吸冷氣。裴琰敲了敲她的頭頂：「你能不能出息些！」

江慈抽出雙手，拿起案上小刀，慢慢將包在雞外的泥土細細剝去，又將雞肉砍成一字條。裴琰拈起雞肉送入口中，細細咀嚼，眯起雙眼，仰頭喝下一口花雕酒。

江慈切下一條雞肉，裴琰就拈起一條，眼見半隻雞被裴琰快速吃落肚中，江慈氣得將手中小刀往案上一頓，抱著另外半隻雞就往屋內走去。裴琰將手中雞骨擲向江慈右腿，江慈踉蹌，烤雞脫手，裴琰右臂如海底撈月，將烤雞接住，左手攬上江慈腰間，把她抱入懷中。

江慈尚未反應過來，裴琰右足挑向案底，案上酒壺猛然震上半空，裴琰抱著她同時向上一躍。江慈只覺「嗖嗖」風聲響起，便坐到了銀杏樹的枝椏間，剛及坐定，酒壺由高空而落，裴琰探手輕輕接住，遞給江慈。

江慈微笑著接過酒壺，與裴琰並肩坐在樹上，望著空中閃爍的寒星，飲了口酒，歎了一聲。

裴琰撕下雞肉，遞給江慈，見她不接，用力塞入她口中。笑道：「小小年紀，歎什麼氣！」

江慈咬著口中雞肉，含混道：「我好久沒喝過花雕酒，吃過叫化雞了，有點想師叔。」

「想他做甚？」

「是師叔教我做的這叫化雞，我的廚藝都是向他學的。也不知道什麼時候才能離開你這狼窩，回到鄧家寨，向師叔好好賠罪。」

裴琰低咳一聲，遙見安澄入園，將烤雞和酒壺往江慈懷中一塞，冷冷道：「別喝醉了，若是有狼來吃你，我可不管。」

安澄在裴琰耳邊低語數句，裴琰面色微變，帶著安澄匆匆出了院門。不多時，南邊隱隱飄來喧譁人聲。

江慈用心聽了片刻，聽不太清楚，知自己出不了這院門，只得坐於樹上，吃著烤雞，喝著花雕酒，不知不覺中已將壺中之酒飲盡，有了幾分醉意。

初冬的夜風帶著幾分清寒，江慈漸覺有些昏沉。猛然將酒壺擲出，看著酒壺落入樹下炭盆之中，激起一片火星，笑得前仰後合：「死大閘蟹，遲早我得一把火把你這狼窩給燒了！」

正大笑間，忽聽得院中北面鄰近後山的高牆外，傳來一陣「喵喵」叫聲。

江慈心中暗凜，強自鎭定。爬下樹來，緩緩走至院中北面牆下，「喵喵」叫了幾聲，風聲響起，她腰間一緊，已被一根繩索捲住，身子飛出高牆。

寒風自耳邊颸過，江慈頭昏目眩間落於一人懷中，看到那雙如寶石般閃輝的雙眸，江慈嘻嘻笑道：「你終於來了，我以爲你怕了他，不敢露面了呢！」

衛昭也不說話，拎著她如鬼魅般閃上後山，在山間奔得一陣，躍上一棵大樹。正要將江慈放於樹枝間，卻被她緊緊揪住胸前衣襟，濃烈的酒氣薰得他眉頭微皺，欲將她的手扳開。

被衛昭這麼拎著在夜風中奔了一陣，江慈醉意越濃，眼前一時是衛昭俊美無雙的面容，一時是裴琰可惡的笑臉。她漸感迷糊，盯著衛昭看了片刻，身子一軟，靠上他肩頭，喃喃道：「你，爲什麼總是欺負我？」

衛昭愣住，江慈又打了個酒嗝，衛昭滿面嫌棄之色，拍上她的面頰：「你醒醒！我好不容易才將裴琰和暗衛引開，我們說話的時間可不多！」江慈朦朧中覺裴琰又在欺負自己，猛然將他的手拂開，怒道：「我說了，你不要再欺負我，大不了我這條小命不要，咱們一拍兩散！」

衛昭怒意漸濃，慢慢揚起手來。

江慈卻又伏在他胸口，低低道：「我承認，我好吃，又懶，又貪玩，也沒什麼本事，可你……也不用這麼瞧不起我，這麼欺負我。」

她緊緊揪住身前之人的衣襟，喃喃道：「我雖然好吃，可從來不白吃人家的。鄧大嬸她們若是拿了好吃的東西給我，我也總要爲她們做些事情。就是在你相府住了這麼久，你不也吃過我做的飯麼？

「我雖然懶，可該我做的事情還是會做的。柔姨去世後，師姐有半年都不開心，我給她唱歌，給她講笑話。晚上，我會賴著和她睡在一起，等她睡著了我再睡。

「你說我笨，說我貪玩，沒本事。我一個山野丫頭，要你那麼大的本事做甚？我又不想殺人，又不想要什麼功名利祿，我只想回家，每天養養小兔子，餵我那幾隻小山羊，這也有錯麼？你憑什麼瞧不起我，憑什麼欺負我！」

衛昭的手漸漸放落，低頭看著江慈，眉頭微皺，又拍了拍她的面頰：「時間不多了，你快醒醒！」江慈卻突然抽噎，泣道：「虧你是堂堂相爺，只會欺負我這個小丫頭。我看，你比那沒臉貓蕭無瑕還不如！」

衛昭愣了一下，嘴角漸湧笑容，湊到江慈耳邊輕聲道：「是麼？那你說說，為何我會不如那沒臉貓蕭無瑕？」江慈揚了揚手：「論長相，你不及他。論人品，都不是什麼好人，自然不用比較。但他有一點，要好過你甚多！」

「你倒說說，哪一點？」

「他比你活得真實！他壞就壞，不加掩飾。不像你，人模狗樣，在那些大小姐面前一本正經，偏在我這小丫頭面前動手動腳。你說說，你算什麼男子漢大丈夫！」江慈越說越是氣惱，語調漸高：「我武功是不如你，可也不能任你欺負，你若是再敢欺負我，我就……」

衛昭靠近些，悠悠道：「你就怎樣？說來聽聽。」

江慈猛然偏頭，奮力咬上衛昭的手臂。衛昭疾速閃避，怒哼一聲，揪住江慈頭髮，拿她的頭朝樹幹撞去。江慈本就醉得一塌糊塗，胸口堵塞，極不舒服。被這麼一撞，頓時翻江倒海，先前吃下的叫化雞便悉數吐在衛昭身上。

衛昭惱怒至極，欲待將江慈推下樹梢，甫按上她的肩頭，又慢慢將手收了回來。他屏住呼吸，將穢臭的外袍脫下，又點住江慈穴道，將她放於枝椏間，兀自閃下樹梢。江慈頭中眩暈，迷糊間聽得那人重返身邊，一股真氣自背後透入，激得她再度嘔吐，直至吐得胃中空空、全身無力，方漸漸止住。

她茫然抬頭，此時一彎弦月掛於天際，她慢慢看清眼前之人，笑了笑：「你也來欺負我麼？」

衛昭冷冷道：「你這黃毛丫頭，我還沒興趣欺負！」說著，舉起手中水囊，朝江慈面上潑去，江慈頓時被淋得滿頭是水。寒水刺骨，她又已吐盡胃中之酒，漸漸清醒，靠上樹幹，半晌後低聲道：「我等你很久了。」

衛昭將水囊放下，冰冷的目光如兩把寒刃：「說說，認不認得我是誰？」江慈一哆嗦，輕聲道：「星月教主，蕭無瑕，光明司指揮使，衛昭衛大人。」

「記不記得我上次說，要你指認誰是星月教主？」

「記得，姚定邦。」江慈抬起頭：「他要出現了麼？」

衛昭輕輕點頭：「你聽著，武林大會選拔新盟主的時候，他會出現。他長相俊美，身量和我差不多，額間有一小小胎記，狀似梅花，十分明顯，你一見便會認得。待他說幾句話，你就裝出震驚神色，悄悄告訴裴琰，說他就是當日樹上之人。」

江慈挪了挪身子：「看來你已經布好局，讓裴琰懷疑至他身上了。」衛昭鳳眼微微上挑：「當然布好局了，不過還真得多謝你大發善心，濫充好人。」

江慈一驚，似覺有什麼真相近在眼前，卻又隔著一層迷霧。見她面帶疑惑，衛昭笑得有些得意：「不妨告訴你吧，雜耍大會那日，那兩名刺客是我找來的。當然了，我並不是想取你性命，只是讓他們假裝刺殺於你，然後故意留下線索。」

江慈漸漸明白：「那線索，必定是指向那姚定邦了。」想起那日驚險，她不由撫了撫手臂。

「你倒不笨。」衛昭呵呵一笑，「我本也沒想讓她傷到你，是裴琰心狠，故意讓你受的傷。」

江慈面色漸轉蒼白，咬住下唇，望著衛昭。

衛昭冷笑道：「你還眞是缺心眼啊，裴琰若眞看出不對，要護著你，以他的身手怎麼可能讓別人傷了你？他是故意讓你受傷，好讓你死心塌地跟著他，不敢再起逃走的念頭。」

江慈木然望向山下的長風山莊，望著那滿園燈火，良久，笑了一笑。

衛昭冷聲道：「你要記住，若是沒有解藥，半年之內，你就會彎腰駝背，膚如雞皮，老態龍鍾，然後在漫長的痛苦中等死，你可不要壞了我的大計。還有，這兩天不許再喝酒亂說話，記住了麼！」他審視了她片刻，嘖嘖搖頭，「少君怎麼會有興趣對你這小丫頭動手動腳，倒是有些意思！」

江慈正待說話，忽被他拎下樹梢，風聲從耳邊颳過，不多時，便回到了北牆根。衛昭聽了聽周遭動靜，微微而笑：「少君啊少君，這局棋，看咱們誰能下到最後！」說著，右手運力將江慈拋出。江慈急忙提氣擰腰，自牆頭躍過，輕輕落於院中。

她雖逐漸清醒，卻仍有些頭暈，遂慢慢走至院中樹下，呆然而坐。也不知坐了多久，腳步輕響，裴琰步入院中。裴琰負手行至江慈身邊，看了看炭盆中的酒壺，聞到江慈身上酒味，皺眉道：「你別的本事沒有，喝酒的本事倒是不賴！」

江慈猛然站起，目光清冷如雪，直視裴琰：「相爺，希望你說話算話，我替你認人之後，你便給我解藥，放我離去，從此我們，宦海江湖，永不再見！」說著，轉身向屋內走去。

裴琰面色平靜，看著江慈的背影消失在門後，唇邊漸湧起一抹冷笑，負於背後的雙手，十指慢慢掐響。

（待續，請繼續閱讀《流水迢迢（卷二）鳳翔九霄》）

國家圖書館出版品預行編目資料

流水迢迢（卷一）貓爪蟹鉗／簫樓著；── 初版．
──臺中市：好讀，2013.1

面：　公分，──（眞小說；24）（簫樓作品集；1）

ISBN 978-986-178-261-4（平裝）

857.7　　101023264

好讀出版

真小說 24

流水迢迢（卷一）貓爪蟹鉗

作　　者／簫　樓
總 編 輯／鄧茵茵
文字編輯／簡伊婕
美術編輯／鄭年亨
行銷企畫／陳昶文
發 行 所／好讀出版有限公司
台中市 407 西屯區何厝里 19 鄰大有街 13 號
TEL:04-23157795　FAX:04-23144188
http://howdo.morningstar.com.tw
（如對本書編輯或內容有意見，請來電或上網告訴我們）
法律顧問／甘龍強律師
承製／知己圖書股份有限公司　TEL:04-23581803

總經銷／知己圖書股份有限公司
http://www.morningstar.com.tw
e-mail:service@morningstar.com.tw
郵政劃撥：15060393 知己圖書股份有限公司
台北公司：106 台北市大安區辛亥路一段 30 號 9 樓
TEL:02-23672044　FAX:02-23635741
台中公司：台中市 407 工業區 30 路 1 號
TEL:04-23595820　FAX:04-23597123

初版／西元 2013 年 1 月 1 日
定價／220 元
如有破損或裝訂錯誤，請寄回知己圖書台中公司更換

Published by How-Do Publishing Co., Ltd.
2013 Printed in Taiwan

ISBN 978-986-178-261-4

情感小說 · 專屬讀者回函

書名：流水迢迢（卷一）貓爪蟹鉗

姓名：________________ 性別：□男 □女 生日：______年______月_____日

教育程度：________________________

職業：□學生 □教師 □一般職員 □企業主管

□家庭主婦 □自由業 □醫護 □軍警 □其他______________________

電子郵件信箱（e-mail）：______________________ 電話：________________

聯絡地址：□□□ ____

您怎麼發現這本書的？

□書店 □___________ 網路書店 □朋友推薦 □___________網站／網友推薦

□其他____

買這本書的原因是

□內容題材深得我心 □價格便宜 □封面與內頁設計很優 □其他___________

您閱讀此本小說的原因：□喜愛作者 □喜歡情感小說 □值得收藏 □想收繁體版

□其他____

您喜歡閱讀情感小說的原因

□打發時間 □滿足想像 □欣賞作者文采 □抒解心情 □其他_______________

您不喜歡哪類情感小說的情節設定

□人人都愛女主角 □女主角萬能 □劇情太俗套 □太狗血 □虐戀 □黑幫

□其他____

最無法忍受的主角人物關係

□父女 □師生 □兄妹 □姊弟戀 □人獸 □ BL □其他_____________________

您最常接觸情感小說的方式

□購買實體書 □租書店 □在實體書店閱讀 □圖書館借閱 □在_____________

網站瀏覽 □其他____

您喜歡的情感小說種類（可複選）

□宮廷 □武俠 □架空 □歷史 □奇幻 □種田 □校園 □都會 □穿越 □修仙

□台灣言情 □其他____

推薦你喜歡的情感小說作者或作品（多多益善喔）

____

您這對本書還有其他想法嗎？請通通告訴我們：

____

____

請填妥後對折黏貼，直接投郵即可，無須貼郵票。

廣告回函
台灣中區郵政管理局
登記證第 3877 號
免貼郵票

好讀出版有限公司　編輯部收

407 台中市西屯區何厝里大有街 13 號

電話：04-23157795-6　傳眞：04-23144188

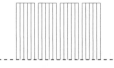

沿虛線對折

填 問 卷， 送 好 書

詳填此張讀者回函，並附上 40 元郵票（寄書郵資），即送您好書

中視八點檔大戲｜傾世皇妃原著小說｜林心如主演

《傾世皇妃（上）一寸情思千萬縷》

定價：250 元

數量有限，送完為止